KB243119

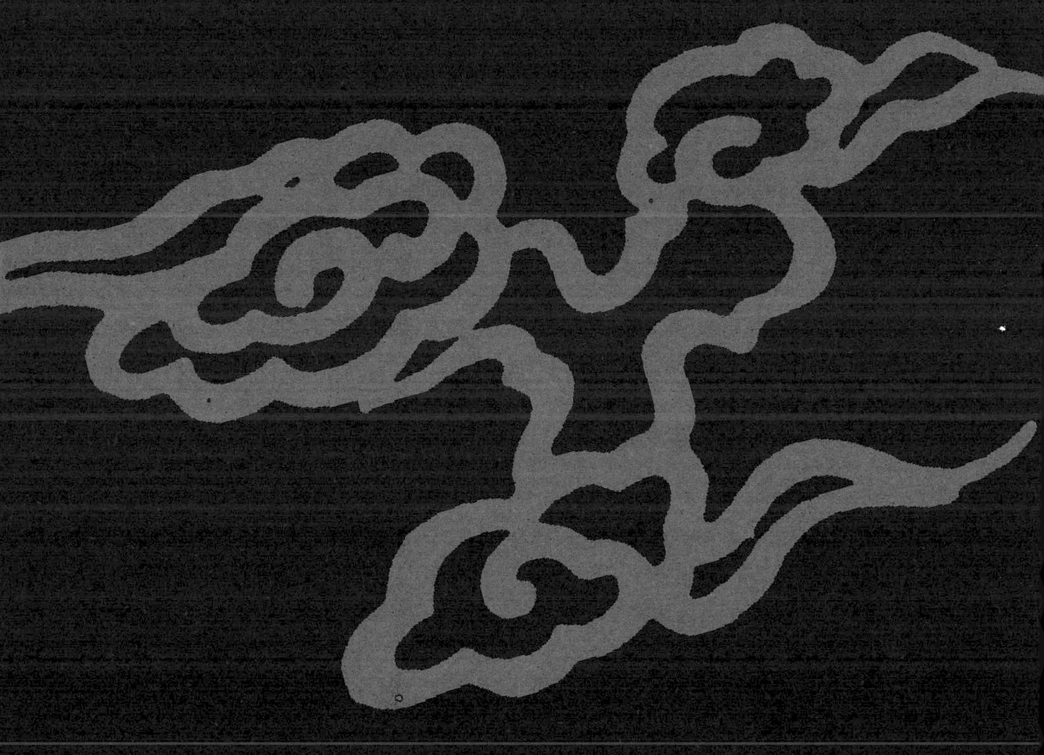

섣달 그믐날 밤에 짓다

除夜作

객사의 차가운 등불 아래 나 홀로 잠 못 이루니

나그네 마음은 무슨 일로 처량해지는 것일까

고향에선 오늘 밤 천 리 밖의 나를 생각하고

흰 귀밑머리는 내일 아침 또 한 살을 더하겠지

旅館寒燈獨不眠, 客心何事轉凄然

故鄕今夜思千里, 霜鬢明朝又一年

Fantastic Oriental Heroes
흑풍백풍

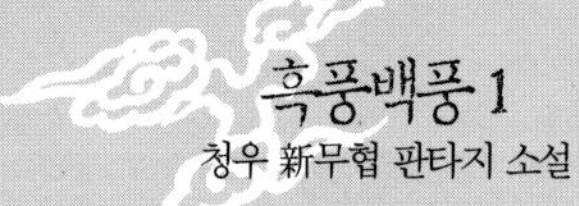

흑풍백풍 1
청우 新무협 판타지 소설

초판 1쇄 찍은 날 § 2004년 7월 31일
초판 1쇄 펴낸 날 § 2004년 8월 10일

지은이 § 청우
펴낸이 § 서경석

편집장 § 문혜영
편집 § 장상수 · 김민정 · 최하나
마케팅 § 정필 · 강양원 · 이선구 · 김규진 · 홍현경

펴낸곳 § 도서출판 청어람
등록번호 § 제1081-1-89호
등록일자 § 1999. 5. 31
어람번호 § 제2-0413호

주소 § 경기도 부천시 원미구 심곡1동 350-1 남성B/D 3F (우) 420-011
전화 § 032-656-4452 팩스 § 032-656-4453
http://www.chungeoram.com
E-mail § eoram99@chollian.net

ⓒ 청우, 2004

ISBN 89-5831-204-1 04810
ISBN 89-5831-203-3 (SET)

청우 新무협 판타지 소설

1

Fantastic Oriental Heroes

흑풍백풍

도서출판
청어람

【목차】

"**형**님도 아시겠지만 제 반평생을 형님 그림자로 살아오지 않았습니까? 이제는 저도 빛이 돼볼까 합니다. 사실은 형님을 꺾어보는 것이 평생의 염원이었지만… 뭐, 이렇게 된 이상 형님이 이루어놓으신 것을 이어받는 것으로 만족해야겠지요. 아, 천이 걱정은 마십시오. 그래도 하나뿐인 조카인데… 고통이야 주겠습니까?"

장승풍의 몸이 작게 경련을 일으켰다.

그를 떠나려는 생과 그를 기다리는 죽음 사이의 사투. 그 부질없는 저항이 장승풍의 몸에 경련을 만들고 있는 것이다.

어차피 죽음과 함께 걸어온 삶이었다.

죽음이 두려워 피할 리 없건만, 장승풍은 마지막 호흡이 다할 때까지 생의 끈을 놓지 못했다.

그의 못난 아들이 죽음 앞에서도 그의 발목을 잡은 것이다.

어둠 속을 달리던 여인의 발걸음이 멎었다.

여인의 손에 이끌려 달리던 사내의 걸음도 함께 멎었다.

"누군가 뒤쫓고 있어요."

어둠 속에서 여인이 속삭였다.

"버, 벌써요?"

"희미하지만 바람결에 숨소리를 흘리는 걸로 보아 본문의 고수들은 아닌 것 같군요. 고수가 아니면서도 이 정도로 은밀히 움직일 수 있는 자들이라면… 살수군요."

희미한 달빛도 창백해진 사내의 얼굴을 가리지는 못했다. 사내는 하얗게 마른 입술을 물어뜯으며 불안하게 주변을 두리번거렸다.

"두려우신가요?"

"…그렇소."

여인의 입에서 한숨이 흘러나왔다.

"상공은 무가의 자손이에요. 목에 칼이 들어오는 순간에도 두렵다는 말을 입 밖에 내지는 말았어야 해요."

"…미안하오."

사내가 의기소침해진 모습으로 머리를 숙이자, 여인도 긴말은 할 수 없었다.

"서쪽 계곡을 따라 두 개의 능선을 넘으면 낡은 관제묘가 나올 거예요. 그곳에 몸을 숨기고 기다리세요."

"부인은……."

"제 한몸은 지킬 수 있으니 염려 마세요."

“그래도 어찌 부인을 남겨두고 나 혼자 몸을 피하겠소?”

“그럼 함께 죽던가요!”

여인은 냉랭하게 외쳤다.

사내는 힘없이 머리를 떨궜다. 입이 열 개라도 할 말이 없었다. 명색
이 무인이면서 무기조차 없이 도망쳐 나왔으니.

“미안하오. 그리고 부디 조심하시오.”

사내는 계곡을 향해 달려갔다.

여인에게 뒤를 맡긴 채, 죽음을 피해 달려가는 사람.

그가 바로 아버님의 눈감을 힘조차 빼앗은 못난 아들, 장천이었다.

제1장

엇갈리는 운명

1

하남 성(河南省) 남양(南陽)의 청
화루에는 오절신녀(五絶神女) 화서린이라는 유명한 기녀가 있었다.

화서린은 금(琴), 기(棋), 시(詩), 서(書), 화(畵)에 두루 능한 남양 제
일의 미녀였다. 무엇보다 그녀의 명성을 높게 한 건 황금을 자루째 들
고 와도 마음을 얻기 전까진 손목조차 내주지 않았던 도도함이다.

그녀와의 하룻밤을 꿈꾸며 가산을 탕진한 풍류공자들은 헤아릴 수
없이 많았지만 그녀와 운우지락을 나눈 행운아는 극히 드물었다.

화서린이 스물이 되던 해, 아비도 밝히지 않은 아들을 하나 낳았다.

아비도 모르는 채, 어미의 목숨을 삼키며 태어난 아들의 이름은 현
각이라 지어졌다.

현각은 청화루 기녀들의 손에서 생을 시작했다.

그는 여자들의 웃음소리, 한숨 소리에 묻혀 걸음마를 시작했고, 술

취한 기녀의 신세 한탄을 들어주며 말을 배웠다.

열세 살이 되던 해, 현각은 기루를 나와 저잣거리를 떠도는 파락호가 되었다.

살아오면서 보고, 듣고, 경험한 모든 것이 여인을 통해서였으니 앞으로의 살길 또한 여인을 통해 얻는 게 당연했다.

여자들의 감정과 표정은 복잡했다. 웃는 얼굴에도 기뻐서 웃는 얼굴이 있고, 흥겨워 웃는 얼굴이 있으며, 우울한 속내를 가리기 위해 웃는 얼굴이 있었다. 눈물에도 저마다의 감정과 사연이 다르고, 한숨 한 번에도 사랑과 슬픔이 교차했다.

현각은 눈빛만 보고도 여인들의 그런 감정을 분류해 낼 수 있을 정도로 여자들에게 익숙했다. 게다가 그에게는 어떤 여자라도 한 번 쳐다보면 쉽게 눈을 떼지 못할 잘생긴 얼굴도 있었다.

그가 여자를 통해 팔자를 고쳐 보겠다는 야망이 생긴 건 어쩌면 당연한 일이었다.

현각이 선택한 여자는 한소령이었다.

한소령은 남양 제일의 갑부라는 한 대인의 무남독녀 외동딸이었다. 세상 물정 모르는 열여섯의 순진하고 어린 여심을 뒤흔드는 것쯤이야 현각에겐 일도 아니었다.

현각은 느긋한 마음으로 다향원(茶香園)의 문을 열었다. 향긋한 차 내음과 함께 다루 내부에 있던 여인들의 시선이 일제히 그를 향했다.

대리석을 깎아 만든 듯 아름답고 섬세한 그의 얼굴은 언제 어디서나 여인들의 시선을 독차지했다. 현각은 흐뭇한 마음으로 여인들의 시선을 즐기며 천천히 안쪽으로 걸어갔다.

창가에 홀로 앉아 있던 백의(白衣)의 청초한 여인 앞에서 현각의 발

걸음이 잠시 주춤거렸다. 수정처럼 맑은 여인의 눈망울이 현각을 보며 살풋 미소를 지은 것이다. 의심의 여지없는 유혹의 눈빛이었다. 미인의 유혹을 거절하는 건 사내로서의 도리가 아니지만 오늘은 참아야 했다.

그 여인의 뒤편엔 보름달처럼 동그란 얼굴에 쭉 찢어진 눈으로 수줍게 웃고 있는 소령이 있으니까.

좀 못생겼으면 어떤가. 남양 제일의 갑부를 아버지로 둔 여인인데.

현각은 창가에 스며드는 햇살만큼이나 환한 미소를 지으며 소령의 앞에 앉았다.

"이렇게 사람이 많은 데서 만나자고 하면 어떡해? 다른 사내들이 널 채가기라도 하면 어쩌려고? 주변을 둘러봐. 모두 널 쳐다보고 있잖아."

"오빠두 참……."

소령은 얼굴까지 붉히며 머리를 떨궜다.

'어라? 지가 정말 예쁜 줄 아나?

그랬다. 소령은 두 시진 동안 공들인 몸단장이 효과가 있다며 만족스러워하는 중이었다.

"소령아."

느닷없이 현각이 어둡고 쓸쓸한 목소리로 소령의 이름을 불렀다.

"응?"

"난… 더 이상 널 볼 수 없을 것 같아……."

소령의 달덩이 같은 얼굴이 불안과 두려움으로 급격하게 일그러졌다.

"왜, 왜 그래?"

"이렇게 널 바라보고 있을 때면 내가 세상에서 가장 행복한 사내 같아. 하지만… 너와 떨어져 있을 때면 난 세상에서 가장 불행한 사내가 돼. 너에 대한 그리움과 목마름으로 가슴이 갈기갈기 찢어지고 있어. 난 더 이상… 견딜 수가 없구나."

현각은 애절하고 슬픈 눈빛으로 소령을 응시하며 뜨겁게 말했다.

소령의 얼굴을 덮고 있던 불안은 순식간에 환희로 변했다.

"나도 하루 종일 오빠 생각만 해. 이젠 오빠 없이는 하루도 살 수 없을 것 같아……."

"하지만 우린 혼인할 수 없는 사이잖니."

현각의 슬픈 말에 소령의 작고 찢어진 눈이 더 이상 커질 수 없을 만큼 휩떠졌다.

"왜, 왜?"

"넌 아직 어리고 순진해서 몰라. 너처럼 귀하게 자란 사람에게 난 어울리지 않아. 넌 결코 나처럼 가난하고 가진 게 없는 사내와 혼인할 수 없어."

"아니야! 할 수 있어!"

소령이 고집스럽게 외쳤다. 한 대인의 무남독녀 외동딸로 아쉬울 것 없이 자란 그녀다. 자신이 갖고 싶은 것을 얻지 못한 적은 없었다. 원하는 것을 하지 못한 적도 없었다. 더욱이 이것은 사랑과 관련된 문제다. 그녀는 절대 양보하거나 물러설 마음이 없었다.

현각이 씁쓸히 웃으며 자조적으로 말했다.

"넌 할 수 있을지 몰라도 네 아버님은 허락하지 않을 거야. 내가 네 아버지라도 그럴 테지. 나 같은 사내에게 귀한 딸을 주지는 않을 거야. 내가 너한테 뭘 줄 수 있겠니? 내가 가진 거라곤 널 죽도록 사랑하는 이 마음 하나뿐인데……."

현각은 치미는 슬픔을 억누르는 사람처럼 격하게 머리를 떨궜다.

소령의 눈에선 어느덧 감동의 눈물이 비처럼 쏟아지고 있었다.

"난 그거면 돼. 아버님께 말씀드릴 테야. 내가 허락받으면 되잖아. 응?"

"난 나 때문에 너와 네 아버지 사이가 멀어지는 건 원치 않아. 그러느니… 차라리 내가 떠나겠어. 널 떠나면 가슴이 찢어지고 멍들어 이름 없는 들판에서 해골처럼 말라 죽겠지만 그래도 널 위해서라면… 기꺼이 그 길을 택하겠어."

"오빠가 죽으면 나도 죽어. 난 오빠 아닌 어떤 남자도 필요없단 말이야. 다른 남자와 혼인하느니 차라리 산으로 들어가 비구니가 될 테야. 오빠, 제발 기다려 줘. 내가 아버님께 허락받을게. 응?"

"소령아……."

현각이 목메인 소리로 나직이 그녀의 이름을 불렀다.

'이제 승부는 끝났군. 흐흐흐흐.'

저잣거리를 떠도는 한심한 파락호 생활도 이젠 끝이다. 물론 현각도 소령 같은 고집불통 심술쟁이와 한평생을 해로(偕老)할 생각은 없었다. 그저 눈 딱 감고 일이 년만 버티면 한밑천 챙겨 나올 수 있을 것이다.

현각의 나이 이제 겨우 열여덟. 일이 년을 허비한다 해도 아까울 건 없었다.

일이 틀어진 건 한 대인의 반대가 생각보다 완강한 데서 시작됐다.

"오빠, 우리 도망가."

소령은 아버지를 설득하는 대신 버리기로 마음먹은 것이다.

“뭐?!”

석 달 열흘 동안 공들여 쌓은 탑이 와르르 무너지는 기분이었다.

부자 아버지가 없는 소령이 그에게 무슨 의미란 말인가?

소령은 못생긴 여자였다. 그것은 현각의 높은 미적 기준에서 보나 저잣거리 사내들의 술 취한 눈으로 보나 마찬가지였다. 한 대인의 무남독녀 외동딸이라는 신분이 아니었으면 거들떠볼 일도 없던 여자였다.

그런데 소령이는 돈 많은 아버지는 버리고 못생긴 얼굴과 고약한 성질만 가지고 현각을 찾아온 것이다. 덕분에 현각은 그녀의 결정적 단점을 또 하나 발견하고 말았다. 소령이는 머리까지 나쁜 여자였다.

“휴우, 소령아. 넌 세상 물정을 너무 몰라. 이대로 도망가 봐야 굶어 죽기밖에 더하겠어? 사람은 사랑만 가지곤 살 수 없어.”

“피이, 내가 그 정도 생각도 안 했을까 봐.”

소령은 씨익 웃으며 소매 속에서 한 자 길이의 청옥 불상을 꺼내놓았다. 청옥이 내뿜는 청량한 기운이 향긋한 차 향처럼 주변으로 퍼져나갔다. 게다가 불상의 온화한 미소는 쳐다보는 것만으로 가슴을 울렁거리게 만들었다.

“이, 이게 뭐야?”

“청옥소안불상(靑玉笑顔佛像)이야. 원래 송나라 황실에 있던 보물인데, 송나라가 멸망하면서 궁 밖으로 흘러나왔다나 봐. 어쩌다 아버지 손에까지 들어왔는지는 몰라도 목숨과도 바꾸지 않을 귀한 거랬어. 이거면 우리 둘이 평생을 호의호식하면서 숨어 살 수 있을 거야.”

소령은 웃고 있지만 현각은 울고 싶었다.

한 대인은 은자 두 냥을 훔쳤다는 이유로 시동의 손목을 자른 적도

있는 위인이다. 목숨과도 바꾸지 않을 보물을 잃고 가만히 있을 리가
없었다. 한가장을 지키는 호위무사만 해도 오십 명이 넘었다. 그들이
발 벗고 나선다면 현각과 소령은 남양도 벗어나지 못하고 잡힐 게 뻔
했다.

'멍청한 계집 같으니라고! 차라리 금송아지를 한 마리 들고 나올 일
이지!'

마음 같아선 당장이라도 머리를 한 대 쥐어박고 싶지만, 여기서 울
고불고 난리를 쳐대면 자칫 상황이 더 악화될 수도 있었다. 현각은 속
이 터질 것 같은 답답함을 억누르며 겉으로는 조용하고, 다정하게 말했
다.

"소령아, 이런 보물을 훔쳐 가는 건 아버님께 너무 큰 죄를 짓는 거
야. 난 그러고 싶지 않구나."

"이미 늦었어. 호위무사들이 벌써 우리를 찾고 있을걸? 잡히면 우리
둘 다 죽는 거야. 말했잖아! 아버지가 목숨보다 소중히 여기는 보물이
라고!"

소령이 바늘처럼 가늘고 쭉 찢어진 볼품없는 눈을 부릅뜨며 말했다.
그녀가 저 작은 눈을 부릅뜰 정도니 상황은 그의 짐작보다 훨씬 심각
한 모양이다.

'젠장!'

가능만 하다면 그녀가 엉덩이를 걸치고 앉아 있는 낡은 침대로 관을
짜서 그대로 묻어버리고 싶었다. 얼굴도 못생긴 데다 성질도 고약하고,
하는 짓마저 아둔하니 인류의 미래를 위해서도 사라지는 게 나을 것
같은 계집애다.

울화통이 치미는 속마음과 달리 현각은 다정한 눈빛으로 소령의 손

을 마주 잡았다.

"그렇다면 더 더욱 도망갈 수 없어. 사랑하는 여인이 아버지에게 쫓기는 모습을 어떻게 보겠니? 좋아! 내가 직접 한 대인을 찾아뵙고 용서를 구하지. 설마 죽이기야 하시겠어? 벌을 주시면 받을 테고, 매를 주시면 맞을 거야. 사랑을 위해서라면 어떤 형벌도 달게 받을 수 있어. 그럼 아버님도 조금은 감동해 주지 않으실까?"

"오, 오빠……."

소령은 정말로 감동한 듯 눈꺼풀에 덮여 잘 보이지도 않는 눈동자를 파르르 떨었다.

"날 믿고 기다려 줄 수 있겠니?"

"……."

소령은 한없는 애정과 믿음을 담은 표정으로 머리를 끄덕였다. 그녀 뒤에 부자 아버지가 있을 때는 그럭저럭 봐줄 만한 표정이었는데… 지금은 정말이지 마주하기도 싫은 얼굴이었다.

현각은 비장한 표정으로 어깨를 휙 돌려 자신의 낡은 모옥을 나섰다. 그리곤 뒤도 돌아보지 않고 달리기 시작했다.

한 대인이 설마 하니 사랑하는 딸이 자신의 보물을 훔쳐 갔다고 생각하겠는가? 모두 현각의 탓으로 돌릴 게 뻔했다.

소령에게야 더없이 다정한 아비라지만 다른 사람에게도 어디 그런가? 그는 냉정했다. 냉정하다 못해 잔인하고 악랄했다. 재수없이 잡혔다간 그 길로 인생 종치게 될지도 모를 일이었다. 소령 같은 여자를 위해 바쳐지기엔 너무나 아까운 인생 아닌가. 한 대인의 분노가 누그러들 때까지 현각은 숨어 있기로 작정했다.

그래서 찾은 곳이 이곳 종남산(終南山)이었다.

밤이 깊어지고, 산이 험해질수록 현각의 짜증도 높아졌다.

'쳇! 내 팔자에 부자 마누라는 무슨! 소령이 고년한테 낭비한 시간도 아까운데, 명까지 재촉한 꼴이라니……'

후회가 큰 만큼 미련도 컸다.

소령의 마음을 얻은 것까진 좋았는데… 너무 깊게 흔들어 버렸다. 아버지를 버리다니.

"젠장!"

현각은 발 옆에 채이는 돌멩이를 휙 걷어찼다.

"으… 윽……."

어둠 속에서 들리는 신음 소리에 현각은 깜짝 놀라며 걸음을 멈췄다. 이 야심한 시각, 이 깊은 산중에 자신 말고 또 사람이 있을 줄은 몰랐다. 현각은 돌멩이가 날아간 곳으로 조심스럽게 다가갔다.

길에서 약간 떨어진 수풀 속에 사내가 쓰러져 있는 모습이 보였다. 얼핏 봐도 얼굴은 피로 흥건히 젖어 있고, 허리뼈가 부러졌는지 몸은 낫처럼 휘어져 있었다. 사내의 옆쪽은 달빛조차 가로막은 높고 가파른 절벽이 보기에도 아찔하게 버티고 서 있었다.

"설마 저기서 떨어진 건가? 독한 놈일세. 저기서 떨어지고도 명줄이 남아 있으니. 그래 봤자 꼴을 보니 살아날 것 같지도 않은데. 쯧쯧, 차라리 죽을 것이지. 파리 목숨만큼 남은 생명으로 죽을 고통을 받는구나."

불쌍하긴 하지만 도와줄 마음은 없었다. 여자라면 몰라도 사내를 위해 귀한 시간을 허비하고, 고귀한 정력을 낭비할 필요는 없으니까.

뿐더러 이 사람은 살아날 가망도 없어 보였다. 혹시 운이 좋아 살아나도 허리를 다쳤으니 사내 구실은 못할 것이다. 게다가 얼굴까지 심하게 다쳤으니 여자랑 살 맞대고 살기는 틀린 놈이다. 현각의 기준으로 보면 차라리 죽는 게 나은 놈이었다.

미련없이 돌아서려던 현각을 잡은 건 사내의 비단옷이었다.

"어차피 죽을 목숨이면 불쌍한 중생이나 하나 구제해라."

현각은 사내의 비단옷 속을 뒤졌다.

"날 너무 나쁜 놈이라고 욕하지는 마. 나도 다 사연이 있어서 이러는 거니까. 근데… 이놈 이거, 빈털터리잖아?"

갑자기 짜증이 확 치밀었다. 마치 꼭 받아야 할 돈을 못 받은 기분이었다. 괜히 억울하기도 하고, 약도 오르고.

"죽어가는 놈이 비단옷이 다 무슨 소용이야!"

현각은 사내의 옷을 벗기기 시작했다. 이 옷만 내다 팔아도 보름 치 술값은 마련될 것이다. 원래 양심 같은 건 없는 놈이니 별 죄책감도 없었다.

그를 질책하는 건 깊어지는 밤과 함께 두 사람을 환히 밝히는 달빛뿐이었다.

거침없이 옷을 벗겨가던 현각이 갑자기 벼락이라도 맞은 사람처럼 굳어버렸다. 달빛에 드러난 사내의 얼굴이 그를 경악과 혼돈으로 물들였다.

"세, 세상에… 이, 이런 일이……."

현각은 파르르 떨리는 손으로 사내의 얼굴을 덮은 피를 닦아냈다. 핏기 잃은 사내의 얼굴이 차가운 달빛 아래 선명하게 드러났다.

"헉!"

현각은 귀신이라도 본 사람처럼 놀라 털썩 주저앉았다.

그의 생계를 연명해 온 게 여자들을 후리는 재주였다면, 거친 파락

호들 사이에서 생존할 수 있었던 건 오로지 배짱과 담력 덕분이었다.

거칠게 살아온 만큼 웬만한 일에는 놀라지도 않았다. 그런데 지금은 심장이 튀어나올 만큼 격렬하게 요동쳤다. 등골을 따라 오싹한 소름이 돋았다. 머리 속은 하얗고 입술은 바싹바싹 타 들어갔다.

현각은 눈을 비비며 사내를 다시 쳐다봤다.

반듯한 이마, 짙은 눈썹, 그리고 부드럽게 얼굴을 가로지르는 높은 콧날, 갸름한 턱선에 도톰한 입술까지……

"이, 이건… 내, 내 얼굴이잖아!"

똑같았다! 얼굴은 물론이고, 큰 키와 호리호리한 몸매, 그리고 여인처럼 부드러운 피부결까지… 모두가 똑같았다.

한날한시에 같은 배에서 태어난 쌍둥이라 해도 이렇게 똑같지는 못할 텐데. 마치 거울을 들여다보는 듯 한 치도 다르지 않은 이 얼굴을 도대체 어떻게 설명해야 할까?

아무리 넓은 세상, 모래알처럼 많은 게 사람이라지만 자신과 똑같은 사람이 있다는 건 상상조차 해보지 않은 일이었다.

망치로 머리를 세차게 얻어맞은 느낌이었다. 혼란스러운 머리 속으론 온갖 생각이 파도처럼 밀려왔다.

'나와 같은 핏줄일까? 차림을 보아하니 돈푼깨나 만지는 집안 녀석 같은데… 정말 내게도 아버지가 있는 건가? 그렇다면… 아버지도 나의 존재를 알고 있었을까?'

현각은 세차게 머리를 저었다.

아비가 있어봐야 무슨 소용인가. 결국 그는 기녀의 자식인데.

어머니가 진정으로 마음을 준 사내에게만 몸을 허락했다고 한들 누가 인정하겠는가? 결국 기녀일 뿐인데.

　기녀의 몸에서 낳아진 자식을 핏줄로 인정할 사람은 없었다. 그 기녀가 당대 최고의 미녀 화서린이라 할지라도.

　그리고 이 사내의 얼굴은 같은 핏줄이란 이유 따위로 설명될 문제가 아니었다.

　쌍둥이라 해도 다른 환경에서 자라다 보면 얼굴이 달라질 수밖에 없다. 사람의 얼굴에는 어쩔 수 없이 살아온 흔적과 환경이 배이기 마련이니까.

　하지만 이 사내는… 거울 속에서 걸어나왔다 해도 믿을 정도로 자신과 똑같은 모습을 하고 있었다.

　내 얼굴을 내려다본다는 건, 그것도 죽어가는 내 얼굴을 내려다본다는 건… 신기하다기보다 두려웠다. 소름 끼치고, 불쾌했다.

　사내의 쩍 벌어진 오른쪽 뺨에선 아직도 피가 송골송골 솟아났다.

　'둘 중 하나는 하늘의 착오로 잘못 태어난 놈일 거야. 어차피 한 놈은 죽었어야 할 운명일지도…….'

　어쩌면 간발의 차이였을지도 모른다. 자신이 남양에서 조금만 더 지체했어도 이 사내보다 먼저 죽었을지 모를 일. 거기에 생각이 미치자 오싹한 기운에 몸서리까지 쳐졌다.

　"그래. 어차피 한 놈이 죽어야 한다면 죽는 건 너고, 난 살아야겠다!"

　현각은 자기가 입고 있던 무명옷을 벗어 사내에게 입히고 사내의 비단옷은 자신이 입었다. 그리곤 사내를 끌고 산을 내려가기 시작했다. 사람들 눈에 잘 띄는 곳에 버려두려는 것이었다.

　"살아선 뭐라고 불렸는지 모르겠지만 죽어서는 그냥 현각이라고 해라. 그래도 장례 치러줄 녀석들은 있으니까 너무 서러워 말고."

현각은 마지막으로 사내의 얼굴을 내려다보았다. 오싹한 기분은 조금도 가시지 않았다. 하지만 이 녀석의 죽음으로 자신은 살길을 열었으니 그리 손해 보는 만남은 아니라고 생각했다.

2

현각이 관제묘를 발견한 건 새벽 무렵이었다.

어스름히 피어오르는 새벽 안개 속에 위태롭게 서 있는 낡은 사당이지만 벽이 있고, 지붕이 있으니 그것으로 족했다.

현각은 안에 들어서자마자 쓰러지듯 잠에 젖었다.

어제는 고단하고 충격적인 하루였다. 기대에 들떠 시작한 하루가 소령의 돌출 행동으로 절망으로 변하더니, 자신과 똑같이 생긴 사람을 만나 경악으로 끝났다. 간밤엔 그 사내를 쉽게 내다 버렸지만 그 충격은 쉽게 가시지 않을 터였다.

태양이 서산을 넘어가며 한낮의 더위가 수그러질 때쯤에야 현각은 눈을 떴다. 피곤보다 더한 허기가 그를 깨운 것이다. 다행히 여름이라 산에는 간단히 허기를 때울 만한 열매들이 제법 많았다.

허기가 대충 가라앉자 현각의 머리 속에는 온갖 생각들이 떠올랐다.

"지금쯤은 그 녀석 시체를 발견했으려나? 소령이가 길길이 날뛰고 난리를 쳐대겠군. 그 성질을 달래려면 한 대인도 당분간 고생 좀 하겠지? 푸후후."

자기의 죽음으로 인해 난리를 쳐댈 사람들을 생각하니 절로 웃음이 흘렀다. 웃을 처지는 아니지만 웃음이 나왔다.

당장 갈 곳도 없고, 수중에 돈 한 푼 없는 처지지만 이렇게 살아 있지 않은가. 아무리 곤궁한 처지라도 죽은 놈보다야 백 번 나았다. 산 사람은 어떻게든 살아지게 마련이니까.

현각은 나른한 오후 햇살을 받으며 드러누웠다. 부드러운 미풍이 몸을 쓸고 지나갈 때마다 비단옷이 기분 좋게 살갗을 간지럽혔다.

이 비단옷 한 벌이 그에게 주는 의미는 컸다. 이런 옷차림이면 어디 가서든 대가댁 공자 노릇도 할 수 있을 테고, 그럼 돈 많은 여자를 만나기도 훨씬 쉬워질 것이다. 일단 만나기만 하면 자신의 여자로 만드는 것쯤이야 식은 죽 먹기보다 쉬운 일이었다.

달콤한 상상을 하며 기분 좋게 누워 있는 그의 귀에 사각거리는 발소리가 들렸다. 현각은 재빨리 관제묘 안으로 피했다. 발소리는 점점 가깝게 다가왔다.

'누구지?'

관제묘의 낡은 문이 조용히 열렸다. 현각도 긴장한 표정으로 빼꼼히 문을 노려봤다.

먼저 보인 것은 까맣게 피가 말라붙은 흑색의 도(刀)였다.

'젠장!'

현각이 투덜거리며 인상을 쓰는 그 순간, 청색 무복 차림의 여인이

들어섰다. 등 뒤로 내려앉는 황금빛 노을의 화려함마저 무색케 하는 아름다운 여인이었다.

여자라면 지겹도록 봐왔던 현각의 입마저 쩍 벌어졌다. 그가 단언컨대 이 여인은 그가 만난 여인들 중 최고의 미인이었다.

'세상에 이런 미인이 있는 줄 모르고 소령이 같은 계집의 얼굴을 쳐다보며 눈을 더럽혔구나…….'

현각은 꿈이라도 꾸는 듯 몽환적인 표정으로 여인을 쳐다봤다. 여인의 손에 피 묻은 도가 들려 있다는 것쯤은 아랑곳하지도 않았다.

현각이 여인을 평가하는 잣대는 단 두 가지뿐이었다. 돈이 많은가, 아니면 아름다운가. 여인은 두 번째 조건을 완벽하게 충족시켰다.

아름다운데 피 묻은 도가 아니라 살아서 팔딱거리는 심장을 손에 들고 있다 한들 어떤가! 그 심장이 자신의 것만 아니라면 용서할 수 있었다.

현각이 혼자서 여인을 관찰하고 감동하고 흥분하는 동안 여인은 칼끝처럼 날카로운 눈으로 주변을 살폈다.

'쫓기고 있는 모양이군. 동변상련의 처지라면 더 더욱 말이 잘 통하겠네. 호호호.'

여인은 현각을 보자 경계를 늦추며 나직이 한숨을 쉬었다.

현각도 그녀를 향해 조용히 미소를 지었다. 경박하지는 않되 따뜻함이 느껴지는 든든한 미소, 이것은 현각이 최후의 순간에 사용하는 비장의 무기였는데 일명 '살인미소'라 불리는 것이었다.

여인이 현각을 향해 다가왔다.

'넘어오지 않을 수가 없지!'

현각은 살인미소를 고수하며 은근한 눈빛으로 여인을 맞이했다. 여인은 지친 표정으로 힘겹게 현각의 앞에 섰다.

"사, 상공……."

힘겨운 한마디를 내뱉은 후, 여인은 현각의 품 안으로 넘어지듯 쓰러졌다.

'상공? 지금 나보고 상공이라고 한 거야? 아무리 첫눈에 반해도 그렇지, 이거 진도가 너무 빠른 거 아닌가? 크흐흐.'

자신의 품 안에 쓰러져 있는 여인을 보고 흐뭇해하던 현각의 머리 속으로 번개처럼 스쳐 가는 생각이 있었다.

'아! 어젯밤 그놈! 그놈의 부인이구나!'

자신의 옷을 입고 자신을 대신해 현각이란 이름으로 죽었을 사내.

그 사내가 바로 장승풍의 못난 아들이자 백화린이 목숨을 걸고 지키려 했던 남편, 장천이었다.

현각은 입술에 침까지 바르며 백화린을 내려다봤다.

진주처럼 검고 그윽하던 눈동자는 감겨 있고, 핏기 없는 입술은 창백하게 갈라져 있지만 백옥처럼 고운 피부 위에서 아름다운 조화를 이룸에는 변함이 없었다.

'이렇게 꽃 같은 마누라를 두고 죽으려니 그 높은 절벽에서 떨어지고도 눈이 안 감겼구만. 하긴 나라도 그렇겠네.'

현각은 자기 품에 안긴 여인을 보며 헤벌쭉 벌어진 입을 다물지 못했다.

이게 웬 횡재란 말인가!

백화린은 탈진 상태였다.

꼬박 이틀을 한숨도 자지 못하고 살수들과 사투를 벌이며 여기까지

왔다. 무사한 장천을 보자 긴장이 풀리며 쌓였던 피로가 파도처럼 몰려온 것이다.

현각은 과일의 즙을 내서 백화린의 입 안으로 흘려 넣어줬다. 그러자 바싹 말라 있던 백화린의 입술에 생기가 돌았다. 숨소리도 한결 편해졌다.

"편히 자시오, 부인. 흐흐흐."

현각은 너무 좋아 잠도 오지 않았다.

새벽 일찍 사냥에 나갔던 현각은 관제묘 앞의 공터에 불을 피워놓고 고기를 구웠다.

"웬 고기죠?"

고기 굽는 냄새가 여인을 깨운 모양이다.

"다람쥐 고기요. 드시겠소?"

백화린은 말없이 고기를 받아먹었다. 매우 시장했던지 순식간에 하나를 해치우고 또 하나를 집어 들었다. 모닥불 옆에 버려져 있던 흉측하게 생긴 긴 이빨을 발견한 건 그때였다.

"이게… 뭐죠?"

"아, 그거요? 이빨이오. 들쥐의……."

백화린은 구역질이 치미는 걸 간신히 참았다. 지금은 한 푼의 힘이라도 아껴야 할 때였다. 먹은 고기를 토해낼 정도로 한가한 처지가 아니었다. 하지만 더 이상 먹을 마음은 없었다. 그녀는 먹던 고기를 조용히 내려놓고 시선을 돌렸다.

'다람쥐나 들쥐나 쥐인 건 마찬가진데… 하여간 여자들이란…….'

현각은 묵묵히 먹던 고기를 마저 먹었다.

백화린은 먼 산을 쳐다보며 담담히 말했다.

"남양으로 내려가야겠어요. 살수들을 피하려면 사람들 틈에 묻히는 게 더 좋을 거예요."

이번엔 현각이 토할 뻔했다. 남양으로 내려가자니. 그랬다간 당장 자신의 정체가 들통날 테고, 한 대인이 아니면 이 여인의 손에라도 죽을 게 뻔했다. 거기다 살수들은 또 뭐란 말인가?

현각은 얼굴을 잔뜩 구기며 고민에 잠겼다. 분명한 것은 지금 남양으로 내려가면 자신은 죽는다는 사실이었다. 그는 피에 젖은 여인의 도를 주목했다.

여인은 살수들과 싸우며 여기까지 살아서 온 것이다. 도를 적시고 있던 피가 말해 주지 않았는가? 지금까지 그래 왔다면 앞으로도 잘해 낼 수 있을 것이다. 현각은 그렇게 생각하고 싶었다.

"피하는 것만이 능사가 아니오. 그냥 갑시다."

"가다니요? 어디로 말이에요?"

'갈 곳도 없이 떠도는 사람들이었나? 멀쩡한 비단옷 입고 뭐 하는 짓들이람.'

게다가 여인의 싸늘한 말투 속에는 남편에 대한 존경이나 애정 따위는 전혀 느껴지지 않았다. 오히려 빈정거림에 가까운 조소가 엿보였다.

'쳇, 제법 콧대 높고 잘난 여인인가 보군.'

하긴 좋은 집안에, 눈부신 미모를 겸비한 여인의 콧대가 낮다면 그게 더 이상한 일이었다. 하지만 여인이 제아무리 잘나고 도도해 봤자 기가 죽을 현각은 아니었다. 여인에 대한 자신감 때문이기도 하지만, 천성적으로 뻔뻔한 것이 더 큰 이유였다.

제아무리 잘나봐야 밥 먹고 똥 싸는 사람이긴 마찬가지 아닌가. 아름다운 여자는 이슬만 먹고 살 것이란 환상은 걸음마를 떼기도 전에 깨달은 현각이다. 천하를 호령하는 높으신 양반들도 기녀의 품에서 하는 짓거리를 보면 그와 별로 다를 것도 없어 보였다. 기루에서 자라며 인간의 밑바닥부터 본 현각에겐 사람에 대한 존경도, 두려움도 없었다.

그저 사람은 다 똑같은 사람일 뿐이라는 단순한 생각이 바로 현각의 뻔뻔함의 근본이었다.

물론 똑같은 사람이라고 해서 아름다운 여인과 못생긴 여인을 똑같이 대해도 된다는 것은 아니었다. 아름다운 여인은 사내의 사랑을 받을 권리가 있고, 자신처럼 잘생긴 남자에게는 그런 여인을 사랑해야 할 의무가 있었다.

현각은 그동안 충실히 의무를 수행해 왔고, 앞으로도 쭉 그렇게 할 것이다. 백화린 또한 아름다운 여인으로서 자신의 권리를 누릴 필요가 있었다.

이런 여러 가지 상황을 고려해 볼 때, 현각이 취해야 할 입장은 한 가지뿐이었다.

일단은 남양으로 가지 말아야 한다는 것이고, 더 중요한 일은 여인이 자신을 남편으로 알고 있는 동안 진짜로 남편 노릇을 한번 해야 한다는 것이다. 물론 여기서의 남편 노릇이란 밤에 하는 일을 의미했다. 아름다운 여인과 잘생긴 사내가 만났으니 서로의 의무와 권리를 나누어 갖는 것은 당연한 일 아니겠는가. 그러기 위해선 둘이 함께 있을 긴 시간이 필요했다.

그는 무작정 남양의 정반대 편인 깊은 산을 손짓하며 말했다.

"저리로 가야지요."

백화린이 의외라는 듯 되물었다.

"천도문(天刀門)으로 말인가요?"

'천도문?'

현각은 깜짝 놀랐다. 일단 깊은 산으로 들어가 부부 놀이부터 시작해 볼 생각이었는데 느닷없이 천도문이라니!

천도문이라면 그도 귀동냥으로 들어서 조금은 알고 있었다. 천도문은 섬서성에 있는 강력한 다섯 개의 무림문파를 일컫는 섬서오존 중 하나라고 했었다.

'하긴 도를 들고 있으니 무림인일 테고, 무림인이 무림문파로 가겠다는데 이상할 건 없지. 김샜군.'

만약 부부 놀이를 한 후에도 백화린이 눈치 채지 못한다면 끝까지 따라다니며 서방 행세를 할 생각이었다. 한데 천도문이라는 한마디가 그의 황홀했던 기대를 모두 깨버렸다.

한 대인을 피하겠다고 무림문파 속으로 들어가는 건 고양이를 피하겠다고 호랑이 굴로 들어가는 것과 마찬가지였다. 하지만 발톱을 세운 고양이는 눈앞에 있고, 호랑이 굴은 저 멀리 산 너머에 있다면? 그렇다면 그가 할 선택이야 뻔했다. 호랑이 굴로 가는 도중에 부부 놀이를 마치고 도망치는 것!

현각은 흔쾌히 대답했다.

"그럽시다."

백화린이 싸늘한 눈빛으로 되물었다.

"진심으로 믿어도 될까요?"

'보기보다 말 많은 여자군.'

"어찌 사내가 한 입으로 두말을 하겠소."

백화린의 입매가 싸늘하게 말려 올라갔다.

얼핏 보면 비웃는 듯하지만 그녀 안에 꿈틀거리는 건 투지였다. 죽어도 상관없다는. 아니면 목숨을 걸고라도 해내고 싶다는. 절망감 따위는 털어버린 듯 그녀의 얼굴에는 생기마저 느껴졌다.

'혹시 싸움을 즐기는 여자 아니야? 부부 놀이 하는 건 쉽지 않겠지만… 최소한 죽지는 않을 것 같군.'

그렇다면 현각도 망설일 필요는 없었다.

"그렇소. 천도문으로 돌아갑시다. 죽음을 피하는 것으론 결코 살길을 열 수 없소. 진정 살고자 한다면 죽음과 싸우는 수밖에 없소."

여인이 무림인이라면 남편 역시 무림인 아니겠는가. 그래서 한껏 모양을 잡고 해본 말이었다.

백화린은 당장 반응했다. 다소 의외라는 듯 놀란 표정이긴 하지만 이미 주먹을 불끈 쥐고 자리에서 일어나 있었다.

"상공께서 처음부터 그런 투지를 보였다면, 여기까지 오는 일도 없었을 거예요."

백화린의 한마디 말에서 현각은 많은 것을 알 수 있었다.

'멍청한 놈. 혼자 살겠다고 부인을 남겨두고 도망치다 절벽에서 떨어진 거였구나? 죽어도 싼 놈이었군.'

자신도 소령이를 남겨두고 도망친 처지라는 생각은 하지도 않았다. 소령이야 죽을 곳에 버려둔 것이 아니라 부자 아비 옆에 고이 보내준 것이 아닌가. 어차피 생각이란 것은 하기 나름이었다. 현각은 매사를 자기 편한 대로만 생각했다. 어차피 생각이란 것은 귀에 걸면 귀고리요, 코에 걸면 코걸이인 것이니까.

"이왕 돌아가기로 마음먹었으니 서두릅시다. 앞장서시오."

섬서성 남단에 위치한 종남산은 서쪽으로 감숙성, 동쪽은 하남성에 미치는 진령산맥의 줄기였다.

현각은 하남성 남양을 통해 종남산에 들어선 것이었고, 지금은 백화린과 함께 서북쪽 능선을 넘어 섬서성을 향하는 중이었다.

이곳 종남산 북단에는 300년 역사의 종남파가 자리 잡고 있었다. 종남파의 현 장문인인 추명은창(追明銀槍) 곽재의는 장천의 아버지인 장승풍과도 막역한 사이였다.

백화린이 탈출로로 종남산을 택한 것도 그런 이유였다. 하지만 타 문파의 후계자 쟁탈전에는 아무리 강대한 문파나 절친한 지우라 해도 함부로 개입할 수 없는 게 무림의 불문율!

결국 종남파도 천도문의 내분을 지켜볼 수밖에 없는 처지였고, 백화린도 아무 도움을 청할 수 없었다. 그저 먼 바람막이라도 되어주기를 기대해 볼 뿐.

백화린은 한시도 긴장을 풀지 않고 조심스럽게 한 걸음, 한 걸음을 내디뎠다. 현각은 유람이라도 나온 사람처럼 어슬렁거리며 백화린의 뒤를 따라갔다.

'앞에서 봤을 땐 눈밭에 핀 설화(雪花)처럼 싸늘하더니, 뒤에서 보니 하늘하늘한 자태가 여름 들판의 아지랑이 같구나. 오늘 밤! 그래, 오늘 밤에 어떻게든 거사를 치르자! 정 안 되면 술이라도 먹이는 거지 뭐.'

상상을 하는 것만으로도 아랫도리가 쭈뼛해질 정도인데, 날마다 품에 안고 잔다면 얼마나 행복할까?

'행선지가 천도문만 아니라면 망설일 필요도 없이 따라갈 텐데. 쩝! 아쉽구나. 그래도 오늘 밤이 있으니까. 으흐흐!'

달콤한 상상으로 촉촉이 젖어 있던 현각의 눈살이 급격하게 일그러졌다. 백화린이 현각을 향해 시커먼 도를 짓쳐드는 것이다.

"나는 그냥 생각만⋯⋯!"

현각은 얼굴에 닿는 비릿하고 뜨거운 피의 내음에 입을 다물어야 했다. 그의 발 옆에는 정확하게 양단된 머리 하나가 뒹굴고 있었다. 검은 복면 속에서 핏기 머금은 눈이 그를 노려봤다. 현각의 얼굴에 튄 자신의 피에 이끌리기라도 하듯⋯⋯.

현각은 바닥에서 뒹굴고 있는 머리가 남의 일로 여겨지지 않았다. 가짜라는 게 들통나면 자신도 이 꼴이 될 게 아닌가.

혹시나 했던 그의 염려가 현실이 되어 나타나 버렸다. 백화린은 역시나 싸움을 즐기는 여자인 것이다.

현각은 난생처음 고민이라는 것을 해야 했다.

이대로 도망갈 것인지, 그래도 궁합은 한번 맞춰보고 도망갈 것인지.

목숨을 생각하면 당장 도망가는 게 옳지만 두 번은 보기 힘들 미인을 앞에 두고 그냥 돌아서려니 쉽게 발이 떨어지지 않았다.

결정을 내리지 못하고 엉거주춤 서 있는 그를 향해 이번에는 매서운 창날이 날아들었다. 숨어 있던 또 한 명의 살수가 공격해 온 것이다.

'싫어!'

현각은 눈을 질끈 감았다.

죽음과 직면한 순간 생을 되돌아본다느니 잘못을 회개한다느니 하는 말은 모두 거짓이었다. 그의 머리 속엔 오로지 한 가지 생각뿐이었다. 죽기 싫다는 마음!

챙강!

심장을 꿰뚫는 고통 대신 쇳덩어리 부딪치는 소리가 났다.

현각이 빼꼼히 눈을 떴다. 복면인의 창보다 백화린의 도가 더 가깝게 보였다. 그녀의 도가 복면인의 창을 막고 있는 것이다.

창날은 순식간에 방향을 바꿔 현각의 목을 노렸다. 번개처럼 순식간에 목을 관통할 기세였다. 백화린도 황급히 도를 움직여 아슬하게 창을 막아냈다.

현각은 숨조차 쉴 수 없었다.

앞에선 복면인이, 뒤에선 백화린이 그의 몸을 사이에 두고 치열한 접전을 벌이기 시작한 것이다.

'내가 여기서 죽는다면… 하, 내 이름도 모르고 죽는 거구나.'

현각은 그제야 자신을 대신해 죽었을 사내를 떠올렸다. 낯선 곳에서 자신의 이름도 모르는 채 죽어야 한다는 것이 얼마나 비참한 것인지 깨달았다.

'그런다고 벌써 저승사자가 돼서 날 데리러 오냐, 이 비겁하고 쪼잔한 놈아!'

현각은 후회했다. 그냥 한 대인을 찾아가 손이 발이 되도록 비는 게 나을 뻔했다. 하지만 후회란 아무리 빨라도 이미 늦은 법이다.

복면인의 공격은 점점 매서워졌다. 눈만 부릅떠도 닿을 것 같은 거리에서 백화린의 검과 복면인의 창이 불꽃을 뿜었다. 현각의 머리카락이 잘리고 옷자락이 찢겼다.

현각은 눈을 감았다. 그리고 부처님의 얼굴을 떠올렸다. 부처님도 목이 댕강 잘린 채 피를 흘리는 모습밖에 떠오르지 않는다. 그래도 그 얼굴에 대고 온 정신과 마음을 다해 기도했다.

'제발 살려주세요! 살려만 주신다면 뭐든 다 하겠습니다!'

지금 그의 부처님은 백화린이었다. 그의 목숨을 쥐고 있는 이가 백화린이니.

백화린은 답답했다.

장천이 무슨 생각으로 둘 사이에 버티고 서 있는지 이해할 수 없었다. 상대의 병기는 창이었다. 짧은 무기로 긴 무기를 제압하려면 가까이 다가가는 수밖에 없었다. 한데 장천이 그 공간을 막은 채 움직이질 않는 것이다.

'내게 목숨을 맡겨주겠다는 건가?'

장천이 그런 마음으로 살수의 창을 마주하고 있는 거라면…….

'좋아!'

백화린도 투지가 불끈 치솟았다. 해보는 거다. 죽음을 당당히 바라볼 용기가 있다면 그의 말대로 천도문으로 돌아가도 될 것이다.

마음을 바꾸자 그녀의 도법도 달라졌다. 그녀는 창을 밀치며 앞으로 도를 내질렀다. 수세에서 공세로 전환한 것이다. 현각의 목숨은 아랑곳하지 않겠다는 태도였다.

복면인은 당황했다. 백화린이 장천의 목숨을 담보로 공세를 취할 것이라곤 예상치 못했었다. 당황한 마음은 이내 창을 무디게 만들었다. 그 짧은 순간을 놓치지 않고, 백화린의 강풍 같은 도기가 밀려들었다.

슈각!

백화린은 이번에도 여지없이 그의 목을 잘라냈다. 그 경쾌한 바람 소리에 현각은 깊은 안도의 한숨을 내쉬었다.

'살았다!'

하지만 안도감도 잠시뿐, 발밑을 적시는 뜨거운 피비린내에 그는 다시 인상을 찌푸렸다.

살아생전 자신의 눈으로 살수를 구경하게 될 줄은 몰랐다. 그런데 공격까지 받다니! 막연한 상상과 현실이 되어 경험한 일은 하늘과 땅만큼이나 달랐다.

백화린에 대한 감정 역시 마찬가지였다. 그녀는 썩은 짚단 자르듯 사람 목을 잘라냈다. 무림인이란 게 원래 다 그런 건가? 그렇다면 상종 못할 인간들 아닌가! 상종하고 싶지도 않았다. 눈꽃처럼 아름답던 백화린의 얼굴도 처마 밑 고드름처럼 차갑고 매섭게만 느껴졌다.

현각은 이제 여인을 떼어놓고 도망가야 할 시점이란 걸 깨달았다. 하지만 지금껏 남편 행세를 해왔으니 그냥 무작정 뒤돌아 달려갈 수도 없는 노릇이었다.

그는 백화린을 씨익 미소를 지으며 말했다.

"힘드셨을 텐데 좀 쉬었다 갑시다."

백화린은 잠시 현각의 얼굴을 쳐다봤다.

당황함 속에서도 담담함을 유지하려는 그의 모습이 백화린에겐 낯설게 다가왔다.

'애쓰고 계시군요. 포기하지 않아 다행이에요. 상공이 포기하지 않는 한, 저도 절대 포기하지 않을 겁니다.'

백화린도 그를 향해 살풋 미소를 지어 보였다. 드디어 용기가 생긴 부군에게, 싸울 의지가 생긴 부군에게 보내는 격려의 미소였다.

"원래 높은 나무가 넓은 그늘을 만드는 법이지요. 그늘에 길들여진 사람은 빛을 보기 두려운 게 당연합니다. 하지만 이제 그 큰 나무가 걷혔으니, 상공도 스스로 빛과 마주하셔야 해요. 지금처럼요."

"물론이지요. 너무 염려치 마세요."

건성으로 대답을 하며 현각의 눈은 바쁘게 도망갈 길을 찾았다.

'저쪽 숲으로 내려가면 계곡으로 이어지겠지?

"아버님께서 돌아가셨으니 이젠 상공이 천도문의 문주이십니다. 숙부님이 넘볼 자리가 아니에요. 절대로 포기하거나 물러서지 마세요."

백화린의 말이 현각의 귀에 벼락처럼 뜨겁게 꽂혔다.

'천도문의 문주!'

그렇다면 소령과는 감히 비교도 하지 못할 저 미모의 여인 뒤에 한 가장 따위와는 상대도 되지 않는 거대한 배경까지 있다는 얘기 아닌가!

이것은 뜨거운 피가 끓는 남자로서, 그리고 야망이란 걸 품어본 적이 있는 사내로서 포기하기 힘든 유혹이었다.

평생 고민이란 걸 해본 적 없는 현각이 하루에 두 번이나 고민을 하는 사상 초유의 상황에 직면해 있었다.

'저 여자는 나를 철석같이 자기 서방으로 믿고 있어. 부인도 믿을 정도라면 다른 사람들은 고려할 필요도 없겠지?'

그렇다면 자신의 존재에 대해 불안해할 필요는 없다는 얘기다. 현각의 얼굴에 미소가 퍼지기 시작했다. 도망가려던 마음이 눈 녹듯이 조금씩 사라지고 있는 것이다.

애초에 백화린을 끝까지 따라갈 생각을 하지 않은 것은 천도문이 무림문파이기 때문이었다. 그냥 서생이라면 가만히 앉아 책 읽는 시늉이나 하면 되겠지만 무림인은 달랐다. 무공이 뭔지 알아야 흉내를 내든 따라 하든 할 게 아닌가? 불가능한 일이라고 생각했다. 백화린을 따라 천도문으로 가는 건 그야말로 밥 한 끼 얻어먹자고 호랑이 굴로 들어가는 꼴이기에 고려조차 하지 않고 포기했었다. 그랬는데 백화린의 한마디가 모든 상황을 바꿔 버렸다.

일개 천도문의 식솔이 아니라 문주라고 하지 않았는가!

토끼나 사슴에게야 호랑이 굴이 무덤이라지만, 호랑이에게야 그저 집일 뿐이다.

무공을 못하면 어떤가? 문주에게 시범을 보이라고 덤빌 놈도 없을 텐데. 그런 놈이 있으면 불경하다고 호통치며 쫓아버리면 될 일이다.

자신이야 꽃 같은 마누라 품에 안겨 호의호식만 하면 되는데 망설일 필요가 없지 않은가!

현각은 겁도 없이 백화린을 따라 진짜 천도문으로 갈 생각을 하고 있었다.

겁이 없다는 것은 두 가지다. 무서울 게 없이 강하다거나 무서운 걸 모를 정도로 단순하거나. 현각은 물론 후자였다.

수하를 다스리기 위해서는 그들을 제압할 힘과 지혜가 필요하지만 현각의 단순한 머리 속에 그런 고려가 있을 리 없었다. 그저 우두머리는 뭐든지 제멋대로 할 수 있다고만 생각했다.

현각의 얼굴 위로 봄꽃처럼 화사한 미소가 번졌다.

'꽃 같은 마누라에 팔자에도 없는 호강을 하게 생겼구나!'

제2장

두바뀐 인생

1

남양에도 비룡단(飛龍團)이란 무림문파가 하나 있었다. 거창한 이름과 달리 비룡단은 허름한 장원에 백 명도 채 되지 않는 인원이 모여 기루의 이권 다툼이나 하는 보잘것없는 문파었나.

천도문은 명성도 있고 하니, 그보다는 훨씬 거대할 것이라 생각했다.

한데 현각의 생각이 틀렸다.

천도문은 감히 비룡단 따위와 비교할 곳이 못 되었다.

태양에 맞닿을 듯 웅장하게 치솟아 있는 전각. 하늘을 가로지르듯 단호하게 닫혀진 커다란 문. 하늘 끝자락에 걸려 있는 듯한 화려한 현판은 끝이 보이지 않는 높은 담장에 둘러싸여 있었다.

'우와! 내가… 여기 문주란 말이지. 역시 사나이는 야망을 크게 가

질 필요가 있어. 결국 이뤄냈잖아! 크하하하!'

현각은 호랑이 굴인 줄도 모른 채 천도문 안으로 경쾌한 첫걸음을 디뎠다.

천도문의 내부는 감탄을 넘어 경악으로 다가왔다.

그곳은 단지 무림문파가 아니라 하나의 작은 도시였다. 대장간과 무기점, 주루들이 늘어서 있는 외당을 지나 또 하나의 커다란 문을 통과하자 드넓은 연무장이 보였다. 연무장의 뒤편으로는 웅장한 전각들이 겹겹이 늘어서 있었다.

현각은 길이라도 잃을까 봐 백화린의 옆에 바싹 붙어 걸었다.

"먼저 아버님부터 보시죠."

싸늘한 말과 함께 백화린은 오른쪽에 있는 커다란 문을 향해 걸어갔다.

도무지 틈이라곤 주지 않는 쌀쌀한 태도에 도도한 걸음이었다. 여기까지 오는 동안 그랬고, 앞으로도 쉽게 바뀌지 않을 그녀의 성품이었다.

산중에서 어영부영 부부 놀이를 해보리란 현각의 기대는 어림도 없는 혼자만의 상상일 뿐이었다. 그녀는 목에 칼이 들어와도 산중에서 치마끈을 풀 여자는 아니었다. 하지만 이젠 집으로 돌아왔으니 기회가 생길 것이다. 바로 오늘 밤, 장천이란 놈의 화려한 침상에서 그동안의 회포를 푸는 거다. 기다림은 지루했지만 그 열매는 얼마나 달콤할 것인가?

현각은 마냥 즐겁고, 행복하고, 황홀했다.

세 개의 문을 더 지난 후 현각은 청룡전이란 거대한 현판 아래 입을 쩍 벌리고 서 있었다. 청룡전은 병풍처럼 뒤를 막고 있는 절벽의 중간쯤에 위치해 있었다. 비상하는 용의 모습처럼 굽이굽이 이어진 좁은 계단이 청룡전으로 향하는 유일한 길이었다.

웅장함을 떠나 요새 같은 그 견고함에 현각은 다시 한 번 감탄했다.

'명성이라는 게 괜히 얻어지는 게 아니구나!'

현각은 긴장됐다.

천도문의 위세에 다소 기가 눌리기도 했지만, 이 견고한 요새 안에 누워 있는 사람이 자신의 혈육일지도 모른다는 흥분 때문이었다.

'만약 저기 있는 사람이 나와 닮아 있으면 어떻게 되는 거지?'

그렇다면 진짜 혈연 관계가 있다는 얘기가 된다.

'어떤 느낌이 들까? 슬플까? 반가울까? 아니면 밉고 원망스러울까?'

그는 천애고아로 자라나 가족이 뭔지도 모르고 살아왔다. 당연히 가족을 그리워해 본 적도 없었다.

그래서였을까, 장천을 보고도 담담할 수 있었던 것이? 놀랍고 충격적이긴 했지만 감정의 변화는 없었다.

장승풍을 본 느낌 역시 그랬다.

가족을 모르기 때문인지 가족이 아니기 때문인지는 모르겠다. 관 속에 누워 있는 장승풍은 그냥 늙고, 병들고, 지쳐 보였다.

당연히 가야 할 사람이기에 간 것 같은 느낌. 유감스럽지만 현각의 느낌은 그것뿐이었다.

정작 현각의 감정을 뒤흔든 건 그의 처소였다.

이름부터 마음에 들었다.

승천전(昇天殿). 하늘에 이르러 자신의 오랜 꿈이 실현된다는 뜻이 아닌가!

현각은 울렁거리는 마음을 주체하기 힘들었다.

승천전은 마치 비상하는 한 마리 새와 같은 모습으로 그의 눈에 들어왔다.

치밀하게 서 있는 전각의 모서리는 마치 화살처럼 날렵하고, 하늘로 휘어져 있는 처마는 새의 날개와 같았다.

그윽하게 풍겨오는 향기 속에는 사람 사는 냄새가 실려 있었다.

화려한 외관보다 현각의 마음을 더 잡아끈 건 커다란 창문이었다. 볕이 잘 드는 커다란 창문을 가져 보는 게 언제나 소원이었다. 기녀들의 방에서는 결코 볼 수 없던 커다란 창문을……

창문을 열자 아름다운 정원이 한눈에 들어왔다.

잘 손질된 정원에는 맑은 호수가 있고, 호수 중앙에는 낮잠 자기 좋은 작은 전각도 하나 세워져 있었다.

막연히 상상만 하던 부자로서의 삶이 현실이 되어 눈앞에 펼쳐져 있는 것이다.

앞으로 수많은 의혹의 눈길을 받게 되겠지만, 무슨 상관인가. 정히 궁하면 미친 척해 버리면 그만이지.

현각은 편안한 마음으로 부자의 삶을 즐기기로 마음먹었다.

"이제 시작인 건 아시죠?"

백화린은 살수를 대할 때보다 더 긴장한 표정으로 물었다. 현각은 그녀의 표정에서 또 한 가지 사실을 알았다.

'살수를 보낸 놈이 이 안에 있는 모양이구나. 아버지의 임종을 앞두고 도망을 갈 정도였다면 상당히 무서운 놈이라는 얘긴데… 에라, 모르겠다. 어떻게든 되겠지.'

그런 걱정으로 시간을 낭비하기엔 당장 하고 싶은 일이 너무 많았다.

"목욕부터 해야겠소. 같이 하시겠소?"

백화린은 찬바람을 날리며 뒤도 돌아보지 않고 나가 버렸다.

'부부인데 뭐 어때? 참 내원, 집에서까지 저럴 필요가 있나?'

현각은 아쉬운 입맛을 다시며 그녀의 뒷모습을 원망스럽게 쳐다봤다.

더운물이 가득 부어진 욕탕 안에 앉아 있자, 현각은 세상을 다 얻은 기분이었다. 그런데 결정적인 한 가지가 빠져 있었다.

'시녀들은 다 어디로 간 거지?'

"밖에 아무도 없느냐?"

포근한 인상을 한 중년 여인이 들어섰다. 장천의 유모였던 앵란이었다.

"필요한 게 있으십니까?"

"젊은 시녀들로 둘, 아니, 셋만 보내주게. 몸이 고단하여 안마를 좀 받았으면 하네."

"예?"

앵란이 의아한 표정으로 되물었다. 낯선 명령에 당황한 기색이 역력했다.

'나를 잘 아는 여자였군.'

현각은 지그시 눈을 감은 묵직한 얼굴로 말했다.

"과거의 나는 모두 잊어라. 천도문으로 되돌아오는 순간, 나는 새로운 사람으로 거듭나기로 했다. 언행은 물론이요, 생각과 식습관까지 모두 바꿀 터이니 그리 알도록 해라."

그렇다 해도 목욕 중 시녀를 들인다는 것은 있을 수 없는 일이었다.

목욕은 긴장을 늦추고 근육을 이완시킨다. 무기도 손에 쥐지 않은 완전한 무방비 상태가 되는 것이다.

더욱이 머리부터 어깨까지는 태양혈(太陽穴), 천령개(天靈蓋), 백회혈(百會穴), 견정혈(肩井穴), 옥침혈(玉枕穴) 같은 치명적인 사혈(死穴)과 마혈(痲穴)이 수도 없이 존재했다. 목숨을 맡긴 지기라 해도 급소는 내보이지 않는 게 무림인의 상식이었다. 그런데 안마라니!

'도대체 무슨 생각을 하시는 겐지…….'

하나 소문주의 명이니 일단 따를 수밖에 없었다.

앵란은 가장 믿을 수 있는 아이들로 선별해 네 명을 들여보냈다.

하지만 현각은 그녀들을 보며 실망을 금치 못했다.

못생겼다고는 할 수 없지만 전혀 예쁘지도 않은 평범한 여인들. 한마디로 무색무취의 매력없는 여인들뿐이었다.

'도저히 안 되겠군!'

목욕을 마친 현각은 앵란에게 또 한 가지의 명령을 내렸다.

"지금 당장 천도문 안에 있는 모든 시녀들을 불러오게."

"모… 두 말입니까?"

"아니지, 아니야. 서른 살 이하의 시녀들만 부르게."

잠시 후, 승천전의 정원에는 백여 명이 넘는 시녀들이 모여 있었다. 빨래를 하다 온 이도 있고, 청소를 하다 온 이도 있었다. 모두 영문 모를 표정으로 현각의 눈치만 살폈다.

현각은 신중하게 시녀들 사이를 걸어갔다. 그러다 갸름한 얼굴에 커다란 눈망울이 반짝이는 시녀 앞에서 걸음을 멈췄다.

"이름이 뭐냐?"

"취선이옵니다."

“몇 살이지?”

“열여섯이옵니다.”

“열여섯이라… 한참 좋은 나이로고. 옆으로 서거라.”

취선은 겁먹은 표정으로 옆으로 한 걸음 나섰다.

다음으로 현각의 걸음을 잡은 것은 터질 듯 풍만한 육체를 자랑하는 시녀였다.

“넌 몇 살인고?”

“스물다섯이옵니다.”

“어허라! 터지기 직전의 만개한 꽃이로구나. 너도 옆으로 서거라.”

그렇게 골라놓은 시녀는 스물여덟 명이었다.

“나머지는 모두 돌아가도 좋다!”

앵란은 어이가 없다 못해 현기증이 날 지경이었다.

시녀들은 그의 가장 가까운 곳에 있는 사람들이다. 현각은 시녀들의 손을 통해 밥을 먹고, 차를 마시고, 옷을 입는다. 살수보다 쉽게 그의 목숨을 거둘 수 있는 곳에 존재하는 것이 바로 시녀인 것이다.

승천전에 있는 시녀들은 모두 치밀한 조사를 통해 엄선한 아이들이었다.

무림과는 아무런 은원도, 상관도 없는 아이들. 그런 아이들 중에서 마음이 어질고 금전의 유혹에 흔들리지 않을 정직한 아이들을 골라냈다. 너무 예쁜 아이도, 지나치게 못생긴 아이도 제외시켰다. 이유는 다르지만 둘 모두 남자의 유혹에 약하다는 위험이 있었다.

미녀에겐 남자가 많다 보니 간자가 끼어들 여지가 생기고, 추녀는 남자가 없다 보니 단 한 번의 유혹에 모든 걸 던지기 십상이었다.

너무 똑똑해도 안 되고, 둔해도 안 되며, 입이 가벼워도 안 되고, 호기심이 많아도 안 된다. 승천전의 시녀들은 그런 조건을 충족시키며 뽑힌 아이들이었다.

그런 시녀들을 모두 내보내고 근본도 알 수 없는 아이들을 들이다니. 단지 얼굴이 예쁘다는 이유만으로.

'한낱 시녀들 따위는 위협이 되지 않을 정도로 무공의 성취를 보신 건가?'

절정의 고수라면 호흡 속에서도 살기를 찾아내고, 희미한 냄새만으로도 독을 감지할 수 있다. 그들에겐 시녀가 아무런 위협이 되지 않는다.

하지만 장천은 그런 고수가 아니었다. 겁먹은 고양이처럼 웅크린 채 매사에 신중하고 조심을 기하던 소심한 사내였다.

앵란은 누구보다 장천을 잘 알았다. 일찍 죽은 어미를 대신해 자기 젖을 물려 키운 아이니까.

'뭐지?'

불길한 예감이 들었다.

'뭔가… 잘못됐는데……'

앵란은 불안의 실체를 알 수 없었다.

현각은 흥분과 기대 속에 깊어지는 밤을 기다렸다.

꽃 같은 시녀들을 모아놓았지만 그녀들 모두를 모아도 백화린의 미모에는 못 미쳤다. 아니, 미모가 넘치더라도 매력에서 떨어졌다.

빙화(氷花)처럼 차갑고 매서운 여인. 그런 여인일수록 속살은 뜨거운 법이다.

아무리 단단해도 불 앞에서 속절없이 녹아 흐르는 것이 얼음 아닌가? 여인의 마음도 마찬가지였다. 백화린이 아무리 차가운 여인이라 해도 결국 남자 앞에서는 뜨거운 속살을 가진 여자일 뿐인 것이다.

백화린이 들어서자 현각은 주책없이 가슴이 두근거렸다.

첫 경험을 할 때도 이렇게 떨리지는 않았다. 하긴 첫 경험이 아니라 교육이었다는 표현이 더 옳을 것 같다. 친누이처럼 따르던 기녀가 여자를 가르쳐 주겠다며 그를 침상으로 끌어들였으니.

기녀는 친절하게 차근차근 여인의 몸을 가르쳐 줬다. 현각은 착실히 배웠다. 그리고 많은 실습을 통해 교육의 효과를 확인했다.

오늘 밤, 백화린에게 사내의 진수를 보여주리라!

"오셨소?"

현각은 흥분된 마음으로 백화린을 맞았다.

"절 기다리신 건가요?"

"훗훗, 이 야심한 밤에 부인이 아니면 누굴 기다리고 있었겠소?"

욕정이 이글거리는 그의 눈빛에 백화린은 더욱 싸늘하게 얼굴을 굳혔다.

"왜죠?"

백화린의 냉랭한 목소리 끝이 살짝 떨렸다. 그리고 분노와 당황함이 복잡하게 뒤섞인 차가운 표정으로 현각을 노려봤다.

현각의 가슴도 서늘해졌다.

'설마… 눈치를 챈 건가? 갑자기, 왜?!'

분명한 건 자신을 바라보는 백화린의 눈빛이 낮과는 전혀 다르다는 사실이었다. 왜인지는 모르겠지만 뭔가를 알아챈 모양이다.

하지만 현각은 절망하거나 당황하지 않았다. 어차피 자신을 상공이라 부르며 천도문으로 안내해 온 건 백화린이었다.

백화린은 자존심이 강한 여인이었다. 그런 여인일수록 자신의 실수를 쉽게 인정하지 못한다. 더욱이 남편을 바꿔서 데려온 일 아닌가? 이 사실이 알려지면 백화린은 두고두고 세인들의 웃음거리가 될 것이다. 백화린은 그런 수모를 자처할 여인이 절대 아니었다.

여자의 심리에 대해서라면 자신의 손금보다 훤히 꿰뚫고 있는 현각이다. 그는 능청스럽게 말했다.

"오늘 나의 기괴한 행동 때문에 실망한 모양인데 오해 마시오. 남들의 이목을 교란시킬 목적이었지 다른 뜻은 없었소. 마음 쓰지 말고 그만 잡시다. 많이 고단하구려."

백화린의 머리 속이 하얘졌다. 가볍게 벌어진 입에서는 들리지 않는 신음성이 흐르고, 사고는 완전히 정지한 느낌이었다.

'이럴 수가… 앵란의 말대로… 낯선 사람 같은 느낌……. 저 눈빛은 또… 뭘까?

틀림없는 자신의 부군이다. 생김도, 목소리도, 입고 있던 옷도 틀림없는 장천이 맞았다.

한데… 눈빛이 다르다.

우울하고 힘없던 눈빛에 생의 활력이 느껴졌다. 그리고 전에 없던 뜨거운 욕정도 담겨 있었다.

눈은 그 사람을 보여주는 거울이다. 열 마디의 말보다 깊게 그 사람을 보여주는 게 바로 눈빛인 것이다.

'설마… 그럴 리가 없어! 그런 일은 있을 수… 없어!'

백화린은 머리 속에 떠오르는 생각을 부정했다.

그런 일은 있을 수 없었다.

하지만 무조건 부정만 하기엔 눈앞의 사내가 너무 낯설게 느껴졌다.

불안으로 떨던 장천의 우울했던 눈빛과 걱정근심이라곤 느껴지지 않는 이 사람의 환한 눈빛은 얼마나 다른가? 게다가 입가엔 음흉한 미소까지 걸려 있었다. 장천은 결코 저런 표정을 짓는 사내가 아니었다.

“……!”

이틀이나 함께 있으면서도 몰랐는데… 그는 다른 사람이었다.

‘어떻게… 어떻게… 이런 일이 있을 수 있지?’

그녀는 이 사내와 만나 여기까지 오던 과정을 다시 한 번 생각해 봤다.

그가 먼저 천도문으로 오자고 하는 순간, 그녀는 무조건 그를 믿기 시작했다. 단 한 번의 의심도 없이 그를 여기까지 데리고 온 것이다.

모두 자신의 욕심 때문이었다. 장천이 당당하게 장승운에게 맞서기를 바랐던 욕심. 그 욕심이 눈앞의 낯선 사내를 남편으로 받아들이고 말았다.

그녀를 남겨두고 홀로 도망갔던 장천이다. 그런 장천이 죽음과 당당히 맞서는 모습에 희망을 얻었었다. 그리고 거침없이 천도문으로 들어서는 모습을 보며 감동도 했었다. 하지만 모두가 가짜였다.

변한 것은 성품이 아니라 사람이었다. 장천과 똑같은 모습을 하고 있지만 눈앞에 있는 사람은 장천이 아니었다.

있을 수 없는 일이, 믿을 수 없는 일이 벌어졌다.

생각은 정지된 듯하고, 심장은 박동을 멈춘 것 같다.

멈춰 버린 시간 속에 홀로 서 있는 듯한 느낌. 그것은 마치 영원히 풀리지 않을 실타래를 들고 있는 것처럼 막막하고 답답했다.

백화린은 도를 뽑아 들었다.

“상공은… 어찌 되신 거냐?”

백화린의 다급한 얼굴과 달리 현각의 얼굴은 태연하기만 했다.

"날 죽이면 영원히 알지 못할걸요?"

백화린의 도가 현각의 목을 향해 휘둘러졌다. 그대로 양단해 버릴 듯한 세찬 기세였다.

심장까지 서늘해지는 매서운 도기가 밀려들었다. 그러나 현각은 씨익 웃는 얼굴로 백화린을 쳐다봤다.

'이미 늦었어. 날 죽이려면 종남산에서 죽였어야지. 여긴 내 방이야! 내 시체를 들고서는 어떤 변명을 해도 소용없을 텐데 뭐. 차라리 살려서 자백을 받으면 몰라도!'

현각은 확신했다. 백화린은 절대 자신을 죽이지 못한다.

그의 자신감은 미소가 되어 밖으로 새어 나왔다.

'용담호혈(龍膽虎穴) 속에서도 웃고 있는 사내. 생각이 없는 걸까, 아니면 배포가 큰 걸까?'

분명한 건 현각의 짐작대로 백화린은 그를 죽일 수 없다는 사실이었다. 최소한 지금 상황에선 불가능한 일이었다.

백화린은 조용히 묵도를 늘어뜨렸다. 무거웠다. 신체의 일부분이나 다름없이 여기던 묵도가 오늘은 무겁게 느껴졌다. 그녀의 무거운 마음이 도에까지 전해진 것이리라.

백화린은 현각의 얼굴을 쳐다보았다.

대체 무슨 사연이 있어 두 사람은 이렇게 똑같은 얼굴을 하고 있을까? 장천의 태생에 그녀가 모르는 비밀이 있었던가?

'설마……'

모든 것이 의문투성이었다.

"어찌 된 게냐? 상공과 너는 무슨 사이냐? 아니, 어찌하여 상공 대신

네가 이 자리에 있는 것이냐?"

그녀의 복잡한 마음이 그대로 드러나는 두서없는 물음에 현각이 얼굴을 찌푸렸다.

'이상하네. 그놈이 죽었는지 살았는지보다 내가 누군지가 더 궁금한가? 혹시 저 여자한테 필요한 건 남편이 아니라 천도문의 후계자인 건가?'

만약 그렇다면 그녀도 자신을 쉽게 쫓아내지는 못할 것이다. 누구든 천도문주 노릇을 할 사람이 필요할 테니까.

"환장할 노릇이지만 나 역시 아무것도 모릅니다."

현각은 종남산에서 죽어가던 장천을 만난 일을 말해 주었다. 그의 얘기를 듣는 백화린은 떨리는 몸을 주체하기 힘들었다. 하지만 이 낯선 사내에게 약한 모습을 보여서는 안 된다는 오기가 그녀를 간신히 지탱해 주었다.

"나도 처음엔 유령을 본 줄 알았죠. 나랑 똑같이 생긴 놈을 만나다니. 그것도 죽어가는 놈을⋯ 기분 아주 더럽더구만."

"……."

"그보다 하나 물어봅시다. 왜 갑자기 내가 가짜라고 생각한 거죠? 앵란인가 창란인가 하는 유모 때문인가요? 그리고 또 하나, 당신 몇 살이에요?"

"스무 살이다. 당신보다 어린가?"

"……."

입맛은 쓰지만 어쩔 수 없었다. 자신보다 두 살이나 위라는데.

"당신이 가짜임을 안 건, 당신이 날 기다리고 있었기 때문이다."

"어라? 신랑이 마누라를 기다리는 게 의심받을 이유예요?"

"우린 혼인만 했을 뿐이지 진짜 부부는 아니었다. 진짜 상공이라면 야심한 밤에 날 기다리고 있을 이유가 없었지. 그런 눈빛으로 날 바라보지도 않았을 테고……."

현각이 벌떡 일어나 앉았다.

"아직… 동침을 안 했다구요?"

이건 살수를 만났을 때에 버금가는 충격이었다. 잘생긴 남자로서의 의무를 망각한, 또한 아름다운 여자가 마땅히 누려야 할 권리를 침해한 중대한 사건이었다.

"왜요? 어떻게 그럴 수가 있죠? 신체에 무슨 결함이라도 있었던 거예요?"

백화린 같은 부인을 두고 동침을 안 했다면 그 남자는 필시 돌부처거나 장래 희망이 승려였다거나 뭐, 그런 걸 거다. 아니면 사내 구실을 제대로 못하는 못난 놈이었을지도 모른다. 백화린 같은 여인이라면 목숨을 걸고서라도 한 번쯤 안아보고 싶은 것이 남자의 본능일 텐데……. 그 못난 놈이 이런 미인을 차지하고 있었으니 자신은 고작 소령이 같은 계집애나 만났고 있었던 거 아닌가!

자신이 그 남자를 대신해 백화린의 서방이 되기로 한 건 열 번을 다시 생각해 봐도 잘한 일인 것 같았다. 이제라도 미인이 임자를 만났으니 얼마나 다행인가! 지금은 당황하고 있지만 백화린 역시 곧 그렇게 생각하게 될 것이다.

'원래 사내의 맛이란 게 중독성이 강하니까. 흐흐흐.'

현각이 음침한 생각을 하고 있는 동안, 백화린은 현각의 물음에 대한 대답을 생각하고 있었다.

'왜였을까? 왜 우리는 혼인을 하고도 남남으로 지내야 했을까? 상공의 열등감 때문이라고 해야 하나? 아니면 나의 호승심 때문이라고 해야 하나?

발단은 폭우도 장승풍의 독문무공인 풍뢰도법(風雷刀法)이었다.

풍뢰도법은 힘과 쾌(快)에 기조를 둔 도법이었다. 강한 것은 빠르기 힘들고, 빠른 것은 강하기 힘들지만 풍뢰도법은 이 속설을 깼다. 도의 웅혼한 힘에 검의 쾌를 실은 것이다. 탄탄한 내공과 타고난 근력이 없으면 결코 연성할 수 없는 도법이었다.

사내인 장천은 못했는데, 여인인 백화린은 성공했다.

백화린도 성공하지 못했다면 장천의 실패도 어느 정도는 이해가 됐을 것이다. 타고난 근골이 약했으니까. 그런데 여인인 백화린이 해낸 것이다. 장천에게는 변명의 여지가 없었다. 의기소침해진 장천의 성취는 더욱 느려졌다. 나중엔 도를 드는 것조차 두려워하는 겁쟁이가 돼버렸고, 백화린과의 사이는 점점 멀어졌다. 결국 장승풍의 필요에 의해서 혼인은 했지만, 합방조차 하지 않은 소원한 사이가 돼버린 것이다.

두 사람의 관계는 천도문 내에서도 알 만한 사람은 모두 아는 비밀이었다. 하지만 현각에게까지 말하고 싶지는 않았다.

"네놈은 알 필요 없는 일이다!"

서릿발처럼 차가운 말에 현각은 입술을 쭉 내밀었다.

"그럼 맘대로 하세요. 지금이라도 서방을 찾아나서던가. 뭐, 더럽게 운이 좋은 놈이면 아직 명줄이 붙어 있을지도 모르지."

백화린은 깊은 한숨을 쉬었다.

당장 장천을 찾아나서고 싶은 마음이야 굴뚝같지만 그럴 처지가 못 되었다.

이번 일은 절대 장승운에게 알려져서는 안 된다. 현각이란 정체 모를 사내의 존재 역시 장승운에겐 철저히 비밀로 해야 했다. 장승운이 이 일을 알면 장천의 존재 자체를 부정할 수도 있는 노릇이었다. 장승운에게 그런 빌미를 만들어줄 수는 없었다.

장승운이 눈치 채지 못하게 장천을 찾아야 한다. 그러기 위해선 이 사내가 필요했다. 하지만 이 사내가 과연 장승운의 눈을 속일 수 있을까?

백화린은 대뜸 물었다.

"천도문에 대해서 얼마만큼 알고 있느냐?"

"내가 왜 대답해야 되죠?"

"후훗, 네놈은 목숨이 두 개인 모양이구나. 내일이면 네놈은 죽는다. 나 역시 죽고."

"세상일이란 게 그리 간단치가 않습디다. 내가 이 자리에 있는 걸 보면 모르겠어요? 한 치 앞도 내다볼 수 없는 게 인생이라구요. 그래서 살아가는 재미가 있는 거고."

어이가 없을 뿐이다. 도대체 무슨 생각으로 천도문까지 따라왔을까? 게다가 이 근거없는 배짱과 뻔뻔함은 또 뭐란 말인가?

"대책이라도 있는 거냐?"

"내일 일을 뭐 하러 지금부터 걱정해요?"

다급한 백화린과 달리 현각은 여유만만했다. 백화린이 자신을 필요로 한다는데 뭐가 걱정이겠는가. 남들이 다 의심을 해도 부인이 맞다고 하면 맞는 거다. 더욱이 자신의 신분이 문주 아닌가! 말꼬리 달며 귀찮게 하는 놈은 내쫓아 버리면 그만이다. 단순한 사람의 눈으로 보면 세상에 어려운 일은 하나도 없었다.

하지만 조금이라도 생각이 있는 사람이라면, 지금 그의 처지가 생과 사를 오가는 아슬하고 위태로운 상황이라는 것을 알 것이다. 백화린처럼.

"천도문이 섬서 오존 중 하나라는 것은 알고 있느냐?"

"예."

"그 외에 뭘 더 아느냐?"

"뭐, 더 알아야 돼요?"

현각의 일그러진 얼굴에는 귀찮은 표정이 역력했다.

백화린은 암담했다. 이런 자를 믿고 일을 도모해도 될지. 불행히도 다른 방법은 떠오르지 않았다. 이 사내가 천도문에 들어온 순간부터 이미 도박은 시작되었던 것이다. 의도한 바는 아니지만 자신의 실수에서 비롯된 일이니, 어떻게든 스스로 해결을 할 수밖에 없었다. 백화린은 현각이 알아두어야 할 모든 일들을 말하기 시작했다.

천도문은 폭우도 장승풍에 의해 이십 년 전 창건된 신흥 문파였다.

그의 뒤를 받쳐 준 이가 의제인 좌수도(左手刀) 번살과 대력거신(大力巨神) 사마대, 그리고 친제인 호안조(狐眼鵰) 장승운이었다. 네 사람을 일컬어 천도사절(天刀四絶)이라고도 했다.

네 사람의 명성은 천도문을 단시일에 섬서성 최고의 문파 중 하나로 만들어놓았다.

갈등이 생긴 건 장천이 탄생하면서부터였다. 장천은 장승풍의 나이 마흔이 다 되어 얻은 귀한 자식이었다. 하지만 장천은 타고난 근골이 허한 데다 심성마저 나약해 무가의 후예다운 기상 따위는 찾아볼 수 없었다.

반면 장승운의 두 아들은 모두 훌륭했다. 장자인 장공은 무공에 대한 재질이 뛰어나 이십 대에 분광쾌검(分光快劍)이란 별호를 얻었고, 서른이 넘은 지금은 섬서성 내에 혁혁한 명성을 떨치고 있는 신진고수로 부상해 있었다. 둘째인 신룡(新龍) 장면 역시 아버지를 닮아 심계가 깊은 데다 무공의 성취 또한 높아 한 문파의 수장으로 부족함이 없었다.

장승운은 노골적으로 장천에 대한 불만을 드러냈다.

못난 자식을 위해 장승풍이 어쩔 수 없이 선택한 것이 백화린과의 혼인이었다. 그녀라면 장천을 도와 천도문을 이끌어 나갈 수 있으리란 기대 때문이었다.

원래 백화린은 양녀로 들이고 싶었던 아이였다. 그녀가 부모를 잃고 천도문에 들어온 것이 열 살. 처음의 신분은 시비였다. 하지만 그녀의 재질을 알아본 장승풍 덕분에 제자로 거두어졌고, 아들인 장천보다 더 깊은 애정과 신뢰를 받았다.

백화린에게 장승풍은 사부이자 아비이자 시아버지이며 인생의 절대 은인이었다. 그녀가 장승풍의 은혜에 보답하는 길은 장천을 도와 천도문을 지켜내는 것뿐이었다.

그런데 장천을 버리고 낯선 남자를 데리고 온 것이다. 그녀는 스스로를 용서할 수 없었다. 하지만 지금은 자괴감에 빠져 있을 때가 아니라 장천을 찾을 방법을 생각해야 할 때였다.

그때까지는 어떻게든 이 남자를 내세울 수밖에 없었다.

백화린은 현각에게 천도문의 배경에서부터 구성원과 구조까지 알아야 할 모든 사실들을 가르쳤다.

어느덧 어둠이 밀려간 자리에 어스름한 여명이 스며들고 있었다. 지치지 않고 떠들던 백화린이 갑자기 머리를 떨구며 한숨을 쉬었다.

"하아, 이건… 불가능해. 미친 짓이야."

절망보다 더한 슬픔이 담긴 목소리였다. 장승풍의 기대를 이토록 허무하게 저버리게 될 줄이야. 백화린은 억장이 무너지는 심정이었다.

"내 눈은 속였지만 숙부님의 눈은 어림없어. 호안조(狐眼鵰)란 별호가 괜히 붙은 게 아니니까."

"호안조? 여우의 눈을 가진 독수리? 흥! 제법 교활하고 사나운 모양이죠? 혹시… 살수를 보낸 것도 그 사람이었나요?"

"……."

백화린은 침묵으로 대답을 대신했다.

"못된 놈! 조카한테 살수를 보내? 걱정 말아요. 각별히 조심할 테니까."

무식하다는 것은 때론 큰 힘이 된다. 현각처럼 아는 게 없는 사람은 무서울 것도 별로 없는 법이다.

"후훗, 용기는 가상하다만 결과는 바뀌지 않아. 넌 죽어. 나도 죽고. 결국은 상공도 지키지 못하겠지……."

"사람은 누구나 죽어요. 영원히 사는 사람도 있나요?"

"대책이 있어서 큰소리를 치는 게냐?"

"있죠."

"뭐냐?"

"……."

대답하지 않았다. '미친 척하기'라고 해봐야 미친 놈 취급밖에 안 받을 테니까.

2

동주(東周), 조위(曹魏), 서진(西晉) 등 역대 구조(九朝)가 도읍한 낙양은 사시사철 인파가 끊이지 않는 중원 육대 고도 중 하나였다.

낙양의 번잡한 시전 사이로 한 여인이 걸어갔다. 이십 대 후반쯤 됐을까? 농염한 여체에서는 짙은 분 냄새만큼이나 강한 색기가 흘렀다. 포목점을 향해 걸어가던 여인에게 열 살 정도의 사내아이가 뛰어들었다.

"엄마!"

"에구머니나! 엄마라니!"

여인이 깜짝 놀라며 사내아이를 밀쳤다. 그럴수록 사내아이는 더 측은한 표정으로 여인의 품을 파고들었다.

"엄마, 왜 이러세요? 저잖아요, 동악이."

어린 녀석이 목청은 얼마나 좋은지 벌써 주변으로 사람들이 모여들고 있었다.

"꼬마야, 사람을 잘못 봤구나. 잘 봐. 난 네 엄마가 아니야. 난 애가 없어."

동악이란 아이의 눈에서 눈물이 또르륵 흘렀다. 행색이 초라해서 그렇지 생김은 귀여운 아이였다. 똘망똘망한 눈엔 총기가 흘렀고, 통통한 뺨은 깨물어주고 싶을 정도로 앙증맞았다. 구경하던 사람들은 절로 측은한 마음이 들었다.

"어미야, 나다. 네 시아버지야."

동악의 옆에는 지팡이를 짚은 노인이 처량한 몰골로 서 있었다.

"이것 봐요! 뭔가 착각들을 하시는 것 같은데 난 시부모도 없고, 아이도 없어요!"

"물론 네가 젊은 나이에 남편을 잃고 잠자리가 허전해 팔자를 고친 건 이해한다. 늙은 이 아비도 혼자 자려면 옆구리가 허전한데 젊은 너야 오죽했겠냐?"

지팡이에 의지해 서 있는 것도 힘든 듯 노인의 몸이 휘청거렸다. 여인은 어이가 없어 말도 잇지 못했다. 그녀는 그저 거지 같은 몰골의 노인과 꼬마를 바라보기만 했다.

그런데 느닷없이 노인이 달려들어 여인의 멱살을 잡고 흔들어대기 시작했다.

"그렇다고 이것아! 부러진 젓가락까지 싸그리 챙겨서 야반도주를 하면 어떡하냐? 나하고 네 새끼는 목에 거미줄을 쳐도 상관없다 이거냐?!"

여인의 품에 안겨 있는 동악은 죽어라고 악을 쓰며 울어댔다.

"엄마! 아아앙! 엄마아!"

구경하던 사람들이 저마다 혀를 차며 한마디씩 거들었다.

"저 어린것이 무슨 죄가 있다고! 쯧쯧, 아무리 사내에 눈이 멀어도 그렇지."

"저런 년은 오뉴월에 개 잡듯이 패 죽여야 돼!"

노인은 지친 모습으로 바닥에 주저앉아 땅을 치며 통곡을 해대고, 동악은 여전히 여인의 치맛자락을 잡고 서럽게 울어댔다.

하지만 진짜 울고 싶은 사람은 여인이었다.

아닌 밤중에 홍두깨도 유분수가 있지, 생전 처음 보는 사람들에게 이 무슨 해괴한 봉변이란 말인가.

"생사람 잡지 마세요! 난 아이를 낳은 적도 없는 몸이라구요!"

여인의 변명은 구경하던 사람들의 분노를 더욱 부추겼다. 일부 성질 급한 사람들은 벌써 돌멩이를 집어 들기까지 했다.

그때 동악이 여인의 귀에 대고 나직이 속삭였다.

"군중 심리라는 것이 묘해서 말이죠, 한번 부화뇌동하면 진실이고 거짓이고 따지지를 않아요."

여인은 뭔 소린가 하는 표정으로 동악을 쳐다봤다. 눈물로 범벅이 된 얼굴로 동악은 슬며시 웃었다. 눈물 속에 가려진 눈빛이 더 없이 영악했다. 어찌 보면 사악해 보이기까지 할 정도였다.

"주머니만 털어주면 곱게 물러갈게요. 어때요?"

동악이 드디어 용건을 꺼냈다. 어린아이라곤 믿기 어려울 정도로 뻔뻔한 요구에 여인은 눈까지 비비며 아이를 다시 쳐다봤다. 치맛자락에 매달린 채 여인을 올려다보는 동악이 인상을 쓰며 눈을 찡긋거렸다. 빨리 돈을 내놓으라고 협박이라도 하듯.

“이런 사기꾼! 이보세요! 이 꼬마가 사기를 치는 거예요! 나보고 돈을 내놓으랬어요!”

“엄마! 그렇게 내가 싫어요? 사기꾼이라도 할 만큼 내가 미워요? 나도 엄마 괴롭히기 싫어요. 그렇지만… 굶고 있는 할아버지가 너무 가엾어서…….”

울고 있는 동악은 어느새 처량하고 귀여운 꼬마아이로 돌아가 사람들의 동정심을 자극했다.

“뭐… 뭐… 이런 녀석이 다 있어?”

그때 구경꾼들을 밀치며 칠 척 거구의 험상궂은 사내가 여인에게 다가왔다.

“집구석에 처박혀 있으랬더니 길거리에서 뭐 하는 거야?”

여인이 반가운 얼굴로 사내의 팔을 잡아끌었다.

“여보! 마침 잘 오셨어요. 이 어린것이 저 영감과 짜고 사기를 치잖아요. 글쎄, 엄마니 어미니 하면서 돈을 내놓으래요.”

어느샌가 노인의 울음이 딱 그쳐졌다. 동악도 눈물을 닦으며 노인의 뒤로 슬금슬금 뒷설음질을 지고 있었다.

노인이 겁먹은 얼굴로 동악에게 물었다.

“판이 깨졌을 때는 어쩌냐?”

사내의 거친 손이 냉큼 노인의 멱살을 잡아 세웠다.

“어쩌긴! 녹슨 뼈마디가 순서없이 추려지는 거지!”

“이… 이것 보시게. 난 배가 고파서 들러리나 선 불쌍한 늙은이라네. 주범은 저놈이야.”

“누구?”

동악은 이미 사라져 보이지도 않았다.

낙양의 교외에는 높다란 산이 하나 솟아 있었다.

그 산은 동한(東漢) 이래 성탕, 한광무, 당명황 등 제왕과 재상, 장군들의 무덤이 자리하면서 크고 작은 수많은 무덤이 생겨 일종의 공동묘지를 형성하고 있었다.

망산(邙山)이라고 불리는 그 산은 낙양성 북쪽에 있었으므로 북망산이라고 흔히 불리웠다.

북망산 기슭의 인적 끊긴 폐찰을 향해 터덜터덜 걸어가는 아이는 동악이었다. 폐찰 앞에 이르자 동악은 낡은 문에 대고 외쳤다.

"누님, 나 왔어."

문이 열리며 밝고 귀엽게 생긴 소녀가 뛰어나왔다. 커다란 눈에 귀여운 얼굴이 동악과 쏙 빼닮은 소녀로, 이름은 사예랑이었다. 겉으로 보기엔 이제 겨우 열다섯쯤 되어 보이지만 그녀의 실제 나이는 열여덟이었다. 소녀보다는 여자에 가까운 나이지만, 유난히 어려 보이는 얼굴과 장난스런 눈망울은 그녀를 여전히 소녀에 머물게 만들고 있었다.

나이보다 어려 보인다는 점에서는 동악 역시 마찬가지였다. 얼핏 보면 이제 겨우 열 살쯤 되어 보이지만 그의 실제 나이는 열네 살이었다.

동악과 사예랑은 닮은 얼굴 때문에 친남매로 종종 오해받곤 하는데, 비록 혈육은 아니지만 친남매 이상 가깝게 지내는 사이였다.

"약은?"

사예랑이 대뜸 물었다.

"못 샀어."

"왜?"

"돈이 있어야 약을 사지."

“한 건 하면 될 거 아냐?”

“재수가 없었어. 막판에 서방이 나타날 게 뭐야. 하마터면 뼈도 못 추릴 뻔했다고. 그나저나 형님은 어때?”

“아직도 그래.”

“우라질!”

조그마한 입에서 거침없이 욕이 흘러나왔다.

“이대로 영영 못 깨어나면 어쩌지?”

사예랑의 커다란 눈망울에 눈물이 그렁그렁 맺혔다.

“재수없는 소리 하지 마. 형님이 얼마나 질긴 사람인지 몰라서 그래? 바지에 똥오줌 질질 싸면서도 누님 피고름을 빨아먹고 살 위인이 라고!”

“그렇겠지? 이대로 죽을 사람이 아냐. 그치?”

“형님도 참. 그냥 보물이나 들고 튈 일이지 왜 사람은 죽여 가지 고……”

“너 말조심해. 현각이 죽인 게 아니야!”

“누님이 어떻게 장담을 해? 한소령이 보물을 훔쳐서 형님한테 간 건 사실이잖아!”

“그것만 가지고 현각이 소령이를 죽였다고 할 수는 없잖아!”

“그럼 누가 죽여? 그리고 형님은 왜 그 꼴이 됐는데? 보물을 들고 튀 다가 저렇게 된 거 아니야!”

“잘 알지도 못하면서 함부로 말하지 마!”

사예랑은 버럭 소리를 지르며 관제묘 안으로 들어갔다.

“쳇! 저깟 바람둥이가 뭐가 좋다고. 다정하게 말 한마디 걸어준 적 도 없는데……”

혼자 남은 동악은 불만이 가득한 얼굴로 폐찰을 노려봤다. 폐찰 안
에 현각을 대신해 누워 있는 사람은 장천이었다.

"끄윽……."

장천은 다음날 새벽에야 의식을 찾았다. 장천의 옆에서 새우잠을 자
고 있던 사예랑이 벌떡 일어났다.

하얗게 마른 장천의 입술이 힘겹게 움직였다.

"물……."

"뭐라고? 물? 잠깐만."

장천의 입에 들어가는 물보다 사예랑의 눈에서 쏟아지는 눈물이 더
많았다.

"살았어. 드디어 산 거야. 이 빌어먹을 새끼야. 너 일어나기만 해봐.
내 손에 죽을 줄 알아."

"캐액! 캑……."

장천의 입으로 들어가던 물이 도로 뿜어져 나왔다.

"왜? 나한테 욕먹는 게 기분 나쁘냐? 그럼 벌떡 일어나 봐! 벌떡 일
어나서 도망가면 될 거 아니야. 그전까지 넌 내 거야."

사예랑은 깊은 한숨을 토하며 장천의 목을 꼭 안았다.

"나는……."

"됐어. 벌써부터 힘 빼지 마. 몸이 다 회복되고 길길이 날뛸 수 있을
때 그때 한꺼번에 복수해. 그럼 되잖아."

장천은 눈만 깜빡거렸다. 아무리 보고 또 봐도 낯선 얼굴이었다. 백
화린의 차가운 얼굴과는 전혀 다른 느낌의 얼굴. 빼어난 미인은 아니
지만 커다란 눈과 암팡진 입술에서 생기가 넘치는 소녀였다. 하지만

아무리 기억을 더듬어도 그의 기억 속에 이 소녀의 흔적은 없었다.

'내가 기억하지 못하는 일이 있었던 건가?

벽호공(壁虎功)을 이용해 단숨에 절벽을 내려갈 생각이었는데, 누군가 등이라도 밀어버린 듯 그는 절벽 아래로 곤두박질치고 말았다. 순간적으로 진기를 끌어올려 몸을 보호하지 않았다면 그대로 죽었을 것이다.

다행히 죽지는 않았지만 살아 있다고 해도 안도할 처지는 아니었다. 우선 부인이 보이지 않는 것이 불안했다.

'한낱 살수들에게 변을 당할 여인은 아닌데…….'

아무래도 살수들에게 부인을 던져 놓고 혼자 도망친 건 치명적인 실수였던 것 같다.

'그렇다고 날 팽개치고 간 건 아니겠지……?

혼자 도망친 것도 모자라 절벽에서 떨어져 운신조차 제대로 못하는 처지가 됐으니, 부인이 자신을 버려두고 갔다 해도 원망할 입장은 못 되었다. 장천이 알고 있는 백화린이라면 능히 그럴 수 있는 여자였다. 얼음처럼 차갑고 냉정한 여인 아닌가.

하지만 백화린이 진짜 자신을 떠났을 리는 없었다. 자신에 대한 애정과 신뢰가 아니라 천도문에 대한 의리와 책임감 때문에라도 그녀는 자신을 떠나지 못했을 것이다.

자신의 숨통을 옭아매는 것도 천도문의 후계자라는 신분이지만, 역설적으로 자신의 생명을 보호해 주는 것 역시 천도문의 후계자라는 그 신분이었다.

백화린은 옆에 없어도 그녀를 대신해 자신을 지켜줄 사람을 이렇게 남겨뒀으니 말이다. 어쩌면 백화린과 함께 있는 것보다 이 낯선 사람들의 일행으로 숨어 있는 것이 더 안전할지도 모른다.

언제나 백화린에게 의존해 왔던 장천은 이들도 백화린이 안배한 사람들이라고 생각하며, 아무 의심 없이 받아들였다.

'차라리 잘된 일인지도 모르겠군. 지금 내가 무슨 낯으로 부인의 얼굴을 대하겠어?'

그도 염치가 있는 남자인데 백화린을 볼 면목이 있을 리 없었다.

"휴우……."

장천의 입에서 무겁고 씁쓸한 한숨이 흘렀다.

"어라? 형님 일어났네! 거봐. 내가 뭐랬어? 고래 심줄보다 질긴 목숨이라고 했지? 형님, 운 좋은 줄 아슈. 예랑이 누님 아니었으면 한가장에 끌려가 벌써 피떡이 됐을 테니까."

"……."

"처음엔 허리라도 부러진 줄 알았지. 나는 내심 반갑더라고. 형님이 사내 구실을 못해야 내가 누님을 차지할 테니까. 근데 드럽게 운도 좋더만. 그 높은 데서 떨어지고도 뼈 하나 안 부러졌으니. 혹시 우리 몰래 어디서 환단이라도 훔쳐 드셨수?"

얼굴은 이제 열 살쯤 돼 보이는 아이인데, 말하는 건 삼십 대 능구렁이가 따로 없었다. 백화린은 언제 이런 사람들을 준비해 뒀을까?

"넌 헛소리 그만 하고 나가서 마차나 구해봐."

"마차를? 위험하지 않을까? 벌써 낙양에도 한가장에서 고용한 무사들이 쫙 깔렸을 텐데."

"그러니까 더 늦기 전에 멀리 피해야지. 한 대인이 아무리 부자라도 중원 전역에 무사들을 풀지는 못할 거 아니야."

장천이 머리를 갸웃했다. 그들의 대화가 이상했다. 자신과는 전혀 상관없는 이야기를 하는 것처럼 낯설었다.

"지금… 무슨 소리를 하는 거요?"

동악이 버럭 소지를 질렀다.

"염병! 하여간 형님이 화근이야, 화근! 왜 소령이는 건드려 가지고."

"소령이라니… 그건 또… 누구……."

사예랑이 걱정스런 얼굴로 장천의 입을 막았다.

"넌 입 다물고 있어. 다친 몸에 바람 들어가면 더 아프단 말이야."

"아이고, 열녀났네! 누님이 그런다고 형님이 뭐 고마워나 할 것 같아?"

"빨리 안 나가?"

"왜 이러실까? 나 쫓아내고 뭐 할 일이라도 있나? 형님 몸으론 아직 무리일 텐데. 정 아쉬우면 나라도 어떻게… 한번 도와드릴까? 적선하는 셈치고."

"어린놈이 못하는 소리가 없어."

"어리긴! 나도 벌써 열네 살이야! 알 거 다 알고, 할 거 다 한다고."

"시끄러. 빨리 가서 마차나 구해와. 약도 사고, 음식도 좀 장만하고."

"돈 줘!"

"낙양 시전에 가봐. 내가 사람들 주머니에 골고루 나눠놨으니까 넌 수거하기만 하면 돼."

"쳇! 그렇게 말할 거 같으면 세상천지 사람 돈이 다 누님 거겠네?"

"그걸 아직도 몰랐어? 그러니까 빨리 가서 도로 찾아와. 먹고 싶은 게 있으면 사 먹고."

"햐아, 인심도 후하네."

장천은 피식 웃었다. 그러자 온몸의 근육이 뒤틀리는 것 같은 통증이 밀려왔다.

"윽……."

"이런 바보. 지금 네가 웃을 처지야? 내가 밥 먹여줄 때 말고는 입도 벌리지 마. 바보같이… 왜 하필 얼굴을 다쳐 가지고……."

사예랑의 얼굴에는 장천의 상처보다 더 큰 고통과 아픔이 담겨 있었다. 주변의 이목을 숨기기 위한 연극이라고 하기엔 그녀의 눈빛이 너무나 진실해 보였다.

'내가 모르는 다른 사연이라도 있는 건가?

불안하고 의심스러운 장천의 마음은 그의 눈빛을 통해 고스란히 사예랑에게 전달되었다. 사예랑이 비장한 표정으로 힘주어 말했다.

"아무 걱정 하지 마. 무슨 일이 있어도 내가 널 지킬 테니까!"

"……!"

더 이상 무슨 말이 필요하겠는가?

그들이 무슨 말을 하든 어떤 낯선 행동을 하든 모두 자신의 목숨을 지키기 위해서라는데!

그 결연한 마음과 의지에 장천은 오히려 가슴이 찡해졌다.

'정말 좋은 사람들을 구했구나.'

장천은 사예랑의 믿음직한 품 안에서 모처럼 깊고 달콤한 잠에 빠져들었다.

제3장

백치가 된 사나이

1

아침부터 찌는 듯한 더위가 기승을 부렸다. 잠자리 날개처럼 나풀거리던 비단옷이 끈적하게 몸에 감겨왔다.

'이런 날은 시원한 나무 그늘에 누워 낮잠이나 자는 게 제격인데…….'

숙부라는 사람의 호출만 아니었으면 그랬을 것이다. 현각은 졸린 눈을 비비며 마지못해 장승운의 거처인 백호전으로 향했다.

장승운은 잔뜩 발톱을 세운 호랑이 같은 인물이었다. 그는 욕심이 많았다. 폭우도 장승풍의 그늘 아래 머물러 있는 것에 만족할 위인이 못 되었다. 그는 자신의 야심을 숨기려 하지 않았다. 말은 하지 않아도 차가운 눈빛 속엔 언제나 그의 내심이 담겨 있었다. 그게 장승운의 유일한 장점이라면 장점이었다. 정직하다는 것.

장천을 앞에 두고도 그는 자신의 유일한 장점을 유감없이 발휘했다.

날카로운 눈매는 거침없이 살심을 드러내고, 차갑게 말려 올라간 입술로는 조소를 머금었다.

하지만 현각에겐 관심없는 일이었다. 상대가 여인이라면 입술의 미미한 떨림 하나까지도 놓치지 않고 보겠지만, 남자의 얼굴을 쳐다봐서 뭘 하겠는가.

현각이 남자들을 분류하는 방법은 간단했다.

돈을 주면 고마운 사람이고, 욕을 하면 상종 못할 사람이었다.

아무 말도 없이 그저 자신의 얼굴을 쳐다보고 있는 사내라… 이럴 땐 뭘 해야 될지 모르겠다.

현각은 그냥 바보처럼 히죽히죽 웃었다.

"왜 웃는 게냐?"

"날도 더운데 무게를 잡고 앉아 계신 숙부님을 보니 그냥 웃음이 나오네요."

"아버님의 임종도 지키지 않고 산바람을 쐬고 오더니, 그간 무공에 커다란 성취라도 있었던 모양이로구나. 감히 날 희롱하려는 걸 보니."

장승운의 목소리는 비수처럼 날카로웠다.

"그럴 리가 있겠어요? 숙부님이 얼마나 무서운데요. 제가 태연히 앉아 있는 것 같아도 사실은 오줌을 지리고 있는걸요?"

장승운은 화를 내야 할지, 웃어야 할지 분간하기 힘든 난처한 상황에 처했다. 미친놈처럼 지껄이는 모습에 전혀 가식이 느껴지지 않기 때문이었다. 무엇보다 그가 아는 장천은 자신 앞에서 이런 연기를 해낼 정도로 담대한 인물이 못 되었다.

'미치지 않고서야……'

호안조라는 별호에 걸맞게 장승운이 섬뜩한 눈빛으로 현각을 살폈다. 현각은 여유만만했다. 부인도 몰라봤는데 그가 알아볼 리 없다는 자신감 때문이었다.

"숙부님, 한 가지만 물어봐도 될까요?"

"……?"

"제 부인이 말이에요, 도무지 저랑 잠자리를 하려고 하지 않는데 어떡해야 되죠? 더 늦기 전에 부인을 하나 더 얻어야 하지 않을까요? 이런 일에는 아무래도 숙부님이 나서주는 게 모양새가 좋을 텐데, 손 좀 써주시면 안 될까요?"

"……!"

장승운은 점점 혼란스러웠다.

지껄이는 말도 한심스럽지만, 눈빛도 달랐다. 예전과 다름없이 맑고 깊은 눈이지만 내공을 닦은 현기(賢氣)는 사라지고 없었다.

"손목 좀 이리 줘보거라."

현각은 덥석 손을 내밀었다. 역시 한 올의 진기도 느껴지지 않았다. 애초에 무공을 배운 적도 없는 사람 같았다.

장승운은 눈살을 찌푸리며 현각을 잡고 있던 손에 슬며시 진기를 주입했다.

"아아아아!"

현각이 호들갑을 떨며 장승운의 손을 뿌리쳤다.

"왜 이래요? 손목 부러질 뻔했잖아요!"

"……."

장승운은 너무 당황스러워 할 말조차 잃었다.

그때 식은 차를 갈아주기 위해 시녀가 들어왔다. 호리호리한 몸에

뚜렷한 이목구비가 시선을 확 잡아끄는 미인이었다. 현각의 안색이 돌변했다.

"잠깐만. 너 이리 좀 와보거라."

시녀가 당황한 표정으로 장승운과 현각을 번갈아 쳐다봤다.

"어? 어젯밤엔 못 본 얼굴인데?"

"어제는 쉬는 날이라… 바깥 사가에 다녀왔습니다."

"아하! 그랬었구나. 그럼 그렇지. 내가 이런 미인을 놓쳤을 리가 없지. 이름은 무엇이고, 나이는 몇인고?"

"이름은 소소이옵고, 나이는 열여덟입니다."

"소소? 얼굴만큼이나 예쁜 이름이구나. 나이도 나랑 같고. 오늘부터 승천전에서 일하도록 해라. 헤헤, 숙부님, 괜찮겠죠?"

그의 행동에 조금의 가식이라도 느껴졌다면 일 장에 쳐죽였을 것이다. 하지만 장천은 백치처럼 해맑은 표정으로 허락을 구했다. 간밤에도 그는 승천전의 모든 시녀들을 갈아치웠다고 했다. 미치지 않고서야 할 수 없는 행동을 그는 태연히 하고 있었다.

'나도 벌써 늙었단 말인가? 호안(狐眼)이 녹슬어 버렸어.'

"마음대로 하거라."

장승운이 허락하자, 현각의 입이 귀에 걸렸다.

"헤헤헤, 됐다. 어서 승천전으로 가거라."

'도대체 무슨 수작을 부리는 겐지.'

장승운은 눈빛에 진기를 실어 장천을 노려봤다.

물은 물길을 따라 흐르고, 나무는 흙이 있어야 뿌리를 내린다. 진기 역시 마찬가지였다. 내력이 있는 사람만이 상대방이 뿜어내는 진기를 느낄 수 있다. 내력이 없는 사람은 귀신이라도 본 것 같은 오싹함을 느낄 뿐이다. 다가오는 힘의 실체를 알지 못하니 당연한 반응이다.

장천도 그런 표정을 짓고 있었다. 놀란 듯 움찔하는 모습으로.

"네 녀석의 몸에서 한 올의 진기도 느껴지지 않으니 이게 어찌 된 일이냐?"

"저는 더 이상 무공을 배우지 않을 작정이거든요. 그래서 가지고 있던 무공도 다 버렸어요. 제 한몸도 제대로 지키지 못할 무공을 뭐 하러 계속 배워요? 이제 안 할라구요."

현각은 태연히, 하지만 단호하게 말했다.

"뭐라? 무공을 버려?"

무공이 어디 금은보화처럼 손에 잡히는 물건인가? 필요없다고 버리게?

내공은 피와 살 속에 스며 있는 기(氣)와 정(精)이며, 외공은 뼈와 근육 속에 응축된 기(技)와 경(勁)이다. 둘을 아울러 무공이라 하는 것은 곧 사람의 심(心)과 신(身), 그 자체를 이르는 말이다. 스스로 버리고 싶다 해서 버려지는 것이 아닌 것이다.

흔히 단전(丹田)이 파해지는 것으로 무공을 잃었다고 하는데 기(氣)의 응집이 약해지고, 경(勁)의 위력이 떨어질 뿐이지, 기(技)는 정(精)과 더불어 여전히 사용할 수 있다.

단전에 쌓여진 기(氣)는 운기를 할 때마다 혈맥을 따라 전신에 흘러 퍼진다. 하나의 혈맥에는 평균 사십 내지 오십여 개의 혈도가 있는데, 인간의 몸에는 그 혈맥이 무려 이십사 맥이나 거미줄처럼 얽혀 있다.

이미 혈맥에 자리한 기(氣)를 정(精)이라 하는데, 정은 단전의 유무와 상관없이 심(心)의 한 축을 이루고, 오랜 세월 훈련을 통해 몸에 익은 기(技)는 이미 신(身)에 익숙해져 있게 된다.

이렇듯 몸속에 스며들어 있는 무공을 무슨 수로 버린단 말인가?

장승운은 놀랍고 황당한 마음으로 현각을 노려봤다.

"왜 그런 눈으로 보시는 거예요? 숙부님도 부인처럼 제가 미친놈으로 보입니까?"

흥분한 장천의 목소리가 내실에 쩌렁쩌렁하게 울려 퍼졌다.

"아버님이 살아 계실 때는 그분이 원하는 아들이 되고자 죽도록 노력했어요. 그래서 돌아온 게 뭐예요? 못난 아들이라는 비난과 조롱밖에 더 있어요? 이제는 제가 원하는 대로 살 거예요. 무가라고 다 무인 자식만 있는 거 아니잖아요! 서생도 있고, 호화공자도 있지! 전 이제 그렇게 살 거예요! 제발 날 좀 그냥 내버려 두라구요!"

장천은 발악하듯 소리를 질렀다. 울분에 못 이긴 몸은 어느덧 의자를 박차고 밖으로 달려나가고 있었다.

"……!"

뒤늦은 반항이 아니라면 분명 미친 게다.

장승운은 관찰은 신중하게 하되, 결단은 분명하게 내리는 사람이었다. 하지만 지금은 아무것도 할 수 없었다, 좀 더 지켜보는 수밖에.

장승풍의 시신이 누워 있는 청룡전의 높은 담장 밖으로 노호성(怒號聲)이 터져 나왔다.

"형님! 으허억!"

칠 척 거구의 대력거신 사마대가 장승풍의 시신을 부여잡고 어린아이처럼 울음을 터뜨렸다. 부리부리한 눈에서 비처럼 눈물이 쏟아지고, 검은 수염으로 덮인 입은 흉할 정도로 일그러진 채 그는 오열을 했다.

"아우도 없이 어찌 눈을 감으셨단 말입니까? 못난 아우가 이 울분과 회한을 어디다 풀라고… 이리 허망하게 가셨단 말입니까? 엉엉엉!"

"그만 하시게. 아직도 흘릴 눈물이 남아 있다니, 오십 년 인생을 헛 살은 게야."

그렇게 말하는 좌수도 번살의 온화한 눈에도 핏발이 가득 올라 있었다. 천상 무인인 거구의 사마대와 달리 번살은 무인보다 유생이 어울리는 외모였다. 단정히 입은 백의도 그러했고, 보기 좋은 은빛 수염과 혈기 넘치는 눈빛 역시 글을 읽은 선비의 것에 가까웠다. 하지만 허리에 걸린 한 자루의 짧은 기형도가 그 역시 무인임을 증명해 주고 있었다.

슬픔을 표현하는 방식도 그와 사마대는 너무 달랐다.

어린아이처럼 목놓아 우는 사마대와 달리 그는 조용히 눈물을 삼키는 중이었다. 눈물은 흘리는 것보다 삼키는 게 더 아픈 걸 알면서도 그는 삼켰다.

가슴속에 담아둔 눈물은 언젠간 터지게 마련이다. 그들의 뒤에서 하염없이 눈물을 쏟고 있는 백화린처럼…….

"왜… 이제야 오셨습니까?"

백화린의 가슴에 묻혀 있던 눈물은 강이 되어 그녀의 얼굴을 적셨다. 차가운 성품만큼이나 조용히 쏟아내는 눈물이었다. 하지만 평생 눈물이라곤 모를 것 없는 빙화 같은 여인의 눈물이기에 그 눈물은 더욱 뜨겁고 애잔했다.

"마지막 순간까지 두 분이 오시기만 애타게 기다리셨습니다."

"임종은 지켰더냐?"

번살이 나직이 물었다.

"……"

백화린은 굵은 눈물방울로 대답을 대신했다.

"호안조! 내 오늘 이놈의 뼈를 갈아 마실 테다!"

불 같은 성미의 사마대는 전신으로 살기를 뿜으며 밖으로 달려나가려 했다.

"헛살았어! 헛살았어! 지금은 죽은 사람보다 산 사람을 염려해야 될 때임을 왜 모른단 말이냐!"

번살이 엄한 목소리로 사마대의 발목을 잡았다. 그리곤 한숨을 토하듯 물었다.

"천이는?"

현각은 정원에 있는 작은 전각을 오수각(午睡閣)이라 불렀다. 이름 그대로 정말 낮잠 자기 좋은 장소였다.

그는 백호전에서 데려온 소소의 무릎을 베고, 취선의 살랑거리는 부채질 속에 달콤한 낮잠에 빠져 있었다.

"휴우."

장천의 무사한 모습을 보자 사마대는 가슴부터 쓸어 내렸다. 사마대는 불 같은 성미만큼이나 단순한 사람이었다. 하지만 번살은 선비처럼 온화한 얼굴 안에 깊은 심지가 담겨 있었다. 그가 장천을 바라보는 표정은 사마대와 달랐다.

피를 토하며 무공 수련에 전념해도 부족할 시간에 시녀들 품에 안겨 오수를 즐기고 있다니. 겉모습만 멀쩡할 뿐, 그에게는 심각한 변화가 생긴 것이다.

"어찌 된 게냐?"

번살의 물음에 백화린은 얼굴을 붉혔다.

“상공의 정신이… 맑지 못한 것 같습니다.”

“정신이 맑지 못하면? 우리 천이가 미치기라도 했다는 거냐?”

사마대가 눈을 부라리며 물었다.

“목소리를 낮추시게. 밖으로 흘릴 소리가 아닌 듯하네.”

백화린은 산중에서 그와 헤어졌던 일과 다시 만났을 때 다른 사람처럼 행동하기 시작했다는 말을 했다.

거짓말은 아니었다. 진실이 빠져 있을 뿐이지.

두 사람을 믿지 못해서가 아니라 장승운의 눈이 두렵기 때문에 진실을 말하지 못했다. 장천이 가짜임을 알면 두 사람의 행동도 자연스럽지 못할 테고, 그 변화를 놓칠 장승운이 아니었다.

“이 일을 아는 사람이 몇이더냐?”

“이미 천도문의 모든 식솔들이 알 겁니다. 워낙 하시는 행동이 기괴하셔서…….”

“음…….”

번살은 지그시 눈을 내리감았다. 하지만 사마대는 부리부리한 눈을 훕뜨며 다짜고짜 하오각을 향해 달려갔다.

“그럴 리가 있나! 아무리 천이의 심지가 약했다 하나, 정신을 놓을 정도는 아니었어! 아암, 아니고말고!”

사마대는 하오각 위로 올라가자마자 잠자고 있던 현각을 번쩍 들어 올렸다. 달콤한 잠에 취해 있던 현각은 마른하늘에 날벼락이라도 맞은 기분이었다.

“캐액! 이거 좀 내려놓고… 캐액…….”

“네놈이 미쳤다는 게 사실이냐?”

현각은 자신을 들어 올린 거한을 빤히 쳐다봤다. 칠 척에 달하는 장신은 흔하지 않았다. 게다가 자신을 들고 있는 그의 팔에선 청년들 못지 않은 우람한 근육과 힘이 느껴졌다.

'이자가 대력거신 사마대군. 보기에도 힘깨나 쓰게 생겼네.'

바보처럼 히죽 웃는 얼굴로 현각은 사마대의 얼굴을 마주했다.

"어? 숙부님! 오셨군요. 근데 부인이 그러던가요, 내가 미쳤다고?"

현각은 씩씩거리며 백화린을 노려봤다.

"저년이 얼마나 간살스러운지 아세요? 멀쩡한 서방을 갖고 동네방네 미쳤다고 소문을 내고 다니는 통에 내가 쪽팔려서 얼굴을 들고 다니지 못한다니까요!"

현각을 들고 있던 사마대의 손에 절로 힘이 풀렸다.

"이… 이놈이……."

사마대는 믿을 수 없다는 표정으로 백화린을 쳐다봤다.

"모두 제가 부덕한 탓입니다. 두 분 사숙님을 뵐 면목이 없습니다."

백화린은 모든 게 자신의 죄인 것처럼 깊이 머리를 떨궜다.

"그간의 고초가 컸던 모양이구나. 이게 모두 함께 있어주지 못한 이 늙은이들의 죄이거늘, 어찌 너의 부덕함을 탓하느냐."

인자하게 백화린을 달래주고 있지만 번살의 얼굴에도 미미한 떨림이 일었다. 장승풍의 뒤를 이어 천도문을 이끌어가야 할 그가 정신을 놓다니. 믿을 수도 없고, 인정할 수도 없는 일이었다.

번살이 천천히 현각에게 다가갔다.

단정하게 기른 은색의 수염에 유생처럼 온화한 얼굴이 아니어도 현각은 그가 누구인지 쉽게 짐작할 수 있었다. 그동안 보아온 다른 무사들과 달리 그는 오른쪽 허리에 도를 차고 있었다. 백화린이 말한 대로 그는 왼손잡이였다. 좌수도라는 별호에서도 알 수 있듯이.

"천아."

"헤에, 숙부님. 폐관수련을 잘 끝내셨어요? 아버지가 두 분 숙부님이 폐관수련을 마치고 오면 엄청 강해질 거라고 했는데… 그대로네요."

"후훗, 무공이 어디 겉으로 보이는 것이더냐?"

"그럼 이제는 호안조 숙부님을 이길 수 있어요? 그동안 얼마나 조마조마했다고요. 백호전에서 부를 때마다 가슴이 철렁철렁했다니까요."

사마대의 큰 덩치가 바닥에 풀썩 주저앉자, 전각이 쿵 하며 울렸다.

"형님, 이 일을 어쩌면 좋겠수? 천이가 이 모양이니 죽어서 대형을 볼 낯도 없겠구려."

번살 역시 짙은 안개 속에서 길을 잃은 듯 답답함과 막막함을 느꼈다. 번살은 눈을 감은 채 깊은 고민에 빠져들었다.

"숙부님도 한잠 주무시게요? 취선이를 빌려드릴까요, 소소를 빌려드릴까요?"

"……?"

"자려면 베개가 있어야죠!"

2

혜 문당(慧文堂)은 무공 비급을 모아놓은 천도문의 서고였다. 현각은 번살의 손에 이끌려 마지못해 혜문당 앞에 서 있었다.

"난 책 읽는 거 싫은데."

"책을 읽으라는 게 아니라 마음의 병을 고치라는 거다."

"난 마음의 병 같은 거 없다니까요!"

"그래도 잃어버린 무공은 되찾아야 할 것 아니냐?"

"그 딴 거 찾아서 어디다 쓰겠다고요? 이젠 필요없어요."

"천아, 우리의 높은 기대가 네 손을 막은 것이지, 네가 익힌 무공은 결코 가볍지 않았단다. 화린이는 너무 의식할 필요가 없어. 그 아이는 타고난 무재야. 무공을 익히는 모든 사람들이 그런 축복을 받을 수는 없지 않겠느냐? 더 이상 마음에 담아두지 말고, 너는 너의 무공만 추구하면 될 일이야."

다정하게 말하며 번살은 현각을 혜문당 안으로 떠밀어 넣었다.

덩그러니 혜문당 안에 던져진 현각은 인상을 찌푸렸다.

오래된 종이에서 풍기는 퀴퀴한 냄새가 코를 찔렀다. 글을 좋아하는 사람은 향긋하다 하겠지만, 여인의 분 냄새에만 길들여진 현각은 참기 어려웠다.

"소문주가 여기는 웬일이냐?"

카랑카랑한 목소리와 달리 파뿌리 같은 흰 머리에 왜소한 체구의 노인이 걸어나왔다. 얼굴을 덮은 주름조차 세월의 무게에 눌린 듯 축 처져 있었다. 현각의 기준으로는 죽을 때가 지나도 한참은 지난 노인이었다.

"영감은 뉘시오?"

"이런 버르장머리없는 놈을 봤나? 당주님이라고 불러라!"

"문주가 높소, 당주가 높소?"

"장가 놈이 돌대가리 아들을 하나 얻었다더니 빈말이 아니었구나. 야, 이놈아! 네 아버지도 나한테는 당주님이라 부르며 꼬박꼬박 예를 갖췄어. 새파랗게 어린놈이 어디 맞먹으려 들어?"

겉모습은 당장 관 속에 눕혀놔도 아무도 의심하지 않을 정도로 늙고 시들었지만, 성깔만큼은 여전히 팔팔했다. 그래 봤자 현각에겐 노망 비슷한 걸로밖에 안 보였다.

"피이, 늙은 게 무슨 벼슬이라고……."

"어린놈이 말하는 꼬락서니 하곤. 쯧쯧, 꼴 보니 네놈도 제대로 인간 구실 하기는 글러 먹었다! 싹수없는 놈!"

노인은 혀를 차며 휘적휘적 서고의 안쪽으로 들어갔다.

"거, 노인네. 보자 보자 하니까 해도 너무한 거 아니야? 아무리 노망
이 나도 그렇지, 문주한테 싹수없는 놈이라니!"

노인이 머리를 뒤로 휙 돌리더니 투덜거리고 있는 현각을 노려봤다.
현각도 지지 않고 턱을 쭉 빼며 노인을 노려봤다.

"뭐요? 불만있소?"

"뭐 해? 안 따라오고! 내가 네놈 코앞에 갖다 바치랴? 누가 돌대가리
아니랄까 봐 젊은 놈이 어째 그리 눈치가 없어. 에이, 쯧."

노인은 혀를 차며 미로처럼 늘어선 서고 사이로 사라졌다.

"저 영감이!"

현각이 씩씩거리며 노인을 쫓아갔다. 그동안 미친 척하며 맘껏 천도
문을 휘젓고 다녔지만 누구 한 사람 싫은 내색을 하지 않았다. 명색이
소문주 아닌가! 한데 느닷없이 나타난 해골 같은 영감이 그와 맞먹으
려 드니 속이 뒤틀렸다.

"저놈의 영감탱이. 천도문에서 밥 얻어먹는 것도 오늘로 끝이다."

드디어 문주다운 위엄을 보여줄 기회가 왔다. 그는 혜문당주를 잘라
버릴 작정이었다.

"당신은 이제부터……."

현각을 말을 자르며 노인이 대뜸 물었다.

"미쳤다고 했지?"

"미치긴 누가 미쳐요? 백화린, 그 암고양이 같은 년이 헛소리를 한
거지. 내가 어딜 봐서 미친놈 같아요?"

위엄을 보여줬어야 하는데 습관이 되어버린 미친 척을 하고 말았다.
게다가 노인은 그에게 기회도 주지 않았다.

"시끄럽고, 이거나 봐라."

노인의 손에는 명유심경(明惟心勁)이란 낡은 책이 들려 있었다.

"몸속의 탁한 기운을 몰아내고, 머리를 맑게 해주는 심법이다. 도움이 될 거다."

현각은 책을 스윽 훑어봤다. 깨알 같은 글씨가 빼곡히 박혀 있는 두꺼운 책이었다.

"이거 어려운 거죠?"

"세상에 쉬운 심법이 어딨냐?"

"안 할랍니다. 놀고 먹기도 바쁜 세상에 이 깨알 같은 글자를 언제 다 읽으란 말이에요?"

"미친놈. 남들은 보지 못해 안달인 책이거늘."

노인은 명유심경을 넣고, 아래쪽에서 다른 책을 꺼냈다.

"그럼 이걸로 할래? 구유현공(九幽賢功)?"

"제퇴개슬제정식(提腿磕膝提定式) 다리를 끌어 무릎에 닿도록 제정식을 취하고, 심권벽력상구천(心捲霹靂上九天) 구천에 닿도록 벼락같이 마음을 일으킨다… 이게 도대체 무슨 소리예요? 좀 쉽고 화끈한 건 없어요? 한 방에 천하제일고수가 된다든지 뭐 그런 거."

"미친놈. 고수 되기가 그리 쉬울 것 같으면 어느 미친놈이 피똥을 싸가며 무공 수련을 하냐?"

"피똥을 싼다고요? 미쳤구만. 난 그냥 이대로 살래요."

"그럼 죽어."

"……?"

장승운도 속였는데 설마 하니 이 볼품없는 노인에게 들킬까? 현각은 신경도 쓰지 않았다.

"네놈이 아무리 미친 척을 해봐야 가짜는 가짜일 뿐이야."

갑자기 가슴이 서늘해졌다. 노인은 알고 있었다. 아는 게 아니라 읽고 있었다. 그의 마음을……

그렇다고 쉽게 기가 죽어 물러설 현각은 아니었다.

"미친 건 내가 아니라 이 영감일세. 그저 늙으면 죽어야지. 벽에 똥 칠할 때까지 살아봐야 헛소리밖에 더 하나. 쯧쯧."

"내가 살 방도를 일러주랴?"

축 처진 눈꺼풀에 덮여 보이지도 않던 노인의 눈빛이 번뜩였다. 현각도 덩달아 입술에 침을 발랐다.

"뭔데요?"

"거봐. 이놈, 가짜 맞지!"

속았다. 노인은 그냥 떠본 거였다. 하긴 죽을 날 받아놓은 것 같은 노인이 무슨 재주가 있어서 남의 마음을 읽겠는가.

"젠장!"

노인이 수작을 부리기 전에 잘라 버렸어야 되는데.

"걱정 마라. 네놈의 사기극에 판을 깰 마음은 없으니까."

"진짜요?"

"껄껄껄! 이렇게 재밌는 구경거리를 내가 왜 훼방 놓겠냐? 네놈 재주껏 버텨봐라. 하지만 이거 하나는 알아야 된다. 결국 네놈이 살길은 하나뿐이야. 강해지는 거!"

노인의 눈빛이 이글거렸지만 현각의 관심을 끌진 못했다. 남자의 눈빛이니까. 오히려 현각은 귀찮은 표정으로 되물었다.

"피똥 싸게 수련해야 된다면서요?"

"쉬운 방법도 있지. 알려주랴?"

"일단 들어봅시다."

"입식면면출식미미(入息綿綿出息微微) 선권은막첨지번(仙捲銀幕觇地飜)……."

노인은 대뜸 오십 개의 구결로 이루어진 무형공(無形功)의 구결을 읊어주기 시작했다. 그리곤 현각이 완전히 암기할 때까지 몇 번이고 반복했다.

"이제 다 외웠으니 그만 해요."

"아직 여덟 번밖에 안 했는데?"

"원래 눈칫밥을 먹고 자란 사람은 기억력이 좋은 법이에요."

"꼴에 내세울 재주는 하나 있군. 앞으로 그 구결대로 열심히 수련해 보거라."

"들숨은 가늘고 끊어지지 않게, 날숨은 드러나지 않게끔 조용하게. 이딴 것만 해도 고수가 된다고요?"

"이론상으론 그렇다. 아직 성공한 사람은 없지만."

"그게 뭔 소리예요?"

"무형공은 구십 년 전 천하제일고수로 불리던 삼치거인(三癡巨人)의 독문무공이야. 그는 오로지 무형공 하나만으로 천하제일고수로 인정받았으니, 그 위력은 가히 천하제일이라 할 수 있지. 아암, 그렇고말고!"

"천하제일고수요?"

구미가 당기지 않을 수 없었다. 현각이 입맛을 다시며 노인의 말에 귀를 기울였다.

"무형공을 전수받겠다고 무인들이 개떼처럼 삼치거인에게 모여들었지. 삼치거인은 찾아오는 놈들마다 주절주절 구결을 다 가르쳐 줬거든. 그게 뭐 숨길 일이냐면서."

“그렇겠죠. 좋은 걸수록 널리 알려야 되니까.”

“이런 무식한 놈! 무인에게 무공은 목숨과도 같은 거야. 제자라 해도 독문무공은 쉽게 가르쳐 주지 않는 게 무림의 관습이란 말이야!”

“치사한 놈들.”

“삼치거인도 그렇게 생각했지. 그래서 찾아오는 놈마다 다 알려줬고. 무형공을 모르면 무림인이 아니란 소리가 나돌 정도였지. 그런데 그 결과가 어처구니가 없었단 말이지.”

“왜요? 다들 천하제일고수가 됐나요?”

“그랬으면 차라리 다행인데 이놈들이 주화입마를 당해 쓰러지더란 말이지. 그것도 하나같이 고수로 정평이 나 있던 놈들만 쓰러지는 거야. 무공이 약했던 놈들은 아무리 수련을 해도 아무 성취가 없고.”

“그럴 리가요? 아까 불러준 대로면 사지육신 멀쩡한 놈이면 누구나 따라할 수 있는 건데.”

“그러게 말이다. 있을 수 없는 일이 계속 일어나는 거야. 그래서 소림의 땡중들이 연구에 들어갔지. 근데 이놈들도 별수없더란 말이야. 절정고수라는 놈들 중에 일곱이 쓰러졌어.”

현각은 슬슬 불안해졌다.

“무공이 뭐 잘못된 거 아니에요?”

“차라리 그런 거면 다들 포기하겠는데 그것도 아니란 말이야. 오십 구결 어디에도 사기(邪氣)나 마기(魔氣)는 없어. 네놈 말대로 사지육신 멀쩡하면 다 따라 할 수 있는 쉬운 구결들뿐이거든.”

“근데 결국 아무도 못했다 이거잖아요?”

“그렇지. 지금은 무형공이란 이름보다 무즉사공(無即死功)이란 이름이 더 알려졌을 정도니까.”

현각은 어이가 없었다.

"내가 미쳤어요? 못하면 꽝이요, 잘하면 죽을 짓을 하게?"

말도 안 되는 소리였다. 천도문에서의 나날은 꿈처럼 황홀하고, 꿀처럼 달콤했다. 어찌 될지도 모를 무공 수련 따위로 낭비하기엔 너무 아까운 시간들이었다.

"그냥 사는 날까지 이대로 버텨볼랍니다."

"허허허!"

혜문당주가 호탕하게 웃으며 말했다.

"삼치거인이 왜 삼치거인이 됐는지 아냐?"

"알 턱이 없죠. 그 영감이 누군지도 모르는데."

"네놈처럼 생각없는 백치였거든. 게다 글도 모르는 문치였고, 꼴에 노래 부르는 건 좋아해 음치가 더해져 삼치가 됐지. 네놈한테 무형공을 알려준 것도 그래서다. 천둥벌거숭이처럼 날뛰는 꼴이 삼치거인이랑 비슷하거든."

"구십 년 전의 사람이라면서요? 근데 뭘 영감이 본 것처럼 말하고 그래요?"

혜문당주는 주름진 얼굴로 그냥 웃기만 했다. 그의 얼굴을 덮은 주름이 더욱 깊고 무거워 보였다.

늙고 지친 조랑말은 허름한 마차의 무게를 이기지 못하고 힘없이 흐느적거렸다. 메마른 땅 위로 자욱한 흙먼지만 날릴 뿐, 마차의 속도는 더디기만 했다.

"어디로 가?"

마부석에 앉은 동악이 뒤를 향해 물었다.

"일단 하남성을 벗어나자."

낡은 마차 속에서 사예랑이 대답했다.

"하남성을 벗어나면 어디로 갈 건데?"

"어디로 갈 거면… 네가 길이나 알아?"

"그래도 마차를 몰려면 목적지는 있어야 될 거 아니야!"

마차가 요동을 할 때마다 장천의 얼굴도 일그러졌다. 내색하고 싶지 않지만 통증을 견디지 못한 얼굴이 저절로 인상을 썼다.

"그냥 좋은 길로 가. 편편하고 좋은 길로."

사예랑이 말했다.

장천이 육체에서 느끼는 고통을 사예랑은 마음으로 똑같이 느꼈다. 그가 아픈 만큼 그녀의 마음도 아팠다.

"조금만 참아. 안전한 곳에 가서 푹 요양하면 금방 회복될 거야."

장천은 힘없이 머리를 끄덕였다.

'언제까지 이렇게 떠돌아다녀야 하는 거지? 아직도 두 분 숙부님이 돌아오지 않으신 걸까?'

번살과 사마대가 돌아왔다면 백화린도 그를 찾아왔을 것이다. 두 사람이 있는 한 장승운도 자신에게 함부로 굴지는 못할 테니.

온전치도 않은 몸으로, 허름한 마차 속에 숨어 타인이 되어 행동하는 것에 장천은 조금씩 지쳐 가기 시작했다.

"너… 소령이 죽은 거 모르지?"

느닷없이 사예랑이 정색을 하며 물었다.

"……."

"그럴 줄 알았어. 재수없게 누명을 뒤집어쓴 거지 뭐. 넌 모르지? 남양이 발칵 뒤집혀서 난리가 났었어. 소령이는 잔인하게 살해당하고, 청동소안불상이라나 뭐라나, 하여간 그건 사라지고. 한가장의 호위무사들에다 관부의 병사들까지 총동원해서 널 찾느라고 난리도 아니었어."

"내 덕분에 산 거야. 그거부터 말해 줘야지!"

마부석에 있는 동악이 크게 소리쳤다.

"저 녀석 공이 크긴 컸지. 저 녀석이 대뜸 종남산으로 가보자고 그러잖아. 예전에 월란이가 임신해서 걔네 아빠가 도끼 들고 쫓아올 때도 종남산으로 도망갔었다고. 맞아? 그때도 종남산에 숨어 있었어?"

장천은 피식 웃었다. 아프지만 웃음이 나왔다.

"이제 그만 해도 되오."

토끼처럼 동그란 사예랑의 눈이 장천을 쳐다보았다.

"뭘?"

"우리끼리 있을 때까지 굳이 그런 거짓말을 할 필요는 없을 것 같소."

"거짓말 아니야! 진짜 소령이가 죽었다고! 아니면 왜 한 대인이 전 재산을 털어가며 널 잡겠다고 길길이 날뛰겠어?"

장천은 갑자기 뒷골이 뻣뻣하게 굳는 느낌이 들었다.

'설마… 진짜 나를 다른 사람으로 착각하고 있는 건가?'

돌이켜 생각해 보면 이상했던 적이 한두 번이 아니었다. 하지만 그때마다 백화린이 그만큼 치밀하게 준비해 놓은 각본이라 생각했었다. 그리고 이들은 지나칠 정도로 훌륭하게 그 임무를 행하고 있는 것이라 여겼다. 항상 다른 사람의 관심과 보호 속에서만 살아온 그로서는 당연한 생각이었다. 최소한 천도문 내에서의 세상은 그를 중심으로 돌아 갔으니까.

하지만 천도문 밖에서의 세상은 그와 관계없이 존재했다. 장천은 지금에서야 어렴풋이 그 사실을 깨닫고 있었다.

인정하고 싶지 않은 불길한 예감이 그의 전신을 무겁게 짓눌렀다. 장천은 어렵게 입을 열어 물었다.

"소저는… 정말로 내가 누군지 모르는 거요?"

"또 왜 이러시나? 이 상황에도 장난질이 하고 싶으셔?"

"나는 소저를 처음 봤소만……."

"어쭈? 지금 사랑한다고 매달려도 미울 판인데, 처음 봤다고? 그냥 확 밖으로 내던져 버릴까 보다!"

서운한 표정으로 눈까지 부라리며 말하는 모습을 보니 결코 장난이
아니었다.

"나는… 아니, 소저가 아는 나는 누구요?"

"왜? 만날 사기만 치고 다녔더니 이젠 네가 누군지도 헷갈려? 남양
제일의 파락호임을 자랑으로 여기던 현각님께서?"

"……!"

사예랑의 착각이 아니라면 이건 심각한 상황이었다. 영문은 모르겠
지만 자신은 낯선 사람이 되어 자신과 전혀 상관없는 사람들에 의해
정처없이 떠돌고 있는 것이다.

장천의 입술이 파르르 떨렸다.

"현각… 현각이라고 했소?"

"지금 한가하게 장난할 때가 아니야! 정신 차려, 이 바보야!

이해할 수가 없었다. 왜 자신이 낯선 사람들에게 현각이란 사내로
불리고 있을까? 왜 이들은 당연하다는 듯이 자신을 현각으로 알고 있
을까? 아무리 상상력을 동원해도 자신이 현각이란 사내가 되어 있어야
할 이유는 생각나지 않았다.

아니, 그럴 리가 없었다.

"혹시… 백화린이란 여인을 아시오?"

여전히 미련이 남은 장천은 혹시나 하는 마음으로 물었다. 사예랑이
갑자기 눈을 부릅뜨며 목청을 높였다.

"백화린? 그년은 또 누구야? 소령이 문제만으로도 벅차 죽겠는데 또
다른 여자도 있어? 에라, 이 화상아! 나가 죽어라!"

혹시나 했던 마음도 역시나 하는 절망으로 무너져 버렸다. 장천은
어찌해야 할지 갈피를 잡을 수 없었다. 혼자 천도문을 찾아갈 용기도

없고, 어디 있는지도 모를 백화린을 찾아나설 배짱도 없었다. 그렇다고 현각이란 사내가 되어 이들 틈에 계속 묻혀 있을 수도 없는 노릇이었다.

"어찌 된 건지 말해 주시오. 어디서 날 만난 거며, 왜 나를 현각이란 사내로 오해하고 있는지! 아니, 소저는 누구요? 우리는 도대체 어디로 가는 거요?"

장천의 목소리는 떨렸고, 눈에는 당장이라도 쏟아질 준비를 마친 눈물이 가득 고였다. 심장은 터져 버릴 듯 요동쳤고, 사고는 이미 마비되어 버린 것 같았다.

"너… 왜 그래?"

느닷없는 장천의 행동에 사예랑도 당황했다.

"형님 헛소리하는 거 한두 번이야? 그렇게 심심하면 나와서 마차나 몰라 그래! 재미 보는 놈 따로 있고, 고생하는 놈 따로 있고. 세상 살기 참 치사해 죽겠네!"

마부석에서 들려오는 동악의 투정에 장천은 결국 눈물을 쏟고 말았다. 그는 홀로 낯선 사람들에게 버려진 것이다. 동악의 말은 그 사실을 다시 한 번 확인시켜 주었다.

이제 어찌해야 된단 말인가? 그는 부인도 팽개치고 혼자 살아보겠다고 도망을 쳤던 사내였다. 그 못나고 무능력한 사내에게 지금의 상황은 너무 버거웠다.

출구가 없는 미로 속에 갇힌 듯 막막하고 아득했다.

이 상황에서 자신이 해야 할 일은 무엇이며, 또 할 수 있는 일은 뭐란 말인가?

하지만 그에게는 오래 생각할 시간도 주어지지 않았다.

히이잉!

긴 말울음 소리와 함께 마차 밖에서 선 낯선 사내의 목소리가 들린 것이다.

"마차에 타고 있는 사람이 누구냐?"

사예랑이 놀란 얼굴로 숨을 멈췄다. 영문도 모르면서 장천도 그녀를 따라 숨을 멈췄다. 그녀의 표정만으로도 뭔가 심상치 않은 일이 벌어졌음을 알 수 있었다. 사예랑은 따뜻하고 정다운 여인이었지만 이런 위기 상황에서는 전혀 의지가 되지 못했다. 장천은 처음으로 아내 백화린이 그리워졌다. 그녀가 옆에 있다면 이렇게까지 두렵지는 않았을 것이다. 그는 부끄러운 줄도 모르고 닭똥 같은 눈물을 계속 떨궈댔다.

밖에서는 천연덕스런 동악의 목소리가 들렸다.

"병든 형님과 형수님이 타고 있는뎁쇼. 무슨 일이십니까?"

"마차 안을 좀 봐야겠다."

"보시는 건 말리지 않겠지만, 나중에라도 병이 전염됐다고 원망하지는 마십쇼."

"전염?"

"흐으윽, 사실은 저희 형님이 몹쓸 전염병에 걸려 마을에서도 쫓겨나서 이렇게 떠돌고 있는 겁니다요. 흑흑."

"푸훗! 네놈이 앙큼스럽게 거짓말을 해대는 걸 보니 동악이란 녀석이로구나!"

채앵—

검을 뽑는 소리가 들렸다.

동시에 동악의 목소리가 돌변했다.

"살려주십시오! 저는 그저 시키는 대로만 했을 뿐, 아무것도 모릅니다!"

 장천은 숨이 막힐 듯한 공포감과 막막함을 견디지 못하고 눈을 질끈 감았다. 그런 장천을 바라보며 사예랑이 이를 악물었다.

 하지만 힘없는 여자의 독기만으로 검을 든 무인을 상대할 수는 없는 노릇이었다.

 "저리 비켜라!"

 고함 소리와 함께 마차의 문이 열렸다. 잡초처럼 자란 검은 수염이 얼굴을 덮은 사내가 커다란 반월도를 들이밀며 만족스런 웃음을 지었다.

 "크흐흐! 네놈이 현각이렷다! 황금 백 냥짜리 치고는 꼴이 영 궁색하구나. 아니지, 백오십 냥이지. 산 채로 잡아오면 황금 오십 냥을 더 주겠다고 했으니까. 킬킬킬!"

 마차의 벽에 붙어 있던 사예랑이 갑자기 사내에게로 달려들더니, 검을 쥐고 있는 손을 있는 힘껏 물어뜯었다.

 "아악! 이년이!"

 "현각! 도망 가!"

 사예랑 사내의 손목에 이빨을 박은 채 외쳤다. 장천은 두 사람을 밀치며 마차 밖으로 튀어나갔다. 그리곤 숲을 향해 뛰었다.

 뒤에선 악에 받친 사내의 고함 소리가 들렸다.

 "이런! 죽일 년!"

 "꺄악!"

 사예랑의 비명 소리를 들으면서도 장천은 계속 달렸다. 또다시 여자를 남겨두고 혼자 살겠다고 도망을 치는 것이다.

 못난 사내가 할 수 있는 일이라곤 여전히 그것뿐이었다.

제4장

운명의 미로

장승풍의 거처였던 청룡전의 지하에는 아무도 모르는 비밀 공간이 있었다. 원래는 장승풍의 비밀 연무장으로 사용되던 곳으로 감옥으로 변한 것은 사 년 전이었다.

장승풍이 장천과 백화린을 혼인시키기로 마음먹은 것이 바로 사 년 전의 일이었다.

백화린은 장천과의 혼인을 그녀의 의무로 받아들였다. 여자로서의 행복은 천도문의 미래에 묻어버렸다. 자신의 사랑을 쫓기엔 장승풍에게서 받은 은혜가 너무 컸다. 그녀는 사랑을 외면했고, 그래서 '그'가 떠난 줄 알았다.

무공 수련에 지쳐 쓰러진 코흘리개 소녀의 찢어진 손바닥에 남몰래 약을 발라주며 눈물을 떨구던 사람.

때로는 오라버니 같은 따뜻함으로, 때로는 정인 같은 다정함으로 그녀를 지켜주며 멀리서 바라보기만 하던 사람.

그는 그런 사람이었다.

백화린은 그의 사랑을 외면하고 천도문을 선택했지만, 그는 백화린을 위해 천도문 최고의 후기지수로 보장받은 미래를 포기하고 떠났다. 한마디 인사도 없이 사라져 버린 것이다.

백화린은 마음이 아팠지만 아쉬워하지는 않았다. 언젠가는 중원무림 전체에 위명을 떨치는 고수가 되어 다시 나타날 것이라 믿었기 때문이다. 그렇게 그를 잊어가는 동안 삼 년의 정혼 기간이 지나갔고, 장천과의 정식 혼인을 앞둔 밤이었다.

장승운의 둘째 아들인 신룡 장면이 그녀를 찾아왔다. 장면과는 이따금 마주칠 때도 가벼운 인사만 주고받았을 뿐, 정식으로 대화 한번 해본 적 없는 사이였다. 그런 장면이 백화린을 찾아온 것은 의외였다.

"내일이면 드디어 천도문의 안주인이 되시는군요. 축하드립니다."

말과 달리 그의 표정은 축하를 하고 있는 사람이 아니었다. 그의 표정은 종잡을 수가 없었다. 엷은 미소를 짓고 있되 즐거운 얼굴은 아니었고, 차가운 눈빛으로 그녀를 바라보면서도 적대감은 느껴지지 않았다. 오히려 정중하면서도 여유로운 그의 표정 속엔 상황을 즐기는 듯한 자신감이 느껴질 정도였다.

'뭘까?'

백화린은 가시방석에 앉아 있는 것 같은 불편함을 느꼈다.

"목우령은 훌륭한 사내요."

장면의 말에 백화린은 가시방석 위로 주저앉은 기분이었다. 가시가 살갗을 파고드는데도 일어서지 못하는 암담함. 백화린의 기분이 그랬다.

'왜… 이 사람의 입에서 그의 이름이 나오는 걸까?'

한결같은 마음으로 백화린을 사랑했고, 그녀의 미래를 위해 스스로 천도문을 나선 '그' 의 이름이 바로 목우령이었다.

장면이 그녀의 앞에서 목우령을 거론한다는 것은 그의 마음을 알고 있었다는 뜻이고, 느닷없이 그의 얘기를 꺼낸 것은 목우령의 거취에 대한 정보도 있다는 의미일 것이다.

자신에게 무관심했던 것은 겉모습일 뿐, 사실은 자신에 대해 세세히 알고 있었던 것이다. 자신도 모르는 목우령의 거취까지…….

백화린은 장면이 그녀가 생각한 것 이상으로 위험한 존재라는 사실을 깨달았다.

그녀는 신중하게 장면을 관찰했고, 장면은 상관없다는 듯이 계속 말을 이었다.

"천도문에는 세 명의 훌륭한 무재가 있었소. 남들은 그 첫째로 내 형님을 꼽지만 그건 잘못된 평가요. 내가 보기에 최고의 기재는 단연 목우령이요, 그 다음이 제수씨고, 내 형님은 그 마지막이오."

백화린의 생각도 같았다. 목우령은 그녀가 아무리 이를 악물고 따라가도 결코 넘지 못할 산이었다. 장차 천도문 최고의 고수라는 자리는 당연히 목우령의 차지가 될 거라고 생각했었다.

하지만 장공이라면 그녀가 앞설 수도 있을 것 같았다. 아직은 십여 년의 나이 차를 극복하지 못한 실력 차가 있지만 머지않아 따라잡을 자신이 있었다.

백화린은 담담한 표정으로 장면을 바라보고 있었지만, 요동치는 가슴은 쉽게 가라앉지 않았다. 그가 왜 이런 얘기를 하는지 여전히 종잡을 수 없었기 때문이다.

“문주님도 고민이 크셨을 게요. 버리자니 아깝고 품고 있자니 위험이 너무 크고.”

‘그가… 스스로 떠난 게… 아니었나?’

애써 가장했던 담담함이 무너지며 백화린의 안면이 파르르 떨렸다. 장면은 모르는 척하며 탁자 위의 찻잔으로 시선을 돌렸다.

“그렇다고 아직까지 결정을 못 내리고 계실 줄은 몰랐소.”

“……!”

백화린은 멍하니 장면을 쳐다봤다. 그의 말은… 목우령이 아직 이 안에, 장승풍의 영향력 아래 놓여 있다는 소리였다.

‘그럴 리가…….’

백화린은 혼란스러웠다. 장승풍은 왜 그렇게까지 했으며, 장면은 그 사실을 어떻게 알았고, 또 왜 이제 와서 자신에게 말하는 것일까?

“결국은 천이를 위해 가장 옳다고 생각되는 행동을 할 테지요. 제수씨도 그리시길 바랍니다. 천이는 나약하지만 착한 아이입니다. 부디 훌륭한 사내가 되도록 잘 이끌어주십시오. 그 말을 하러 온 길입니다.”

백화린은 장면의 뒷모습을 보며 이를 악물었다.

그의 의도를 이제야 알 것 같았다. 목우령의 처지를 넌지시 알려주고, 장천의 못남을 상기시키며 백화린의 마음을 흔들어놓고자 한 것이다. 한데 이 속 보이는 수작으로 그가 얻고자 한 것은 뭘까?

‘그를 구해 함께 도망이라도 가라는 건가? 아니면 나를 시험해 보려는 건가?’

어느 쪽이라도 장면은 목적을 달성하지 못할 것이다.

목우령은 그녀를 사랑했지만 그녀는 아니었다. 그저 사이좋은 사형제 간으로 믿고 의지했을 뿐… 사랑한 적은 없었다. 그녀는 사랑을 느낄 만큼 따뜻한 마음으로 살지 못했다.

목우령을 돕지도 않을 것이다. 그것이 장면이 원하는 일이라면 더더욱 하지 않을 것이다. 어차피 도와주고 싶다 해도 방법이 없었다. 목우령이 갇혀 있는 곳이 청룡전의 지하였으니 손쓸 도리가 없는 것이다.

어쨌든 이 일로 백화린은 장면이란 존재의 가치를 다시 평가할 수밖에 없었다. 그리고 그녀가 하늘처럼 믿고 따르던 장승풍의 새로운 면도 보게 되었다.

최소한 장면은 장승풍과 백화린 사이에 작은 틈을 만들어놓는 데는 성공했다고 할 수 있을 것이다.

그리고 장천과 혼인한 지난 일 년 동안 그의 존재는 까맣게 잊고 지냈다. 승천전의 지하에 그가 갇혀 있다는 생각조차 하지 않고 지냈다.

'내가 너무 매정했어…….'

사 년이나 지난 지금, 장승풍이 죽은 후에야 목우령을 찾아가는 백화린의 발걸음은 무겁기만 했다.

지하의 음습하고 퀴퀴한 냄새가 짙어질수록 백화린의 마음은 더욱 무거워졌다.

횃불 하나에 의지해 어두운 지하 복도를 걸어가던 백화린이 움찔하며 걸음을 멈췄다. 두꺼운 쇠창살이 길을 가로막기도 했지만, 쇠창살 안에서 쏘아오는 야수 같은 안광에 더 이상 나아갈 수도 없었다.

백화린은 횃불을 껐다. 빛 속에서 그의 얼굴을 마주할 용기가 없었다. 횃불마저 죽은 지하는 그야말로 칠흑 같은 어둠뿐이었다.

한 치 앞도 분간할 수 없는 어둠 속에서 나직한 목소리가 들렸다.

"역시 어두운 게 더 낫군."

“……”

빛보다 어둠이 편안해진 남자. 반딧불처럼 반짝이는 남자의 눈빛이 백화린을 향했다. 백화린은 입이 떨어지지 않았다. 오로지 자신을 사랑했다는 이유만으로 어둠 속에 갇혀 지낸 남자를 향해 무슨 말을 하겠는가? 이제 와 무슨 염치로 그에게 자신을 도와달라고 할 수 있겠는가?

백화린은 지그시 눈을 감았다. 그러자 어둠 속에서 조용한 목소리가 그녀의 귓전으로 스며들었다.

“오랜만이오, 사매.”

그의 목소리는 촉촉이 젖어 있었다.

원망보다는 반가움으로, 미움보다는 그리움으로 다가오는 그의 한마디에 백화린의 눈에서도 눈물이 흘렀다. 얼음처럼 차가웠던 마음에 따뜻한 봄 햇살이 스며드는 것 같았다.

이 남자를 사랑하지 않아 다행이다. 이 남자를 사랑했으면 이런 상황에서 견디지 못했을 것이다. 그의 넓은 품에 안겨 울며 의지하고 싶었을 것이다.

하지만 장승풍을 아버지처럼 믿고 의지했듯이, 그는 백화린에게 오라버니 같은 존재였다. 옆에 있는 것만으로 마음이 든든해지는 믿음직스런 오라버니.

백화린의 목을 타고 뜨거운 한마디가 어렵게 토해졌다.

“미안… 해요.”

“사매가 뭘요. 다 나의 욕심 탓인걸. 혼자 있는 것도 그리 나쁘진 않았소. 지난 사 년 동안 잃은 것보다 얻은 게 많으니 너무 마음 쓸 것 없소.”

"흐흐흑."

참지 못한 눈물이 터지고 말았다.

끝까지 자신을 배려해 주는 그의 마음을 대하고 보니, 막막하고 답답한 자신의 처지가 한없이 서럽게 느껴졌다.

누구의 앞에서도 흘려보지 않은 눈물이건만 백화린은 목우령을 앞에 두고 하염없이 눈물을 쏟아냈다.

"무슨 일이 있는 거요? 사매가 날 찾아온 걸 보니 아마도 문주님이 변을 당하신 것 같은데… 그것 때문이오?"

백화린이 머리를 저었다.

"말해 보시오. 어차피 세상에서 지워진 사람이잖소. 허공에 대고 말한다 생각하면 못할 말이 뭐 있겠소?"

말해도 될 것 같다. 세상 누구에게도 말할 수 없는 일이지만 이 사람에게는 말해도 될 것 같았다.

백화린은 그간의 사정을 말했다. 장승풍이 죽고, 장천을 잃어버리고, 현각이란 사내를 천도문에 데려온 엄청난 일을 단숨에 말해 버렸다.

말의 무게가 이렇게 무거운지 미처 몰랐었다. 말을 덜어낸 것만으로도 한결 마음이 가벼워졌다. 의논의 상대가 있다는 것은 이래서 큰 힘이 되는 모양이다.

"후훗, 사매답지 않은 실수를 했구려. 그래서… 내가 천이를 찾아주길 바라는 거요?"

그는 담담하게 말했지만 어둠은 백화린의 귀도 필요 이상으로 예민하게 만들었다. 그녀는 목우령의 목소리가 미미하게 떨리는 것을 느꼈다.

사랑했던 여자에게 잃어버린 남편을 찾아달라고 부탁받는 남자의 심정이 어떨까? 백화린은 상상조차 할 수 없었다. 그저 미안하고, 민망할 뿐.

"사형께 입은 은혜는 내세에 반드시 갚도록 하겠습니다."

"그럴 필요 없소. 내가 전생에 사매에게 진 빚이 많은 것 같으니……."

목우령이 조용히 몸을 일으켰다.

우지직!

쇠가 구부러지는 소리가 들리더니 목우령이 간단하게 창살 밖으로 걸어나왔다. 백화린이 놀란 얼굴로 목우령을 쳐다봤다. 짙은 어둠에 가려진 그가 어떤 몰골을 하고 있는지는 알 수 없으나 맨손으로 두꺼운 쇠창살을 구부러뜨렸다는 것은 이미 천봉경(天捧勁)을 절정의 경지까지 익혔다는 의미였다. 천봉경은 풍뢰도법의 근간이 되는 심법으로 그녀는 아직 팔 성의 경지밖에 이르지 못한 상태였다.

목우령은 백화린의 손이 닿지 못하는 곳에서, 장승풍을 넘볼 정도의 고수로 성장해 있었던 것이다.

"내가 말하지 않았소, 이 안에서 얻은 게 많다고."

"한데……."

"왜 여기 갇혀 있었냐고요? 밖에 나가봐야 달리 할 일도 없고, 무공 수련을 하기엔 꽤 괜찮은 환경이라 그냥 머물고 있었던 것뿐이오."

물론 또 한 가지 이유가 있었다. 한 번이라도 백화린을 더 보고 싶었던 마음. 이제 그 소원마저 이뤘으니 천도문 밖으로 나갈 준비는 마친 셈이다.

어차피 자신이 품을 수 없는 여자라면 기꺼이 그림자가 되어주리라.

"반드시 그를 찾아오겠소."

세상 그 누구의 약속보다 믿음이 가는 한마디를 남기고 목우령은 어둠 속을 걸어나갔다.

그의 뒷모습은 슬퍼 보였다. 세상을 향해 나가는 게 아니라 세상 밖으로 사라지는 것 같은 슬픔이 느껴졌다.

'그를 더 어두운 감옥 속으로 보낸 건 아닌지……'

백화린은 가슴을 저미는 듯한 아픔과 연민으로 멀어지는 그를 지켜봤다.

숲은 점점 깊어지고, 인적은 찾을 길이 없었다.

당장이라도 발톱을 들이밀고 달려들 것 같은 늑대의 울음소리에 장천은 심장이 오그라드는 느낌이었다.

아무래도 길을 잃은 것 같다. 나뭇등걸에 숨어 잠깐씩 자고, 나무 열매로 대충 허기를 때우며 버틴 게 벌써 이틀째였다. 피폐해진 그의 몰골은 바람이라도 불면 그대로 쓰러져 버릴 것만 같았다.

숲에서 이대로 쓰러져 산짐승의 먹이가 되느니, 차라리 추적자의 손에 잡히는 게 나을 것 같다는 생각도 들었다.

'내가 현각이 아니란 걸 잘 설명하면 살길을 찾을 수도 있었을 텐데……'

그때는 왜 도망칠 생각부터 했는지 후회가 되었다.

조금 더 냉철하게 상황을 판단하고 행동해야 했다. 그랬다면 조금 더 대범하게 행동할 수도 있었을 것이다.

못난 사람들이 으레 그렇듯 장천은 돌이키지 못할 일에 대한 미련과 후회에 한숨을 내쉬었다.

"휴우."

깊은 한숨과 함께 장천은 결심했다.

'이 숲만 벗어난다면 천도문으로 돌아가야지.'

현각이란 사내도 무림인에게 쫓기고 있는 처지였다. 그의 신분으로 있어도 안전이 담보되지 못한다면 차라리 천도문의 울타리 안으로 돌아가는 게 나을 것이다. 지금쯤이면 번살과 사마대 숙부님도 돌아와 있을 가능성이 높고, 백화린도 자신을 애타게 찾고 있을 게 아닌가.

'죽든 살든 내가 있을 곳은 천도문뿐이야!'

천도문의 높은 담장 안에 있을 때는 항상 바깥 세상을 그리워했었다. 무공의 고하로 사람을 평가하지 않고, 사내다운 기상이 없어도 그럭저럭 살 수 있는 세상. 장천이 알고 있는 바깥 세상은 그런 곳이었다.

그가 그리워한 세상은 사람의 목숨에 황금이 매겨지고, 황금을 쫓는 사냥꾼에 의해 짐승처럼 숲을 헤매고 다니는 이런 곳이 아니었다.

다시 한 번 그는 천도문이라는 거대한 그늘에 억눌려 살아온 것이 아니라, 그 그늘 밑에서 보호받고 살아왔음을 절감했다.

'천도문으로 돌아가야 해!'

장천은 주먹을 불끈 쥐며, 지친 몸을 추슬렀다.

늑대의 울음소리가 점점 가깝게 다가왔다.

불끈 쥐었던 장천의 주먹이 조금씩 떨리기 시작했다. 당장은 늑대들이 우글거리는 이 숲을 벗어나, 사람들이 사는 곳으로 나가야 했다. 천도문을 찾아가는 건 그 다음의 일이었다.

장천은 아쉬운 대로 근처에서 나무토막 하나를 주워 들었다. 그래도 익힌 무공이 있으니 늑대 한두 마리쯤은 상대할 수 있을 것이다.

그는 주변을 경계하며 조심스럽게 걸음을 옮겨갔다. 우거진 숲 속에서 그를 노려보는 한 쌍의 붉은 눈을 발견한 건 그때였다. 다행히 한 마리였다. 한 마리쯤은 충분히 상대할 자신이 있었다. 장천도 걸음을 멈추며 나무토막을 든 손에 힘을 줬다.

하지만 크르릉거리며 장천에게로 다가오는 것은 늑대가 아니라 개였다. 비늘처럼 반들거리는 검은 털에 핏빛 눈, 늑대보다 사나운 이빨을 가진 개. 바로 혈견(血犬)이었다.

십 리 밖의 사람도 알아보고, 백 리 밖의 냄새도 찾아낸다는 혈견은 늑대보다 열 배는 위험한 상대였다.

혈견의 존재보다 장천을 더 긴장시키고 떨게 만드는 것은 결국 개란 사람을 따라 움직인다는 사실이었다. 더욱이 혈견처럼 사나운 존재를 길들이는 것은 무림인이 아니고서는 불가능한 일이었다.

장천의 입술이 하얗게 말랐다. 혈견이 토하는 사나운 숨소리와 장천의 입에서 흐르는 긴장된 숨소리가 숲의 적막 속에 퍼져 나갔다. 그사이로 사각거리는 가벼운 발소리가 들렸다.

등을 보이는 순간, 혈견이 목덜미를 물어뜯을 것이다. 그렇다고 이대로 서서 무인에게 자신의 목숨을 내놓을 수도 없는 노릇이었다.

장천은 도망가야 할지, 맞서 싸워야 할지 결정하지 못했다.

그저 마른 입술에 침을 바르고, 또 바르는 동안 혈견의 뒤에는 검은 장포를 입은 중년인이 나타나 있었다. 유령처럼 창백한 피부에 칼처럼 쏘아오는 안광으로 보아 결코 만만한 사내는 아니었다.

중년인은 장천의 발 앞에 낯선 옷 조각을 던졌다. 아마도 현각이란 사내의 것이리라. 아마 자신이 입고 있는 낯선 옷도 현각이란 사내의 것이었던 모양이다. 혈견이 쫓아온 건 이 옷에서 풍기는 냄새였고.

멍청한 개다. 사람의 체취를 쫓을 일이지, 왜 옷의 냄새를 따라왔단 말인가?

궁색한 처지에 몰린 장천은 개까지 원망하고 있었다.

"네가 현각이냐?"

머리 속이 하얗게 비었다. 한여름의 밤인데도 온몸으로 한기가 느껴졌다. 정신을 차려야 한다. 여기서 개죽임을 당할 순 없다. 장천은 거칠게 심호흡을 하며 어렵게 입을 열었다.

"저는 현각이 아닙니다. 제 이름은 장천이고, 천도문의 폭우도 장승풍 어르신이 제 아버님 되십니다."

"후후훗! 살고자 지껄이는 말치고는 제법 광오하구나. 감히 천도문을 팔 생각을 하다니."

"빈소리가 아닙니다! 저를 데리고 천도문에 가면 확인할 수 있는 일입니다. 현각이란 사내에게 걸린 황금 백 냥의 현상금도 내어드리겠습니다."

"그런 헛소리를 지껄인 후에 내 목숨은 누가 책임지고?"

"제가 책임지겠습니다. 그런 걱정은……."

"듣기 싫다! 곱게 날 따라오면 목숨을 해치진 않겠다."

협상의 여지가 없었다. 사내는 생긴 것만큼이나 차갑고 단호한 사람이었다. 그렇다면 더 더욱 이 사내에게 끌려갈 수 없다. 황금을 쫓아온 이 사내도 설득하지 못하면서 딸을 잃은 한 대인이란 사람을 어찌 설득한단 말인가?

'도망쳐야 한다!'

장천의 머리 속에는 한 가지 생각뿐이었다.

마치 그의 생각을 읽기라도 한 듯이 혈견이 붉은 눈을 번들거리며 크르릉거렸다. 장천은 생애 최고의 용기를 냈다. 혈견을 향해 나무토막을 휘두른 것이다. 혈견은 가볍게 그의 공격을 피해내며 오히려 그를 향해 훌쩍 몸을 솟구쳤다. 그리곤 입을 쩍 벌린 채 장천을 향해 달려들었다. 붉은 입에 송곳처럼 솟아 있는 이빨이 장천의 목덜미를 향해 날아들었다. 나무토막을 들고 있던 장천의 손이 그대로 굳어버렸다.

십 년이 넘는 세월 무공을 익혀왔다. 하지만 몸에 맞지 않는 옷처럼 손에 익지 않은 도법은 나무토막을 들고 개를 상대하는 낯선 상황에 아무런 도움이 되어주지 못했다.

크르릉!

혈견의 뜨거운 입김이 느껴지는 순간, 장천은 본능적으로 그냥 나무토막을 들어 올리기만 했다.

콰직!

나무토막은 혈견의 사나운 이빨에 여지없이 두 동강이 나버렸다. 빈손으로 혈견의 핏빛 눈을 마주 보던 장천은 그냥 털썩 주저앉았다.

명색이 천도문의 소문주인데 개에게 물려 죽을 수는 없지 않은가! 차라리 한 대인과 협상을 하는 편이 나을 것 같았다.

"가, 갑시다! 하, 한가장으로……."

모든 무능력한 사람이 그렇듯 장천도 현실에 부딪치는 대신 회피하는 방법을 택했다. 어쩔 수 없었다. 맛있는 음식이라도 발견한 것처럼 끈적한 침을 흘리며 이빨을 들이미는 혈견의 공포는 모든 생각에 우선했다.

살고 싶은 마음도, 천도문으로 돌아가고 싶은 마음도 일단 혈견의 이빨을 벗어난 후에 생각할 일이었다.

"후후훗, 이거 우리 혈랑의 실망이 심하겠구나. 제법 배짱이 있는 놈이라기에 팔 한 짝 정도는 혈랑의 차지가 될 줄 알았더니…….”

장천은 가슴을 쓸어 내리며 자신의 양팔이 온전히 붙어 있음에 안도했다. 그리고 자신의 나약한 행동을 합리화하기 위해 마음속으로 중얼거렸다.

‘아무려면 한 대인이란 사람이 혈견보다 사납겠어? 최소한 내게 말할 기회 정도는 주겠지.’

그래도 이성과 감정이 있는 인간이라면 동물처럼 무자비하게 덤벼들지는 않을 거라는 게 장천의 생각이었다.

하지만 그는 현각의 몸에 붙은 현상금의 의미를 간과했다. 살려서 데려오면 금화 오십 냥이 추가였다. 그를 어여삐 여겨 보듬어주기라도 하려고 금화 오십 냥을 더 지불하겠는가? 괴롭히고 싶은 것이다. 죽음보다 더한 고통을 주고 싶은 것이다.

인간의 복수심이 어디 동물의 본능 따위에 비교되랴.

장천은 눈앞의 진흙탕을 피하고자 깊은 늪으로 발을 담그고 있음을 아직 깨닫지 못했다.

2

기녀들과의 생활에 익숙한 현각은 늦게 자고, 늦게 일어나는 것이 생활화되어 있었다. 아침 일찍 일어나 봐야 배만 고플 뿐 달리 할 일이 없던 그로서는 당연한 생활이었다. 하지만 천도문에서의 생활은 달랐다.

아침부터 꽃 같은 시비들이 진수성찬을 날라오니 일어나지 않을 수 없었다. 잠이야 밥을 먹고 다시 자면 될 일이다.

"천이, 네 이놈! 안에 있느냐?"

시녀들의 시중을 받으며 느긋하게 아침을 즐기던 현각은 밖에서 들려오는 낯선 목소리에 얼굴을 찌푸렸다.

"간덩이가 배 밖에 튀어나온 놈일세. 어디 감히 문주님을 제 아들 부르듯 불러대고 있어?"

현각이 씩씩거리며 밖으로 나갔다.

하지만 상대의 얼굴을 확인하기도 전에 매서운 검기에 놀라 뒤로 벌렁 자빠졌다.

"이놈이 미쳤나! 여기가 감히 어디라고!"

얼굴이 벌겋게 달아오른 현각이 버럭 소리를 질렀다. 상대는 눈살을 찌푸리며 현각의 얼굴 위로 시퍼런 검날을 들이밀었다.

"미친 건 네놈이지!"

승천전을 에워싸고 있던 호위무사들 따위는 아랑곳하지 않는 거침 없는 태도였다. 아침을 소화도 시키기 전에 이 무슨 날벼락이란 말인가?

'나를 놈이라고 부를 수 있는 사람은 몇 안 된다고 했는데…….'

삼십 대 초반의 나이에 앞뒤 재지 않는 불 같은 성미, 그리고 장승운과 더불어 천도문 내에서 유일하게 검을 쓰는 사람. 그렇다면 이 사내는 장승운의 첫째 아들인 분광쾌검 장공이란 결론이 나왔다.

'아침부터 재수없는 놈에게 걸렸구만.'

분광쾌검 장공은 아버지 장승운을 많이 닮은 아들이었다.

무공에 대한 뛰어난 자질이 그러했고, 욕심은 많으면서도 인정은 없는 모진 성품 또한 닮았다. 하지만 아버지 같은 깊은 심계와 신중함까지는 이어받지 못했다. 그는 불 같은 성미에 말보다 검이 앞서는 인물이었다. 아버지는 좀 더 두고 보자고 했지만 그는 당장 시험해 보고 싶었다.

현각은 그냥 미친놈처럼 헤벌쭉 웃는 것밖에 다른 대응 방법이 없었다.

"헤, 형님. 아침부터 웬일이시오?"

"무공을 버렸다고 했다지? 흥! 웃기는 소리! 이번에도 피하지 않으면 정말 베겠다!"

현각이 보기에도 장공의 말은 진심이었다. 각이 진 단단한 턱이며 부리부리한 눈과 차갑게 말려 올라간 입술이 결코 빈말이나 지껄일 사내로 보이지 않았다.

"형님, 저는……."

현각이 뭐라 말을 하기도 전에 장공의 검이 다시 한 번 허공에서 호선을 그리며 그의 심장을 향해 내리꽂혔다.

"까악!"

현각이 비명을 지르며 몸을 굴려 간신히 피했다.

"네 이놈! 지금 나랑 장난을 하자는 것이냐?!"

별로 곱지도 않은 장공의 얼굴이 더욱 험상궂게 일그러졌다. 어린아이 장난처럼 휘두른 일검에 그는 얼굴색까지 변하며 바닥을 구른 것이다. 무공을 열흘만 배웠어도 자신의 검이 허초임을 알았을 테고, 바닥을 구르는 추태 따위는 보이지 않았을 것이다.

"형님! 숙부님께 말했듯이 저는 무공을 모두 버렸습니다. 왜 이러시는 겁니까?"

"흥! 무공을 버려? 무공이 어디 주머니에 넣어 가지고 다니는 노리개더냐? 버리고 싶다고 버리게! 네놈이 진짜 무공을 버렸다면 무림사에 다시없을 괴사니 내 눈으로 직접 확인해 봐야겠다!"

다급해진 현각은 호위무사들을 향해 소리쳤다.

"뭣들 하고 있는 거야? 부인을 불러와라! 숙부님들을 모셔와라!"

현각의 호통에 호위무사들이 밖으로 달려나가려 하자, 장공이 재빨리 그들의 앞을 막아섰다.

"한 발자국이라도 움직이는 놈들은 내 손을 죽을 줄 알라!"

현각에겐 절호의 기회였다. 장공이 호위무사들을 막고 있는 동안 현각은 내전으로 뛰어들었다. 그런데 이게 웬일인가! 조금 전까지 호위무사들을 막고 있던 장공이 유령처럼 그의 앞을 막아선 것이 아닌가!

신법이 뭔지 모르는 현각으로서는 까무라칠 정도로 놀랄 일이었다.

"지, 지금 무슨 수작을 부린 거예요?"

"네놈이야말로 언제까지 그 따위 헛소리로 버티는가 보자!"

이번엔 검이 아닌 주먹이 날아왔다. 내력이 실린 주먹에 현각은 끈 풀린 연처럼 휙 날아가며 뒤편의 기둥에 부딪쳤다.

"크윽!"

정신을 차리기도 전에 장공의 검이 눈부신 빛살을 뿌리며 그를 향해 돌진했다.

'쌩! 설마… 죽이기야 하겠어!'

현각은 될 대로 되라는 마음으로 이를 악물고 장공의 검을 노려보며 외쳤다.

"나는 천도문의 문주요! 아무리 형님이라도 더 이상의 불경은 용납치 않을 거요!"

"이놈이 미쳤다더니 눈에 뵈는 게 없는 모양이로구나. 천도문의 문주가 되려면 내 검부터 막아야 할 것이다!"

장공은 현각의 목을 양단한 기세로 크게 검을 휘둘렀다. 장공의 검이 현각의 살갗을 파고들기 직전이었다.

"그 손 멈추지 못할까!"

승천전의 굵은 기둥들이 들썩거릴 정도로 우렁찬 외침이 장공의 손을 막았다. 장공은 인상을 찌푸리며 검을 거두었다. 반면 하얗게 질려 있던 현각은 화색이 도는 얼굴로 노호성의 주인을 향해 달려갔다.

“숙부님!”

사마대는 옷자락이 펄럭거릴 정도로 거칠게 숨을 몰아쉬며 장공을 노려봤다.

“네놈이 하늘 무서운 줄 모르고 설치는 걸 보니 대단한 성취라도 이룬 모양이구나! 그토록 실력을 뽐내고 싶다면 내 기꺼이 상대해 주겠다!”

불 같은 성미로는 오히려 장공의 한 수 위라 할 수 있는 사마대는 대뜸 장공을 향해 장력을 날렸다. 장공이 재빨리 신법을 운용해 사마대의 장력을 피하며 간곡히 말했다.

“천이를 헤치려 했던 것이 아니니 숙부님께서는 노여움을 푸십시오.”

“네놈의 말을 믿느니 썩은 나무에서 새싹이 돋기를 기다리겠다, 이놈아!”

호통을 치며 사마대는 주먹을 내질렀다. 원래 그의 장기는 장법도, 도법도 아닌 권법이었다. 그것도 처음부터 자신의 절기인 용화수(龍俹手)를 사용하자, 장공의 안색이 창백하게 질렸다. 사마대의 분노가 어느 정도인지 짐작한 것이다.

‘쉽게 손을 빼긴 틀렸군.’

그렇다고 정면으로 부딪쳐서는 전혀 승산이 없었다. 장공은 검을 치켜들며 정중하게 말했다.

“정 그러시다면 한 수 가르침을 받겠습니다.”

저 야차 같은 영감이 제대로 알아들었을지 모르지만 적당히 비무를 하는 선에서 마무리 짓자는 의미였다.

사마대는 대꾸조차 하지 않고 공격을 가해왔다. 주먹이 날아오는데 마치 태산이 밀려오는 것 같은 힘이 느껴졌다. 장공도 황급히 검을 들어 그의 주먹을 상대했다. 그런데 정면으로 날아오던 사마대의 주먹은 기이하게도 막으려 하니 어느새 그의 몸을 휘감아 등을 내려치고 있었다.

장공의 검은 허공을 향해 내질러졌고, 그는 등을 격타당한 충격에 앞으로 몇 걸음이나 밀려가야 했다.

마지막 순간, 사마대가 힘을 조절하지 않았다면 그대로 등뼈가 으스러졌을 것이다. 장공은 가슴이 서늘해지는 가운데에도 오기가 불끈 치솟았다.

사마대는 조금 전의 한 수로 그가 마음만 먹으면 얼마든지 장공을 죽일 수 있음을 과시했다. 하지만 장공은 그리 호락호락한 상대가 되어줄 마음이 없었다. 최소한 자신에게도 숨겨놓은 한 수는 있음을 보여주고 싶었다.

'선제공격의 기회만 잡는다면……!'

하수가 고수를 상대하는 방법은 그것뿐이다. 사마대가 다시 권법을 운용하기 전에 그가 먼저 공격해야 한다.

장공은 비룡번신의 신법으로 재빨리 몸을 돌리며 그대로 사마대를 향해 검을 뽑었다. 그의 절기인 낙성검법 중 낙성분분을 시전한 것이다.

장공이 격출한 검광은 하늘을 가득 메운 은하수처럼 눈 깜짝할 사이에 사마대의 전신을 덮어씌웠다.

현각은 눈으로 보면서도 믿지 못할 광경에 입이 쩍 벌어졌다.

그의 상식으론 검은 그냥 찌르는 무기이고, 주먹은 때리는 도구였다. 한데 장공의 검은 화가의 붓처럼 허공에 은하수를 만들었고, 사마대의 주먹은 그 은하수들을 걷어냈다.

'이게 바로 무공이라는 거구나…….'

현각이 놀라고 있는 동안, 장공의 검이 한광을 뿌리며 빙글빙글 회전했다.

사마대 같은 고수를 상대하기 위해서는 전력을 다해야 한다. 전력을 다하는 싸움에 살심이 들어 있지 않다면 그건 거짓말이다. 장공은 검 속에 담긴 살심을 숨기지 않았다.

윙윙!

회전하던 검이 그대로 곡선을 그리며 사마대를 찔러 들어갔다. 검이 곧 원이 되어 밀려가니, 사마대에게 다가오는 것은 이미 검이 아니라 커다란 륜(輪)이었다.

사마대 역시 용화수의 절기인 용등구소의 초식으로 장공이 보내오는 륜을 자르고 가르며 중심을 파고들었다. 순식간의 륜의 회전을 무위로 만든 사마대는 이내 장공의 손목을 휘어잡고 있었다.

"두 번 다시 승천전 근처에서 얼쩡거리면 네놈의 손목을 잘라 버릴 테다. 명심하거라."

자신의 절기를 모두 내보이고도 그의 옷자락 하나 건들지 못한 채 허무한 패배를 당한 장공으로선 할 말이 없었다. 수치심으로 벌게진 얼굴에 이를 악다문 장공이 조용히 승천전을 나갔다.

현각은 침을 꼴깍 삼켰다. 이제야 무공의 위력을 알았다. 무공의 위력을 깨닫자 무림인에 대한 두려움도 치밀었다.

역시 무림문파 따위에는 따라오는 게 아니었다. 설마 하니 문주에게 개기는 사람이 있으랴 하는 마음에 여기까지 따라왔었는데… 이건 개기는 차원의 문제가 아니었다. 세상에 만만한 일이 없다더니 역시 그 말이 맞았다. 천도문의 문주 자리는 그냥 얼굴로 대충 때울 수 있는 자리가 아닌 모양이다.

'때를 아는 것이 진정한 사내라 했다!'

현각은 주먹을 불끈 쥔 비장한 얼굴로 결심했다.

'오늘 밤에 도망가자!'

'제기랄! 명색이 소문주인데 어떻게 방에 돈 될 만한 물건이 하나도 없어?'

장천의 방을 뒤지던 현각은 버럭 짜증이 치밀었다.

저녁 내내 방을 뒤져 찾은 물건이라곤 금붙이가 달린 장신구 몇 개가 고작이었다.

사실 장천의 방에는 척마도(斥魔刀)라는 절세의 보도(寶刀)가 있었지만, 개발에 편자라고 현각은 그게 보물인지도 몰랐다. 기녀들 틈에 묻혀 자란 사내답게 비단옷만 잔뜩 챙긴 채 현각은 승천전을 나섰다.

장공의 습격(?) 이후, 승천전의 경계는 한층 높아졌고, 그 책임은 외당 당주인 잠월도(簪月刀) 동방척에게 맡겨졌다.

원래 외당은 천도문의 바깥 경계를 하는 것이 주 임무고, 천도문 내부의 경계를 하는 것은 내당의 역할이었다. 하지만 내당은 이미 장승운의 수중에 들어가 있는 상태라 마음을 놓을 수 없었다. 그렇다고 외당의 인물을, 그것도 당주를 내당으로 불러들이는 것은 원칙에 어긋나는 일이지만 그것을 추진한 인물이 불 같은 성미의 사마대이고 보니 그런 억지도 먹혀든 것이다.

동방척은 천도문 내에서 사마대와 가장 뜻이 잘 통하는 인물이었다.

일단 술을 좋아하는 주당으로서 취향이 맞았고, 사내다운 기상을 중시하는 성품 또한 서로 비슷했으며, 목숨보다 의리를 높이 여기는 마음이 서로 같았다. 무엇보다 장승운처럼 교활한 사내와는 천성적으로 섞

일 수 없다는 점에서 사마대와 가장 뜻이 맞았다.

동방척이 승천전을 지키고 있는 한 장승운 부자도 더는 이곳을 얼쩡거리지 못할 것이다. 하지만 현각으로선 느닷없이 나타난 그의 존재가 거추장스럽기만 했다.

"어디… 나가시는 길입니까?"

동방척은 하얀 상복에 핏빛의 커다란 도를 든 채 현각의 앞을 막았다. 그는 사십 대 중반의 나이에 돌처럼 단단한 체구와 평생 농담이라곤 한 번도 해본 적 없는 것 같은 진지한 얼굴의 사내였다.

매사를 원리원칙대로 처리하려고만 하니 현각으로선 상대하기 여간 껄끄럽지 않았다.

"자네는 알 필요도 없고, 따라올 필요도 없네."

현각은 짐짓 위엄을 부리며 말했다.

"주위의 시선이 곱지 못합니다. 볼일이 있으시면 제가 동행하겠습니다."

이럴 때를 대비해 현각도 미리 준비해 놓은 말이 있었다.

"연무장에 가는 길이다. 조용히 무공 수련을 하고 싶으니 방해하지 말거라."

"그럼 제가 경계를 서겠습니다."

"네 이놈! 네놈이 당주라는 직책을 믿고, 지금 내 무공을 훔쳐보기라고 하겠다는 것이냐!"

혜문당주의 말에 의하면 무림인들은 무공 비급은 물론이요, 수련 장면도 쉽게 보여주지 않는다고 했다. 역시 효과가 있었다. 동방척의 얼굴에 당황한 기색이 역력한 것이다. 더욱이 원칙을 중요하게 여기는 동방척이고 보니 그 말의 효과는 더욱 컸다.

"괜한 오해 받기 싫으면 여기 있게!"

큰소리를 치며 현각은 동방척을 남겨두고 홀로 승천전을 나오는 데 성공했다.

'호랑이에게 잡혀가도 정신만 차리면 산다더니… 히히히!'

자신의 영특함으로 동방척을 따돌렸다고 생각하니 흡족했다.

하지만 동방척이 당황해 걸음을 멈춘 것은 다른 이유였다.

장천의 무공 실력이야 온 천도문의 식솔들이 다 아는데, 천도문의 십대고수에 드는 그가 뭐가 아쉬워 장천의 무공을 훔쳐보겠는가.

말로만 듣던 장천의 상태를 직접 대면하고 나니 당황스럽기도 하고 마음이 아프기도 했다.

'마음에 찌든 열등감이 몸에 쌓이는 독보다 더 아픈 법이지.'

동방척은 그의 마음을 알 것 같았다. 그래서 소리를 죽인 채 거리를 두고 은밀히 그의 뒤를 따라갔다. 그가 눈치 채지 못하게 조용히 그를 지켜주려는 배려였다.

동방척의 은밀한 움직임을 알 리 없는 현각은 괴나리봇짐 같은 커다란 보따리를 들고 북문을 향해 살금살금 걸어갔다.

하루 종일 천도문을 돌아다닌 결과 가장 경비가 허술한 곳은 북문에 있는 시녀들의 출입문임을 알아냈다. 북문 근처에 오자 현각은 낮에 미리 봐둔 석탑의 그늘에 숨어 준비해 온 시녀의 옷을 꺼냈다. 시녀 차림으로 북문을 통해 나갈 계획인 것이다. 그가 어둠 속에 숨어 자신의 옷을 막 벗는 순간이었다.

"지금 뭐 하는 짓이냐?"

현각은 소스라치게 놀라며 주저앉았다.

"누, 누구냐?!"

"네놈에게 여장하는 취미가 있을 줄은 미처 몰랐구나."

또 놈이랜다. 현각은 달밤에 벌거벗고 있는 자신의 처지도 생각하지 않은 채 인상을 버럭 쓰며 몸을 일으켰다.

"언 놈이야? 감히 내가 누군지 알고 놈이래?!"

"후후훗!"

얄밉도록 조용한 미소를 지으며 석탑의 반대 편으로부터 이십 대 후반의 사내가 걸어나왔다. 달빛 아래서도 날카롭게 빛나는 눈과 여유롭게 웃고 있는 이 사내의 정체는 한눈에 알아볼 수 있었다. 아마 장승운의 삼십 년 전 얼굴이 꼭 저러했을 것이다. 그는 장승운에게서 외모는 물론이요, 깊은 심계와 신중한 행동까지 고스란히 이어받은 둘째 아들, 신룡 장면이었다. 남성스런 강한 얼굴 선의 장공과 달리 그의 얼굴은 부드럽고 섬세했다. 상대방으로 하여금 절로 마음이 풀리게 만드는 미남자였다.

하지만 백화린은 그가 어쩌면 장승운보다도 더 위험할지 모를 인물이라고 했었다. 장공 따위와는 비교도 되지 않을 음흉한 인물.

달밤에 그런 놈과 마주친 것은 재수가 없어도 이만저만 없는 게 아니었다. 그렇다고 주눅이 들어 먼저 움츠릴 현각이 아니었다.

"형님은… 여기서 뭘 하시는 거요?"

"하루 종일 여기저기 기웃거리고 다니길래 혹시 달밤에 길이라도 잃을까 봐 예서 기다리던 참이다."

"……!"

이번에는 현각도 말문이 막혔다. 미리 기다리고 있었다는 것은 자신의 행동을 예측했다는 뜻이다. 그것은 자신의 정체도 이미 파악했다는 뜻이기도 했다.

'그래 봤자 짐작일 뿐이야!'

넌지시 떠보는 말에 넘어가 스스로 실토를 하는 것은 혜문당주 앞에서의 한 번으로 족했다. 현각은 같은 실수를 반복할 정도로 어리석은 사람은 아니었다.

"별 걱정을 다 하십니다. 슬며시 밖에 나가 기루에나 한번 가볼까 했는데… 형님 때문에 다 글렀군요. 쳇! 자빠져 잠이나 자야겠네."

현각은 툴툴거리며 다시 옷을 챙겨 입었다.

장면도 실망하는 기색 없이 현각에게 다가왔다.

"기루에 갈 녀석이 웬 옷을 이리 챙겨온 게냐?"

"술을 먹으려면 술값이 있어야 할 거 아니오!"

"그래? 미친놈치고는 제법 생각이 깊구나."

현각은 입술을 지그시 깨물며 장면을 쳐다봤다. 남자의 얼굴에는 관심도 없고 별로 보고 싶지도 않지만 장면은 예외였다.

한밤중에 아무도 없는 곳에서 도망가려던 자신을 발견했다. 만약 죽이고 싶다면 지금보다 좋은 기회는 없을 것이다. 한데 그는 조용히 웃기만 한다. 죽일 마음도 아니라면 이 밤에 홀로 자신을 기다린 수고는 왜 했을까?

현각은 백화린이 이자를 가장 조심하라고 한 의미를 조금은 알 것 같았다. 그가 무슨 생각을 하는지 도무지 짐작할 수가 없었다. 그런 점에서 장면은 확실히 장승운보다 두려운 존재였다.

"할 말이 없으면 나는 그만 가보겠소."

돌아서던 현각은 또 한 번 가슴이 철렁 내려앉도록 놀랐다.

그의 뒤편에 오연히 버티고 서 있는 동방척을 발견한 것이다.

'이 인간은 언제 따라온 거지?'

동방척은 말없이 장면을 노려봤고, 장면 또한 말없이 그의 시선을 외면하며 어둠 속으로 사라졌다.

'그랬구나! 이자가 있어서 날 죽이지 못한 거였어!'

참으로 기가 막히고 답답한 노릇이다. 자신이 살고 죽는 것이 모두 다른 사람의 손에 달려 있다니…….

제 발로 좋다고 따라온 곳인데 나가는 것은 자신의 의지대로 할 수 없었다. 천도문의 달콤했던 유혹은 불과 닷새 만에 지옥의 쓴맛으로 변해 있었다.

현각은 점점 깊은 늪 속으로 빨려 들어가는 기분이었다.

이제야 혜문당주가 한 말이 가슴에 와 닿았다.

"살아남을 방법은 강해지는 것밖에 없다!"

그의 말이 맞았다. 이 안에서 자신의 목숨을 지켜줄 무기는 문주라는 허울 좋은 직책이 아니라 힘이었다.

'젠장!'

무공이 뭔지도 모르는데 어디서 그런 힘을 얻는단 말인가? 역시 혜문당주가 일러준 무형공밖에 답이 없는 건가? 하지만 바보 노인이 만들어 아무도 효과를 본 사람이 없다는 무공에 무슨 기대를 하겠단 말인가?

"썅!"

욕조차 시원하게 할 수 없었다. 아무리 미친놈이라도 명색이 문주 아닌가.

제5장

돌아올 수 없는 길

"크하 하하하!"

한 대인의 우렁찬 웃음소리가 한가장에 넓게 울려 퍼졌다.

"그러니까… 네놈의 이름은 장천이고, 네놈의 신분이 천도문주의 아들이다, 이 말이렷다?"

"그렇습니다. 천도문에 사람을 보내면 당장 확인이 되실 일로……."

장천의 말을 자르며 한 대인이 내전에 시립해 있던 무사들을 향해 소리쳤다.

"저놈이 아직도 힘이 남아돌아 저따위 헛소리를 지껄이는 모양이다! 저놈을 거꾸로 매달고 혀를 잘라 버려라!"

"아, 아… 안……."

벌써 혀가 잘린 것처럼 말조차 나오지 않았다.

"사, 사… 살려……."

말은커녕 숨조차 제대로 쉬지 못할 정도로 겁에 질린 장천의 몸은 무사들에 의해 내전 기둥에 거꾸로 묶여지고 있었다.

혈견에 팔이 뜯기는 한이 있어도 차라리 혈견과 맞서 싸울 걸 그랬다. 현각은 온몸의 피가 머리로 쏠리는 고통 속에서 훌쩍였다. 울음밖에 나오지 않는다. 비명을 지를 힘도, 자신의 억울함을 항변할 용기도 잃었다.

그저 뭔가 잘못됐다는 생각뿐이었다. 이게 꿈이었으면 좋겠다. 지독한 악몽 속에서 헤매고 있는 거였으면 좋겠다.

'그럴 거야! 이게 현실일 리가 없어! 깨어나면 돼! 잠에서 깨어나기만 하면 원래대로 돌아가 있을 거야!'

절망이 극에 달하면 현실을 망각하게 된다. 피하는 것으로 극복되지 못하는 현실이니 차라리 부정해 버리는 것이다.

태양이 싫으면 그늘 속에 숨으면 되고, 사람이 싫으면 깊은 산속에 숨으면 그만이다. 하지만 현실은 숨는다고 피해지는 것이 아니었다. 장천의 얼굴을 향해 다가오는 은색의 단검이 눈을 감는다고 사라지지 않는 것처럼.

단검을 든 무사가 장천의 입을 벌렸다.

"잠깐!"

한 대인이 무사의 손을 멈추게 했다.

"혀를 자르면 비명을 못 지를 테니, 저놈이 느끼는 고통의 크기를 알 수 없겠구나. 혀는 눈과 함께 마지막에 자르자. 오늘은……."

한 대인의 사악한 눈이 장천의 전신을 훑었다. 도살장에 걸려 있는 고기를 보며 어느 부위부터 먹을까 고민하는 사람과 같은 표정으로.

장천은 소름이 끼치다 못해 현기증이 날 지경이었다. 먹은 것도 없는데 구토가 쏠렸다.

"웩!"

한 대인은 납빛으로 변한 장천의 얼굴에 쏟아지는 구토물을 가만히 쳐다봤다. 커다란 얼굴을 가득 메우고 있던 미소는 사라지고, 대신 서릿발처럼 차가운 원한의 찌꺼기가 무겁게 내려앉아 있었다.

"이제 시작이다! 네놈이 흘리는 피와 비명과 고통으로 내 딸의 영혼을 달래줄 것이다. 네놈은 여기에 잡혀오기 전에 스스로 목숨을 끊었어야 했어. 그것이 내 딸에게 보여줄 수 있는 최소한의 양심이었을 테니까!"

이어서 한 대인은 단검을 들고 있던 무사에게 명령했다.

"저놈의 남성을 잘라 내 딸을 유혹한 죄부터 씻게 해라!"

"아, 아, 안… 뎌. 내… 내가 아니… 난… 쟝천… 쟝천… 이어……."

미처 뱉어내지 못한 구토물 때문에 말도 제대로 할 수 없었다. 그러나 말했다. 있는 힘을 다해 말했다.

하지만 무사의 단검은 장천의 남성을 가차없이 잘라 버렸다. 뜨거운 핏물이 장천의 얼굴 위로 쏟아졌다.

"끄아악!"

피를 토하는 듯한 비명이 터져 나왔다.

어디 고통뿐이랴. 뒤바뀐 운명에 대한 절규, 영영 회복되지 못할 상처에 대한 울분, 그리고 아득한 미망 속에 잠겨가는 미래에 대한 절망이 뒤섞인 그의 비명은 가슴이 저리도록 처절했다.

육체의 고통보다 더한 마음의 고통 때문에 그는 쉽게 의식을 잃지도 못했다.

"죽지 않도록 치료해라."

한 대인의 마지막 말은 이건 단지 시작임을 말하고 있었다.

차라리 죽고 싶다는 것이 바로 이런 심정이리라.

현각은 맹렬히 무형공의 수련에 돌입했다.

전혀 믿음은 안 가지만 피똥을 쌀 마음은 없으니 이거라도 해보는 수밖에 없었다.

숨을 크게 들이쉰 후, 칠 할은 남기고 삼 할은 도로 내쉰다. 처음에는 몇 번 반복하지도 못하고 숨이 막혀 캑캑거렸지만 하루 종일 열심히 수련한 덕분에 이제는 눈을 감고도 해낼 수 있을 정도로 능숙해졌다.

한데 무공을 익히는 장소와 그의 자세로 보면 그가 무공 수련을 한다고 생각할 사람이 아무도 없을 것이다.

그는 오수각에서 시녀의 무릎을 베고 누운 채 무공을 수련하는 중이었다.

"흐읍… 후우, 흐읍… 후우."

"문주님, 아까부터 뭘 하시는 거예요?"

"어허! 감히 무공 수련 중에 말을 걸다니! 하마터면 주화입마에 빠질 뻔하지 않았느냐?"

"어머나, 죄송하옵니다. 호호호홋."

시녀 월란이는 터져 나오는 웃음을 가리지도 않았다.

고작 토납법을 하고 있는 주제에 주화입마를 거들먹거리니 웃지 않을 수 없었다.

"잘못을 했으니 벌을 받아야겠지?"

"무슨… 벌이오?"

월란이의 요염한 눈망울이 유혹하듯 현각을 쳐다봤다.

"엉덩이를 다섯 대 맞아라."

"푸웁."

"어허! 빨리 돌아눕지 못할까?"

월란이는 터져 나오는 웃음을 참으며 오수각에 엎드렸다. 현각이 입술에 침을 바르며 그녀의 통통한 엉덩이를 주물렀다.

"문주님, 매를 맞으라 하시곤 어찌 주무르고만 계십니까?"

"벌을 받는 주제에 말이 많구나! 매에 어찌 때리는 것만 있겠느냐? 꼬집는 것도 매요, 비트는 것도 매요, 쓰다듬는 것도 매이니라. 잠자코 있거라."

"호호호호! 간지러워요."

월란이가 요염하게 몸을 비틀자 현각의 손놀림도 더욱 은밀해졌다.

"이게 두 대째다. 어허! 가만히 있으래두."

한낮의 정원 위에서 참으로 보기 민망한 장면이 벌어지고 있었다.

승천전으로 들어서던 백화린은 어이가 없어서 입이 떡 벌어졌다.

"지금 뭘 하고 계시는 겁니까?"

현각은 얼굴색도 변하지 않은 채 태연히 대답했다.

"이 아이가 잘못한 것이 있어 내 벌을 주는 중이오."

월란이 역시 부끄러운 줄도 모르고 생글 웃는 얼굴로 백화린을 쳐다봤다. 그녀의 건방진 태도를 보자 백화린은 더욱 심기가 불편해졌다.

"세상에 벌을 즐기는 사람도 다 있군요."

"그러니 참으로 기특하지 않소."

현각이 월란의 엉덩이를 툭툭 치며 말했다.

"이제 됐으니 그만 가보거라."

월란이 백화린의 눈치를 보며 오수각을 내려갔다. 그녀의 등에 대고 현각이 말했다.

"아직 세 대의 매가 남았으니, 저녁때 보자꾸나."

월란이 풍만한 엉덩이를 씰룩거리며 승천전 안으로 사라지는 모습을 보며 현각이 침을 꼴각 삼켰다.

"흥! 아주 신이 났구나."

"부인, 말씀을 가려서 하시오. 낮말은 새가 듣고 밤말은 쥐가 듣는다 했소."

백화린이 서릿장 같은 얼굴로 현각을 노려봤다. 현각은 아랫입술을 쭉 내밀며 머리를 돌려 버렸다. 언제 죽을지 모르는 처지에 문주로서의 대접조차 받지 못하면 이보다 억울한 일이 어디 있겠는가? 최소한 살아 있는 동안이라도 그는 천도문의 문주로 제대로 대접받으며 살 작정이었다. 우습지도 않은 고집은 백화린에게도 예외없이 적용되었다.

"상공, 참으로 민망한 광경에 눈을 뜨고 보기 어렵더이다."

백화린이 존칭을 사용하자, 그제야 현각도 웃는 얼굴로 그녀를 마주 봤다.

"허허허, 부인이 질투를 다 하시고. 역시 사람은 오래 살고 볼 일인가 보오."

"질투라니요. 상중에 있는 아들이 시녀나 희롱하고 있으니 남이 볼까 두려워하는 말입니다."

"걱정 마시오. 어차피 미친 아들인데 뭐가 걱정이오."

죽을 고비를 두 번이나 넘기고 탈출에도 실패한 현각은 이제 될 대로 되라는 심정이었다. 백화린의 속살 구경이나 해보겠다고 따라나섰던 걸음이 지옥까지 이어져 있을 줄 어찌 알았겠는가? 천도문의 위세

를 과시하던 높고 웅장했던 담장은 그만큼의 견고한 감옥이 되어 현각
을 가둬두고 있었다.

시녀들 엉덩이나 주무르며 죽을 날을 기다리기엔 너무나 아까운 청
춘이다. 혹시 백화린이라도 그의 품에 안겨준다면 조금은 보상이 될
것도 같은데. 하지만 백화린은 그림의 떡처럼 손에 닿지 않는 존재였
고, 자신은 동네북처럼 아무에게나 걷어채이는 한심한 신세였다.

"동 당주님이 날 찾아왔더구나. 보따리를 쌌다지?"

"부인 같으면 여기 갇혀서 죽을 날만 기다리고 있겠소?"

"그 정도 위험도 각오하지 않고 여기까지 따라왔다는 거냐?"

너무나 당연히 말하는 백화린의 태연한 말투에 짐짓 위엄을 부리던
현각의 얼굴이 확 일그러졌다.

"당연하죠! 이럴 줄 알았으면 내가 왜 따라왔겠어요?"

"그랬다면 네놈의 업보라고 생각해라. 겁도 없이 천도문의 소문주
행세를 하려 했던 네놈의 업보!"

"싫어요!"

"처음부터 네 발로 찾아온 걸음이었다. 내가 네놈을 돌려보내지 못
했듯 네놈도 여기서 벗어날 수 없어."

"젠장! 그럼 대책을 마련해 줘야 할 거 아니에요! 다들 틈만 나면 죽
이려고 덤벼드는데!"

"처음부터 경고하지 않았더냐?!"

"제대로 말을 해줬어야죠! 제대로!"

"제대로 듣지도 않고 여유를 부렸던 건 네놈이었어!"

"그냥 무서운 놈이라고만 했잖아요! 비처럼 검기를 뿌려대고, 유령
처럼 사람을 쫓아다니고, 또……."

“그게 무공이라는 거다! 이곳이 무림문파임을 몰랐더냐?”

“젠장! 무공이 그런 건지 몰랐죠! 내가 얼마나 놀랐는지 알아요? 정말이지 눈알이 뒤집어지고, 심장이 빠지는 줄 알았다구요!”

저잣거리의 삼류싸움만 보다가 사마대 같은 절정고수의 무공을 보았으니 놀랄 만도 했다. 그래도 전혀 주눅 들지 않고 오히려 자신에게 성질을 부리는 현각을 보고 있자니 백화린은 오히려 마음이 놓였다. 저 정도의 배짱이라면 진짜 장천을 찾을 때까지 버텨줄 수 있을 테니 말이다.

“지금 문 내에 무림 각계의 어른들이 와 계신 것은 알고 있겠지?”

“그게 나랑 무슨 상관이에요?”

“너의 얄팍한 속임수가 그 어른들의 깊으신 눈까지 속일 수 있을지 염려가 되는구나.”

“알 게 뭐람.”

“내일이면 그분들을 만나야 하기에 하는 말이다.”

“내가 왜요?”

“내일 천도제(薦度祭)를 올린다. 상주가 있어야 될 거 아니냐?”

“환장하겠군. 부모 형제 하나 없는 놈이 별짓을 다 하게 생겼네.”

그를 대신해 장천이 어떤 일을 당했는지도 모르고 현각은 배부른 투정에 얼굴을 찌푸리고 있었다.

2

남양 외곽의 장이촌은 화전과 사냥으로 생계를 연명하는 작고 가난한 마을이다. 객점 하나 없는 작은 마을에 최근 들어 외부인의 출입이 빈번해졌다. 그들 대부분이 사람을 찾아온 수상한 무인들이었던데 비해 어제 장이촌에 들어온 오누이는 달랐다. 그들은 병든 아버지의 약을 구하기 위해 험한 산을 헤매고 있는 기특한 오누이였다.

자신들이 약을 구해가지 못하면 아버님을 살릴 길이 없다는 사내아이의 울먹임은 마을 사람들을 감동시켰다. 그의 누이가 산적을 만나 봉변을 당할 뻔한 얘기에는 마을 사람들까지 자기 일처럼 슬퍼하고 분노했다. 용감한 누이는 어린 동생과 병든 아버님을 위해 산적과 맞서 싸웠지만 어깨에 커다란 부상을 입고 말았다.

눈물과 탄식이 섞인 사내아이의 말에 마을 노인들은 결국 눈물을 글

썼다. 아버님을 살리겠다는 남매의 정성이 기특했고, 역경을 이겨내
는 강한 의지가 감동스러웠으며, 구성지게 자신들의 얘기를 풀어내는
사내아이의 유창한 언변에 매료됐다.

그들은 깊이 숨겨놓은 약초를 꺼내와 누이의 상처에 발라줬고, 모처
럼 고기까지 넣은 국을 만들어 남매의 허기를 채워주었다. 그리고 기
꺼이 빈방을 내어주었다.

모두 동악의 훌륭한 연기 덕분이었다.

몇 마디 말로 기름진 저녁에 잠자리까지 해결하자 동악은 뿌듯했다.
하지만 구석에 쪼그리고 앉아 있는 사예랑의 커다란 눈망울에서는 쉴
새 없이 눈물방울이 떨어지고 있었다.

"현각은… 어떻게 됐을까?"

"이제 그만 좀 해! 누님은 할 만큼 했어! 형님 도망갈 때 봤어? 뒤도
안 돌아보더라. 어떻게 그럴 수가 있어? 누님한테 그 산적 같은 놈을
맡겨놓고 어떻게 혼자 튈 수 있냐고? 형님 그렇게 안 봤는데 정말 실망
했어! 이건 배신이야, 배신!"

"너야말로 그만 해. 안 그랬으면 현각은 죽었어."

"형님 목숨만 목숨이야?! 누님은? 누님은 죽어도 돼?"

"안 죽었잖아."

"죽을 뻔했잖아!"

동악이 씩씩거리며 소리를 질렀다.

장천이 산으로 도망을 가고도, 사예랑은 털북숭이 사내의 팔뚝을 놓
아주지 않았다. 사내의 검이 어깨를 파고드는데도 사예랑은 사내의 팔
뚝을 문 채 꼼짝도 하지 않았다. 만약 그때 소림의 승려가 나타나지 않
았다면 사예랑의 팔뚝은 물론이고, 목까지 달아났을 것이다. 동악 역

시 마찬가지고.

'혜초 대사라고 했지?'

털북숭이 사내는 그 이름을 듣자마자 얼굴이 허옇게 뜨더니 꽁지가 빠져라 도망을 갔다. 동악은 그 이름을 마음 깊이 새겨 넣었다. 앞으로 무림인을 만나게 되면 요긴하게 써먹을 수 있을 것이다. 넓은 인맥은 사기를 칠 때에도 매우 유용하게 사용되는 법이다.

하지만 그건 앞으로의 일이고 당장은 사예랑의 마음을 돌리는 일이 우선이었다.

"정말 남양으로 가볼 거야?"

사예랑이 힘없이 바닥에 누우며 대답했다.

"현각이 잡혔을지도 모르잖아."

"그래서, 누님이 가면 구할 수 있어?"

"해봐야지."

"뭘? 누님이 뭘 할 수 있는데? 괜히 누님까지 개죽임당하지 말고 제발 좀 포기해! 세상에 남자가 형님 하나뿐이야?"

"넌 따라오지 마. 나 혼자 갈 거니까."

사예랑의 목소리는 너무나 담담해 오히려 처연할 정도였다. 세상의 의미를 잃은 듯한 그녀의 생기없는 말투에 동악이 신경질을 내며 방에서 나와 버렸다.

"제기랄! 맘대로 해!"

쾅! 소리가 나도록 문을 닫고 나온 동악은 자리에 털썩 주저앉았다. 영악하게 반들거리던 그의 눈매에도 눈물이 맺혔다.

한가장에 가면 사예랑은 죽는다. 동악은 그녀를 죽게 내버려 둘 수 없었다. 사예랑은 그에게 누이이자 어머니 같은 존재였다. 나이가 들어서는 그의 유일한 여인이기도 했다.

동악은 이름도 없이 거리에 버려진 아이였다. 세상이 뭔지도 모르는 채 거리에서 굶어 죽어가던 다섯 살 꼬마에게 음식을 나눠 주고, 이름을 지어준 사람이 바로 사예랑이었다. 그때 사예랑의 나이도 고작 아홉 살이었고, 그녀 역시 구걸을 하고, 쓰레기통을 뒤져 생을 연명하던 가엾은 처지였다. 그런데도 동악을 위해 기꺼이 자신의 음식을 나눠 준 것이다. 그녀에게 현각이 그랬듯이.

그들은 서로가 서로에게 가족이며, 연인이며, 은인이었다. 그리고 때론 원수였다. 미워죽겠는데 미워할 수 없고, 모른 체 등 돌리고 싶은데 결코 그럴 수 없는 사이. 원수도 이런 원수가 없었다.

동악은 소매로 쓰윽 눈물을 훔쳤다.

"제기랄! 그래, 같이 죽지 뭐. 어차피 사는 거나 죽는 거나 별로 다를 것도 없는 인생인데 뭐."

"그래도 사는 게 조금은 나을 거다."

낯선 사내가 저벅저벅 걸어오며 말했다.

동악이 눈을 부릅떴다. 마을 사람은 분명히 아니다. 이십 대 후반쯤으로 보이는 사내는 화전민에게 어울리지 않는 준수한 용모에 하얀 피부를 지니고 있었다. 사내의 떡 벌어진 체구와 긴 다리는 화강암처럼 단단해 보였고, 흔들림없는 눈빛과 굳게 다문 입술은 그가 대쪽 같은 성품의 소유자임을 말해 줬다. 결정적으로 사내의 어깨 위로 솟아 있는 커다란 도의 손잡이가 동악의 호흡을 빠르게 만들었다.

그는 무림인인 것이다.

"누구… 십니까?"

동악의 목소리가 전에 없이 떨렸다. 거짓말로 밥을 먹고 산 동악이

지만, 자신의 마음까지 들여다보는 듯한 사내의 눈빛에는 먼저 주눅이
들어버렸다.

"현각이란 사내를 찾고 있다."

모르는 사람이라고 딱 잡아떼고 싶지만 사내의 무서운 눈빛이 동악
의 입을 막았다. 자신의 거짓말이 통할 것 같은 상대가 아님을 본능적
으로 느낀 것이다. 그렇다고 사내가 묻는 말에 순순히 대답해 줄 정도
로 순진하지는 않았다. 이럴 때 써먹으려고 혜초 대사라는 이름을 마
음에 새겨놨으니까.

"혹시 소림의 혜초 대사님을 아십니까?"

사내가 다소 의외라는 표정으로 동악을 쳐다봤다.

"그런데?"

동악은 자신만만하게 말했다.

"나는 그분의 보살핌을 받고 있는 사람이오. 날 함부로 대했다간 살
아남지 못할 것이오."

이 사람도 조금은 주춤하며 떨기를 기대했다. 하지만 사내는 조금의
동요도 없는 표정으로 다시 물었다.

"현각이란 사내는 어디 있느냐?"

"이보세요. 방금 한 말 못 들었어요? 나는 혜초 대사님이 뒤를 봐주
고 있는 사람이라구요!"

사내의 등 뒤에서 커다란 도가 원을 그리며 동악의 머리를 향해 날
아왔다. 뭉툭한 도신이 동악의 목뼈를 부러뜨릴 듯이 다가왔다.

"끅!"

동악은 자신도 모르게 목을 움츠리며 눈을 질끈 감았다. 차가운 쇠
의 질감이 목에 느껴졌다.

‘이제 죽었구나!’

한데 그것뿐이다. 분명히 목에서 쇠의 촉감이 느껴지는데, 아프지가 않았다. 동악이 슬며시 눈을 떠봤다. 사내의 도는 정확히 동악의 목에 닿은 채 멈춰 있었다. 자신의 목에 닿아 있는 도를 보자, 갑자기 숨도 쉴 수 없는 공포가 밀려들었다.

죽었다고 생각한 것은 체념이나 공포를 느낄 여유도 없다. 하지만 죽을 것 같은 위기감은 전신의 피를 말리는 긴장과 공포를 느끼게 만들었다. 죽기 싫다는 당연한 본능은 스스로 살길을 도모하기 마련이다. 동악은 떨리는 소리로 말했다.

“이, 이미 늦었어요! 형님은 벌써… 다른 놈이 잡아갔으니까.”

혜초 대사라는 이름에도 별 반응이 없던 사내의 얼굴에 작은 떨림이 일었다.

“잡혀가다니? 언제?”

“저도 자세히는 몰라요. 이틀 전에 헤어졌거든요. 아마… 잡혔을 거예요…….”

그때 방문이 열리며 사예랑이 뛰어나왔다.

“뭐야? 당신, 누구야?”

사내는 도를 거두고 잠시 두 사람을 쳐다봤다. 그러더니 조용히 물었다.

“혜초 대사님이 뒤를 봐준다고 했느냐?”

“그, 그렇소!”

동악이 목을 쓰다듬으며 괜히 힘주어 대답했다.

“어려운 일이 있으면 언제든지 찾아오라고… 부, 분명히 그랬소.”

“그렇다면 지금이 그 어려운 때이겠구나. 살고 싶으면 그분을 찾아가거라."

영문모를 말을 남기고 사내는 성큼 뒤돌아섰다.

"무슨 소리예요?"

사예랑이 사내의 뒤를 쫓아왔지만 사내는 바람처럼 어둠 속을 달려가 이미 잡히지 않는 곳에 가 있었다.

"저 사람은… 뭐야? 지금 한 소리는 또 뭐고?"

사예랑과 동악은 멍하니 서로의 얼굴만 쳐다봤다.

뒤도 돌아보지 않고 남양을 향해 달려가는 사내는 바로 목우령이었다.

장천의 육체는 감각을 잃은 것처럼 어두운 창고에 축 늘어져 있었다. 육체의 감각이 사라진 것이 아니라 정신의 충격이 육체적 고통을 압도해 버린 것이다.

'이제 영영 사내의 구실을 할 수 없다!'

그것은 남성으로서의 사형 선고였다. 숨을 쉰다고 살아 있는 목숨이 아니다. 장천은 숨만 쉬고 있을 뿐이지 시체나 마찬가지였다. 영혼을 잃은 육신은 껍데기에 불과할 뿐이다. 지금 장천의 신세가 그랬다.

그는 이제 자신이 누구인지조차 분간할 수 없었다.

며칠 전까지는 천도문의 소문주였는데 이제는 잘 모르겠다. 단지 닮았다는 이유만으로 이해되기엔 그가 당한 고통이 너무나 혹독했다. 어디서부터 무엇이 어떻게 잘못되어 이 지경이 됐는지 생각할 힘도 없었다.

자신이 현각이 아니라고 우겨봐도 들어줄 사람이 없었다. 믿어줄 사람은 더 더욱 없었다.

처음부터 잘못 시작된 걸음이다. 낯선 사람들의 친절과 도움을 당연하게 받아들인 것부터 실수였다. 그들은 누구이며, 무슨 이유로 자신을 돕는지 물었어야 했다. 왜 당연히 백화린이 보낸 자들이라고 생각했을까?

한순간의 오해와 착각은 그를 현각이란 사내로 완전히 바꿔 버렸고, 그는 어두운 창고에서 죽음만을 기다리는 가엾은 처지가 되고 말았다.

'내일은 또 어떤 고문을 당할까?'

죽음보다 내일 닥쳐올 고통이 더 두려웠다. 나약한 그의 심성으로 감당하고 인내할 수 있는 상황이 아니었다. 그는 살고 싶다는 희망을 버린 대신 고통없이 죽고 싶다는 희망을 품었다.

'천도문을 떠나는 게 아니었어……'

그랬다면 최소한 고통없이 죽을 수는 있었을 게 아닌가.

사는 것은 물론이요, 죽는 것조차 자신의 의지대로 할 수 없는 한심한 처지를 생각하자 장천은 또다시 눈물이 흘렀다.

창고의 문이 조용히 열렸다. 장천은 이를 악물었다. 고통없이 죽고 싶다는 것도 조금 전의 생각일 뿐, 막상 인기척이 느껴지자 살고 싶어졌다. 죽더라도 장천으로 죽어야 한다. 현각이란 사내가 되어 이렇게 개죽임을 당할 수는 없었다.

말해야 한다. 자신은 현각이 아니라 장천이라고 말해야 한다. 그러나 공포에 질린 육체가 그의 의지를 꺾어버렸다. 경련이라도 일으키는 것처럼 온몸이 부들부들 떨려 입을 열 수가 없었다.

"내가 한 발 늦은 건가? 쯧쯧, 끔찍한 일을 당했군."

공포에 젖어 꼭 감겨 있던 장천의 눈이 뜨였다. 한 발 늦었다는 것은 그를 구하러 왔다는 의미가 아닌가! 그렇다면 천도문에서 온 사람이다.

드디어 천도문에서 그를 구하러 온 것이다.

장천은 터져 나오는 오열을 참기 위해 입술을 깨물었다.

"잘려진 너의 양물은 어디 있느냐?"

"……."

"그것부터 찾아봐야겠군."

사내가 장천을 들어 옆구리에 안았다.

어둠에 가려 그의 얼굴은 보이지 않았다. 낯선 느낌이긴 하지만 무슨 상관인가? 이 지옥 같은 죽음에서 드디어 벗어나게 되었는데.

장천은 서러움의 눈물 속에 안도의 한숨을 내쉬었다. 그래도 체면은 있는지라 사내에게 눈물을 들키지 않으려 고개를 푹 숙였다.

사내는 장천을 옆구리에 안은 채 창고를 나섰다. 창고를 지키던 두 명의 무사가 피를 쏟으며 죽어 있는 모습이 보였다. 마당에도 시체는 네 구나 더 있었다.

그런데도 한가장은 어두운 밤의 정적에 묻혀 있었다. 사내는 작은 기척도 내지 않고 그들을 제거한 모양이다. 그리고 이대로 조용히 나갈 생각이었으나 장천의 잘려진 양물이 그의 마음을 돌린 것이다.

그는 장천을 옆에 안은 채 한가장의 내전을 향해 성큼성큼 걸어갔다.

"누구냐!"

내전을 지키던 호위무사들이 앞을 가로막았다.

퍼버벅!

섬전처럼 뻗어진 사내의 손이 무사들의 가슴을 격타했다. 발은 자리에서 떼지도 않은 상태였다. 그런데도 일 장 밖에 서 있던 무사들이 피를 토하며 쓰러졌다. 말 그대로 사내는 그들을 일장에 쳐죽인 것이다.

불과 숨 한 번 쉬기도 전의 짧은 시간에……

장천이 알기에 천도문에서 이렇게 패도적인 무공을 사용하는 사람은 없었다. 안도의 한숨은 순식간에 소리없는 경악으로 바뀌고 있었다.

'천도문에서 온 사람이 아니잖아!'

목우령은 장이촌에서 한가장까지 숨 한 번 쉬지 않고 달려왔다. 그러나 한가장에 들어서는 순간, 그는 동상처럼 굳어버렸다.

'피비린내!'

온기도 채 가시지 않은 뜨거운 피의 내음이 그를 맞이한 것이다.

'무슨… 일이지?!'

목우령은 시체들을 넘어 안으로 달려갔다. 여덟 명의 무사가 죽어 있는 문이 보였다. 그곳이 바로 한 대인이 있던 곳이리라. 목우령은 방 안으로 들어갔다.

은색의 잠옷 차림으로 침상 앞에 죽어 있는 중년 사내가 보였다. 눈은 뒤집어지고 혀는 쭉 빠져나온 비참한 모습에 전신이 피투성이였다. 그중에서도 가장 눈에 띄는 것은 잘려진 양물이었다. 얼굴을 찌푸리며 한 대인의 시체를 살피던 목우령은 침상 밑에서 새어 나오는 미세한 숨소리를 느꼈다.

목우령은 침상을 들치며 그 안에 숨어 있던 사람을 끌어냈다.

"꺄악! 사, 살려주세요!"

스무 살도 채 안 돼 보이는 어린 소녀였다. 소녀는 풋풋한 몸의 굴곡이 고스란히 드러나는 얇은 옷을 입은 채 보기에도 애처롭게 바들바들 떨고 있었다.

"현각이란 사내는 어디 있느냐?"

"그, 그가… 데, 데려갔습니다."

"그라니? 누구?!"

"저, 저는… 아, 아무것도 모, 모릅니다."

목우령이 거칠게 소녀의 턱을 잡아당겼다. 거친 손길만큼 목소리도 높아졌다.

"살고 싶으면 말해라! 그를 데려간 게 누구였느냐?"

소녀의 눈에서는 눈물부터 흘렀다.

"모, 못 봤습니다. 모, 목소리만……."

"뭐라고 하더냐?"

"자, 자른… 그, 그의… 양물을 내, 내놓으라고."

"자른 양물이라니?"

"그, 그것이… 대, 대인께서… 그, 그의……."

소녀의 말보다 한 대인의 시체를 통해 이해하는 것이 빨랐다. 한 대인이 장천에게 한 짓을 고스란히 돌려받은 것이리라.

'누가 복수까지 해주며 그를 데려갔을까?'

목우령은 문밖에 죽어 있던 시체들을 다시 살펴봤다.

여덟 명이 죽었는데도 싸운 흔적은 없었다. 모두 무기를 들기도 전에 일장에 맞아 죽은 것이다. 다른 곳에 있는 시체들도 마찬가지였다. 별다른 외상도 없이 조각난 내장을 피와 함께 토하고 죽어 있는 시체들은 오십 명도 넘었다.

모두 같은 수법에 당한 걸로 보아 침입자는 단 한 명이다. 그 한 명에 의해 오십여 명의 무사들이 손 한 번 못 써보고 일장에 맞아 죽은 것이다.

일장에 내장을 박살 낸 장법의 위력도 놀랍지만, 오십여 명이나 되
는 무사들을 몰살시킨 손속의 악랄함은 더욱 놀라웠다.

'이렇게 패도적이고 악랄한 장법이라면?'

기억 속을 더듬던 목우령의 얼굴이 점점 굳어졌다.

'혈영신마(血影神魔) 갈융의 적살장(赤殺掌)!'

목우령의 짐작이 맞다면 이건 예삿일이 아니었다.

아무런 흔적도 없이 은밀하게 핏빛 그림자를 흘린다 하여 붙여진 이
름이 혈영신마였다. 그의 적살장은 무림의 가장 패도적인 장법 중 하
나로 꼽혔고, 그 악랄한 손속은 전 무림을 공포로 물들였었다. 그의 살
행을 보다 못한 정파무림은 그를 무림의 공적으로 몰아 합공을 펼쳤고,
혈영신마는 무림에서 종적을 감췄다. 삼십 년 전의 일이다.

삼십 년 전에 사라진 마두가 왜 이곳에 나타나 장천을 납치해 갔을
까? 그리고 그가 노린 것은 장천이었을까, 현각이었을까? 모든 것이 안
개 속에 가려져 있었다.

지금 분명한 것은 한 가지뿐이었다.

그의 목적이 무엇이든 동기가 무엇이든 무조건 장천을 되찾아 와야
한다는 것!

장천의 신분 때문도 아니고, 상대가 악명 높은 마두이기 때문도 아
니다. 그것은 백화린과의 약속이기 때문에 지켜져야 했다.

목우령에게 백화린과의 약속은 목숨보다 소중한 것이었다.

제6장

삶을 얻은 자

1

청룡전의 내전은 미세한 숨소리 하나 들리지 않는 정적에 잠겨 있었다. 바람조차 소리를 잃은 고요 속에 오십 명에 달하는 적지 않은 인원들이 모여 있었다.

소림의 혜초 대사와 개방의 장비신개, 무당의 현운자와 화산 제일검 강호성, 그리고 가까운 종남의 장문인인 추명은창 곽재의와 풍검가의 가주 검치 하후종의 모습도 보인다.

절정의 고수들이 오십여 명이나 모여 있으니 숨소리 하나 흘리지 않으면서도 태산을 무너뜨릴 기세가 넘쳐 나왔다.

번살과 사마대는 물론이요, 장승운조차 오늘은 꼬리를 내린 얌전한 고양이로 변해 있었다. 장승운이 자랑하는 두 아들, 장공, 장면도 백지장 같은 얼굴을 간신히 지탱하고 있을 뿐이었다.

화중여걸이라던 백화린도 터질 듯한 위압감에 감히 머리를 들지 못했다.

청룡전으로 향하는 계단에서부터 정원까지 빼곡히 메운 채 기립해 있는 천도문의 무사들은 내전을 바라보는 것만으로도 숨이 막혔다. 일생에 두 번은 보기 힘들 절정의 고수들이 오십 명이나 모여 있는 것이다.

이 사실만으로도 그들은 문주 장승풍에 대한 외경심이 새삼 치솟았고, 자신이 천도문의 무사라는 사실에 자부심을 느꼈다. 하지만 그들 중 아무도 머리를 들어 내전을 똑바로 쳐다보지는 못했다. 내전의 가는 창살 하나에까지도 오십 인의 기세가 담겨 그들을 핍박하는 것만 같았다. 숨이라도 크게 한번 내쉬면 당장 터져 버릴 것만 같다. 손을 적시는 진땀을 닦으며 그들은 호흡조차 멈췄다.

내전을 채운 오십여 명은 그 정도로 대단한 이들이었다. 그들 모두 장승풍과는 친분이 깊었던 사람들이다.

하지만 손님을 맞아야 할 폭우도 장승풍은 시체가 되어 누워 있었다.

아비를 대신해 손님을 맞고 있는 사람은 현각이었다. 그는 오십여 명의 절정고수들이 내뿜는 숨막히는 기도에 주눅 들지 않는 유일한 사람이기도 했다.

"아이고, 아이고, 아이고……."

그는 털썩 주저앉아 바닥을 치며 대성통곡을 하기 시작했다.

무가의 자손이 아니라 사가의 범부라 해도 이리 경망스럽게 울지는 못하리라.

"음……."

번살은 지그시 눈을 감으며 나직한 침음을 흘렸다.

"천아, 일어나거라. 이런 행동은 아버님을 욕되게 하는 거야."

사마대는 붉어진 얼굴로 현각을 강제로 일으켜 세웠다.

"놔요, 이거 놔! 어어엉!"

사마대의 품에 안긴 현각이 발버둥을 치며 서럽게 울어댔다.

이 무슨 못난 행동이란 말인가? 내전에 있던 고수들이 서로 눈빛을 주고받으며 미간을 찌푸렸다.

장승운의 차가운 눈에는 수치와 조소, 그리고 은밀한 즐거움이 복잡하게 섞여 있었다.

천도문의 위신을 생각하면 그의 행동이 부끄럽지만, 천하무림을 향해 자신의 광기를 내보이는 그의 어리석음엔 실소가 흘렀고, 덕분에 그가 천도문주가 되지 못할 거란 사실을 무림에 공포한 셈이니 즐거울 수밖에 없었다.

장공은 노골적으로 인상을 찌푸리며 그를 노려봤고, 장면은 속을 알 수 없는 무표정한 얼굴로 그저 앞만 주시할 뿐이었다.

백화린은 이를 악물었다.

'어차피 피할 수 없는 일이었어!'

그렇다 해도 현각이 이 정도로 요란을 떨어댈 줄은 몰랐다. 그녀는 현각에게 이제 그만 하라는 눈빛을 수도 없이 보냈다. 그러나 현각은 진짜 아비라도 잃은 사람처럼 점점 서럽게 목놓아 울어댔다.

"으아아앙! 앙앙앙!"

백화린은 현각이 아니라 자신에게 쏠리는 무림 어른들의 눈빛을 느끼며 마지못해 입을 열었다.

"문주님을 여읜 상심에 상공에게 심마가 깃들었습니다. 어르신들께선 부디 너그러이 이해해 주십시오."

"아미타불."

"어허."

여기저기서 장탄식이 흘러나왔다.

현각이 눈물 젖은 얼굴로 그들을 쳐다봤다.

안타까움과 동정심에 눈빛을 마주쳐 주는 사람도 있고, 그의 못난 모습에 시선을 돌려 버리는 사람도 있었다.

"으허억, 나는 이제 죽었네!"

현각의 느닷없는 말은 그의 시선을 외면하던 이들마저 다시 시선을 돌리게 만들었다.

혜초 대사가 염주를 돌리며 앞으로 나섰다.

"그게 무슨 소리냐? 심마는 너의 의지로 몰아낼 수 있는 것이니, 부디 마음의 평정을 찾아 아버님의 가시는 길을 편하게 해드리거라."

"그건 스님이 몰라서 하는 소리죠!"

투정 같은 현각의 외침에 장비신개가 피식 실소를 터뜨렸다.

"푸훗, 스님이랜다."

아홉 살에 입산하여 마흔이 넘은 나이. 대사(大師)라는 법계를 받고 소림 십팔나한 중 일인이라는 절정의 무공까지 얻은 후에야 속세에 발을 디딘 혜초 대사였다. 스님이란 말은 들어볼 기회도 없었다. 어쩌면 그의 생애 최초이자 마지막으로 '스님' 으로 불리고 있을지도.

당사자인 혜초 대사는 별로 연연하지 않았다. 속세의 호칭에 연연할 정도로 짧은 마음이라면 대사라는 법계도 받지 못했을 것이다.

"그래, 말해 보거라. 내가 모르는 것이 무엇이냐?"

"이제 아버님도 죽은 마당에 여우 같은 숙부님이 절 살려두겠어요?"

무더운 여름임에도 찬바람이 내전을 한 바퀴 휘감고 지나갔다.

백화린조차 예상치 못했던 말에 눈을 치켜떴다. 그녀의 당황함이 그 럴진대 장승운은 오죽하랴. 그는 속내를 숨기는 데 익숙하지 않은 인 물이었다. 당황함과 민망함이 그의 쩍 벌어진 입에 그대로 배어 나왔 다.

"내가… 왜 너를 죽인단… 말이더냐?"

"맞잖아요! 죽이려고 했잖아요! 으하악! 아버님의 임종도 못 지키고 도망가게 만들어놓고선… 으아앙… 살수까지 보내놓고선! 아아앙!"

현각이 울면서 던져 놓은 한마디는 장내에 만만찮은 파장을 일으키 고 있었다.

종남의 장문인인 추명은창 곽재의가 화난 얼굴로 백화린을 쳐다봤 다. 그는 이미 칠십이 넘은 나이지만 그의 두 눈에서 은은히 빛나는 정 광은 범인이라면 쳐다보지도 못할 정도로 강렬했다.

"말해 보거라. 천이의 말이 사실이냐? 호안조의 핍박에 폭우도의 임 종도 지키지 못했더냐?"

우렁찬 말소리의 끝이 떨렸다. 이곳에 모인 오십여 명의 고수 중 장 승풍과 가장 가까웠던 이를 꼽으라면 주저없이 첫손에 꼽힐 이가 바로 그였다. 그런 만큼 분노도 컸다.

무림인이 비무 도중 죽었다면 누구를 탓하고 원망하겠는가? 깊은 산 중에서 홀로 죽어 이름없는 유골이 되었다 해도 어쩔 수 없는 일이다. 그것 또한 무인의 삶이니.

하지만 장승풍은 그의 처소에서, 그의 침상에 누워 죽었다. 한데도 아들의 임종조차 받지 못했다. 천도문의 후임 문주가 누가 되든 그가 상관할 바가 아니었다. 상관할 수도 없고.

하지만 죽음 앞에는 인간으로서의 도리가 있어야 한다. 사악한 마두를 죽일 때도 마지막은 살펴주는 게 인지상정이거늘.

번살의 얼굴 위로 엷은 미소가 스쳤다. 아무도 보지 못한 짧은 순간 이었지만 그는 미소를 숨길 수 없었다.

'후훗, 나름대로 살길을 열고자 수작을 부렸던 게로군. 지금 보니 네 놈이 나보다 한 수 위로구나.'

백화린의 가슴도 시원해졌다. 십 년 동안 쌓였던 체증이 단번에 내려간 통쾌함이 느껴졌다. 역시 단순하다는 것은 삶을 편하게 만든다. 현각의 단순함은 백화린도 생각지 못한 상황의 반전을 이끌고 있었다.

'보기엔 어수룩해도 결코 만만한 사내가 아니야! 미리 계산하고 하는 행동은 아니지만, 본능적으로 살아남는 재주를 가진 사내야!'

장승운이 변명을 위해 입을 열기 전에 백화린이 재빨리 대답했다.

"그게 어찌 남의 탓이겠습니까? 저희들의 부덕함이요, 나약함이지. 여러 어르신들을 뵐 면목이 없습니다."

정중하게 그렇다고 말한 셈이었다.

"질풍노도처럼 달려온 삶의 끝이 이리도 허망하단 말이냐? 호안조, 네 이놈! 폭우도는 자애와 신의로 너를 대했건만, 너는 어찌 형님의 죽음을 이토록 욕되게 한단 말이더냐!"

"원래 사람됨이 그 모양인걸 뭐."

장비신개가 혼잣말처럼 넌지시 한마디 거들었다.

장승운의 가는 입술이 살짝 말려 올라갔다. 불만이 가득한 속내가 그대로 드러났다. 그렇다고 곱지 않은 시선으로 그를 주시하는 오십여 명의 고수들과 맞설 수도 없는 상황이었다.

무림에서는 명성이 곧 강함이요, 능력이요, 배경이다. 명성을 잃은 고수가 기억에서 사라지듯 명성을 잃은 문파 역시 관심에서 멀어지는 것이 무림의 생리였다. 명성을 잃은 천도문이라면… 그도 필요없었다.

폭우도는 사라졌어도 천도문의 명성은 유지되어야 했다. 그러기 위해서는 이 자리에 모인 고수들의 인정을 받는 것이 중요했다. 이런 고수들을 불러모을 수 있다는 것 자체가 천도문의 명성이요, 힘이니까.

"천이의 나약함을 훈계한 적은 있어도 그를 해하려 한 적은 없습니다."

장승운의 말은 변명인 동시에 장천을 해하지 않겠다는 선언이기도 했다. 오십여 명의 고수들을 앞에 두고 한 말이니 싫어도 자신의 말을 지켜야 할 것이다.

곽재의는 다소 불만스러운 대로 노기를 누그러뜨렸다.

장승운에게도 그리 손해 되는 말은 아니었다. 어차피 장천은 천도문을 이끌어갈 재목이 되지 못함을 스스로 드러냈다. 그의 존재와 상관없이 천도문은 이미 자신의 수중에 들어와 있다고 생각했다. 현각이 다시 입을 열기 전까지는.

"저는 이제 나가서 죽으랍니다."

뚱딴지 같은 소리를 뱉어놓고선 현각은 성큼성큼 문을 향해 걸어갔다.

"상공, 왜 이러십니까?"

백화린이 그의 팔목을 잡아 세웠다.

"숙부님이 날 안 죽이니 이제는 내가 혼자서 죽어야지요!"

현각이 거칠게 그녀의 손을 뿌리치며 외쳤다.

"죽기 싫다고 울부짖던 놈이 이제는 또 죽겠다고 설쳐 대니. 쯧쯧, 미쳐도 제대로 미쳤네그려."

장비신개가 한심하다는 듯이 혀를 차며 말했다.

"아버님이 그랬단 말이에요! 문주가 되지 못할 바에는 나가서 죽으라고! 숙부님이 저렇게 여우 같은 눈으로 날 노려보는데 내가 어떻게 문주가 되겠어요? 그냥 나가서 죽는 게 낫지. 귀찮게 장례를 두 번이나 치를 필요 없이, 그냥 아버님 묻을 때 나도 같이 묻으세요. 흐으으윽!"

이거야말로 물에 빠진 놈 건져 놓으니 보따리 내놓으라는 식이었다. 목숨을 살려주겠다고 했더니 이제는 문주까지 내놓으라고 생떼를 쓰고 있었다.

사마대가 참지 못하고 피식 웃었다. 백화린도 웃음이 나오는 걸 참느라 혀를 살짝 깨물어야 했다.

장승운은 말 그대로… 똥 씹은 표정이 되어 현각을 노려봤다.

장승운을 대신해 입을 연 것은 검치 하후종이었다. 그는 이 자리에서 유일하게 장승풍보다 장승운과 더 가깝게 지내는 사람이었다.

"네가… 천도문을 이끌어갈 능력이 된다고 생각하느냐?"

"몰라요, 몰라. 내가 그런 걸 어떻게 알아요? 아버님이 시켰으니까 자식 된 도리로 따르려는 거지."

백화린은 현각을 잡고 있던 손에 넌지시 힘을 풀었고, 현각은 미친 놈의 정수라도 보여주듯 실내의 기둥에 머리를 들이박았다.

"아버님! 나는 천도문의 문주가 못 돼요! 그러니 그냥 아버님의 뒤를 따라갈래요! 살아서 아무것도 해드린 게 없으니, 저승길이라도 따라가 효도 한번 해볼랍니다. 흐으윽… *끄억*… *끄억*."

우습기도 하고 어이가 없기도 하지만, 실내에 감도는 더 큰 감정은 동정과 연민이었다. 아들로서 아비의 기대에 부응하지 못한 자괴감이 얼마나 컸으면 저렇듯 미쳐 울부짖고 있겠는가.

현각은 죽기 살기로 머리를 들이박았다.

'이쯤에서 누가 말려줘야 될 텐데……'

힐끔 눈치를 봤지만 번살도, 사마대도 침통한 표정만 지을 뿐 움직일 생각을 안 했다.

'젠장! 머리가 깨진 다음에나 말릴 생각인가?'

당연한 소리지만 현각은 스스로 머리를 깰 생각은 전혀 없었다. 말이 쉽지 어떻게 스스로 머리통을 깨겠는가? 사람의 몸은 본능적으로 고통을 피하기 마련이다. 그의 몸도 이미 기둥에 부딪치기를 거부하는 중이었다. 마음은 기둥을 향해 달려드는데, 머리는 자꾸 기둥에서 멀어졌다. 그렇다고 여기서 그냥 물러설 수도 없고.

'에라, 모르겠다.'

현각은 더 이상 움직일 힘도 없는 사람처럼 기둥을 부둥켜 안으며 주저앉았다.

"흐으윽, 어쩌자고 이렇게 못난 아들을 낳으셨습니까? 흑흑흑."

그의 피끓는 울부짖음은 그를 비웃던 몇몇의 고수들마저 숙연하게 만들었다. 혜초 대사가 안타까운 듯이 현각을 보며 말했다.

"마음에 깊은 상처를 입었으니 더 큰 마음으로 어루만져 주는 수밖에. 감당하기 어렵거든 부처님의 마음에 기대거라. 그분의 자비가 네 상처도 어루만져 주실 게다. 아미타불."

분위기가 현각을 향한 동정과 연민으로 흐르자, 다급해지는 것은 장승운이었다.

"어르신들 앞에서 이 무슨 추태냐! 의연하게 아버님을 보내 드리거라! 너의 한마디 말과 행동이 우리 천도문의 위신과 연결됨을 왜 모른단 말이냐!"

장승운의 호통에 번살이 재빨리 덧붙여 말했다.

"호안조 숙부님의 말씀이 옳구나. 너는 천도문의 적통 후계자다. 그
에 걸맞은 위엄을 보여야 할 게 아니냐. 이제 그만하면 천도문을 향한
너의 애정과 의지를 알았으니 호안조 숙부님도 널 믿고 기회를 주실
게다. 설마 하니 그분이 네가 싫어 널 핍박했겠느냐? 다 천도문을 향한
충정이었지."

"……."

장승운의 말문이 막혔다.

번살은 교묘하게 자신까지도 장천이 천도문의 후계자임을 인정하게
만들어 버린 것이다. 하지만 호락호락 넘어갈 장승운이 아니었다.

"이것이 단지 일가의 혈통을 잇는 일이라면 뭐가 문제겠소? 하나 이
것은 천 명이 넘는 우리 천도문도의 명예가 걸린 일이요, 그것은 곧 중
원무림인의 위신과도 연결된 일이요. 단지 혈육의 정에 이끌려 중원무
림의 웃음거리가 될 수는 없지 않겠소?"

"하면, 호안조께서 천도문주가 되시면 중원무림인의 명예가 높아지
는 거요?"

사마대가 불만에 가득한 목소리로 말했다.

"나는 단지 천이로 인하여 무인들에 대한 세인의 존경까지 멀어질까
걱정한 것뿐이오."

"태산 같은 무인들을 향한 존경이 어찌 천이 하나로 멀어진단 말이
오? 비약이 너무 심하십니다. 천이의 심마야 시간을 두고 치료하면 될
일입니다."

"십 년이고, 이십 년이고 무작정 기다릴 수는 없지 않겠소?"

엄숙해야 할 장례식이 문주 쟁탈을 위한 흉한 언쟁으로 번지려 하자,
참견하기 좋아하는 장비신개가 넌지시 중재안을 던졌다.

"기한을 정해두면 어떻겠나?"

"……?"

"약속된 기한 안에 저 아이가 심마에서 벗어난다면 당연히 천도문의 문주가 되는 것이오. 그렇지 못하다면 폭우도의 친우인 호안조가 대신 천도문을 맡는 걸로 하면 되지 않겠나?"

"좋으신 의견입니다. 이 자리에 계신 선배님들께서 증인이 되어주신다면 그 이상 좋은 해결책이 없겠지요."

번살이 재빨리 대답했다.

장승운도 거절할 이유가 없었다.

"좋습니다. 일 년의 기한을 두기로 하지요."

그가 제시한 일 년이란 기한은 모두의 머리 속을 바쁘게 헤집었다.

'일 년이면 천이를 되돌릴 시간으로 충분하다.'

번살은 흔쾌히 대답했다.

"적당한 것 같습니다."

백화린의 머리 속도 복잡했다.

'일 년이라… 그 안에 진짜 상공을 찾을 수 있을까? 살아만 계신다면 가능하다.'

"일 년 동안 시간을 주신다면 상공을 원상태로 돌려놓도록 최선을 다하겠습니다."

"그러시게. 나도 도울 일이 있다면 돕겠네."

장승운의 여우처럼 교활한 눈이 만족스런 미소를 머금었다.

'네놈이 일 년 동안 할 수 있는 일은 아무것도 없어.'

장면은 아버지와 다른 의미에서 보일 듯 말 듯한 작은 미소를 지었다.

'일 년이라… 재밌게 되었군.'

모두 다른 마음과 다른 생각이지만 일 년이란 시간은 모두를 만족시켰다.

현각 역시 마찬가지였다. 일 년의 시간이면 충분히 도망갈 기회를 만들 수 있을 것이다. 어제까지만 해도 눈앞이 깜깜했었는데 이제는 광명을 되찾은 기분이었다.

'당분간은 천도문의 문주로 행세하며 호의호식할 수 있겠네? 히히히, 이래서 삶이 재밌는 거라니까.'

2

목우령은 혈영신마를 추적하는 대신 사예랑과 동악이 있는 장이촌을 향했다.

혈영신마가 마음먹고 행적을 숨긴다면 목우령이 아니라 무림의 누가 나선다 해도 쉽게 찾아내지 못할 것이다.

뒤를 쫓아서는 결코 그를 잡을 수 없다. 앞질러야 한다. 그러기 위해선 이유를 알아야 한다, 왜 장천을 납치했는지.

그가 납치한 것이 장천이라면 뒤에 장승운이 있을 것이다. 하지만 가능성이 낮은 얘기였다. 장승운이라면 그를 납치하는 대신 죽이라고 했을 것이다. 한가장은 그를 제거하기에 더없이 좋은 장소였다. 완벽하게 차도살인(借刀殺人)을 실행할 수 있는 곳이었으니까.

한데 살려서 데려갔으니 혈영신마가 납치한 것은 현각이라고 보는 게 옳았다.

한낱 거리의 파락호가 혈영신마 같은 거물과 무슨 관계가 있었을까? 혈영신마는 도대체 왜 그를 납치해 간 것일까?

어쨌든 그를 죽이지 않고 데려간 것은 뭔가 소용이 있다는 의미였다. 그 소용이 무엇인지 알아야 그의 행적 또한 유추해 볼 수 있을 것이다.

천도문에 있는 현각을 만나 물어보는 것이 가장 좋은 방법이겠지만, 그는 진짜 장천을 찾기 전까진 철저하게 장천이 되어 있어야 할 사람이었다. 백화린을 위해서라도…….

목우령에겐 장천을 찾는 일만큼이나 백화린을 보호하는 일도 중요했다. 그래서는 그는 현각에 대한 정보를 얻기 위해 사예랑을 다시 만나러 온 것이다.

"어? 어제 그 무사님이다!"

목우령을 보자 동악이 반가운 얼굴로 다가왔다. 사예랑과 동악은 장이촌을 막 나서던 참이었다.

"그러지 않아도 무사님이 한 말 때문에 누님과 싸우던 중이에요. 무사님은 형님을 구하려는 거죠? 내 말이 맞죠?"

목우령은 동악을 제쳐 두고 사예랑에게 대뜸 물었다.

"현각이란 사내에 대해 얼마만큼 알고 있소?"

"그러는 당신부터 말해 보시지! 왜 현각을 찾는 거야?"

경계심이 가득한 얼굴로 사예랑이 싸늘하게 말했다.

"꼬마 아이의 말이 맞소. 나는 그를 구하러 간 거였소."

"그런데요? 그런데 왜 빈손으로 왔어요? 형님이 아직 안 잡힌 거예요? 이야, 역시 우리 형님은…….."

"다른 사람이 먼저 그를 데려갔소, 한 대인을 죽이고."

사예랑의 커다란 눈이 동그랗게 말려 올라갔다.

"한 대인을 죽여요? 누가요?"

"혈영신마 갈융이라는 자요."

"뭐 하는… 사람인데요?"

사예랑이 불안한 목소리로 물었다.

"무림인이오. 현각이 무림과 인연을 맺은 적이 있소?"

옆에 있던 동악이 냉큼 끼어들었다.

"에이, 여자의 비림(秘林)이라면 몰라도 무림은 무슨……."

목우령의 생각으로도 현각이 무림과 직접적인 연을 맺고 있을 가능성은 낮았다. 설사 인연이 있었다 해도 혈영신마 같은 거물과 친분이 있을 정도는 아니었을 것이다.

역시 이유는 그의 출생에서 찾아야 할 것 같았다. 백화린이 착각할 정도로 장천과 똑같다는 현각의 외모. 그 외모에 비밀이 있을 것 같은 예감이 들었다.

"그의 부모에 대해 알고 있소?"

"알다마다요. 형님의 어머니는……."

사예랑이 재빨리 동악의 입을 막았다.

사예랑은 목우령을 믿을 수 없었다. 무림인이 현각을 구하겠다고 나설 이유가 없는 것이다. 그녀가 알기로 현각은 남에게 원한을 산 적은 많아도 도움을 준 일은 극히 드물었다. 물론 원한을 산 것은 모두 여자 때문이었고, 도움을 준 일 역시 상대가 여자일 때뿐이었다.

아무리 생각해도 남자가, 그것도 무림인이 이렇듯 다급한 얼굴로 현각을 구하려 할 이유는 없었다.

"이유부터 말해 주시죠. 당신은 왜 현각을 구하려는 거죠? 그리고 혈영신마라는 자는 왜 한 대인을 죽이고 현각을 데려간 거예요?"

"나는 다른 분의 부탁을 받았소. 그분이 누군지는 말해 줄 수 없소. 혈영신마가 왜 그를 데려갔는지는 나도 모르오. 소저를 찾아온 것이 바로 그 이유 때문이오."

"당신 말을 어떻게 믿죠?"

"믿고 말고는 소저 마음이오. 하지만 지금 현각을 도와줄 사람은 나밖에 없소. 한시가 급하오. 그를 데려간 혈영신마는 결코 좋은 사람이 아니오."

"그럼 당신은 좋은 사람이인가요? 나는 당신 역시 믿을 수 없어요. 내가 직접 한가장에 가서 확인해 볼 거예요!"

보기보다 똑똑하고 야무진 여자였다. 사랑하는 사람을 잃었으니 누구에게든 기대고 싶은 마음일 텐데 참고 있었다. 그에게 해가 될 사람인지 도움이 될 사람인지부터 확인하려 했다. 아마도 장천은 어머니에게 기대듯 그런 그녀의 품에 기댔을 것이다. 그가 아는 장천은 그런 사내였다. 오죽하면 천도문의 소문주가 한가장 따위에 끌려가는 지경이 되었을까? 가엾도록 한심한 사내였다. 사예랑조차 타인의 도움을 받기 전에 이유를 묻고 있건만……

동악이 답답하다는 듯이 말했다.

"무사님이 우리보고 혜초 대사님을 찾아가라고 했잖아! 나쁜 사람이 우리보고 스님을 찾아가라고 하겠어?"

"맞아! 왜 우리보고 그 스님을 찾아가라고 한 거죠? 당신도 소림에서 온 사람인가요?"

믿을 수 없다고 말하면서도 내심으론 믿어보고 싶은 그녀의 바람이 느껴졌다.

목우령은 담담히 대답했다.

"내가 현각을 빼내오면 한 대인이 당신들을 해칠까 봐 미리 피하라고 한 거였소. 소림이라면 한 대인도 어쩌지 못할 테니까."

"거봐! 거봐! 내 말이 맞잖아! 우리를 도우려고 한 소리였다니까!"

동악이 기분 좋은 소리로 으스대며 말했다.

"현각의 어머니에 대해서는 왜 물은 거죠?"

"그를 납치한 사람과 관련이 있을지 모르오."

"형님의 어머니는 화서린이라고, 남양 최고의 기녀였대요. 아마 오절신녀라고 불렀다죠? 지금도 남양의 기루에선 모르는 사람이 없어요."

동악이 냉큼 말했다.

"지금 어디 있냐?"

"죽었어요. 형님을 낳자마자."

"혹시 아버지는 누구인지 아느냐?"

"에이, 그걸 어떻게 알아요? 기녀가 만나는 남자가 한두 명도 아닌데."

"시끄러워! 어린 녀석이 별소리를 다 하고 있네."

동악에게 핀잔을 주며 사예랑이 말했다.

"화서린은 알고 있었을 거예요. 함부로 몸을 주는 여자가 아니었다니까. 그런데 아무에게도 말하지 않은 걸로 보아 비밀을 지켜야 할 필요가 있었나 봐요. 현각도 자기 아버지가 누구인지 몰라요."

"소문 같은 것도 없었소?"

"전혀요. 기루 주인도 모를 정도니까."

'기녀의 남자인데 소문조차 나지 않았다?'

쉽지 않은 일이다. 소문이라는 것은 당사자의 의사와 상관없이 세상에 퍼져 나가는 법이니까. 아마도 남자 쪽에서 철저히 입을 막았던 모양이다. 그렇다면 그는 소문까지 막을 수 있을 정도로 거물이었단 얘기가 된다.

'그가 혈영신마였을까?'

목우령은 고개를 저었다. 그가 무림에서 종적을 감춘 게 삼십 년 전이었다. 현각의 나이는 이제 열여덟이고.

게다가 그는 홀로 무림을 횡행하다 공적으로 몰려 도망갈 정도로 치밀하지 못한 사람이었다. 모래알같이 많은 사람들의 눈을 막고, 입을 가릴 정도의 영향력은 없었다. 그런 일은 결코 혼자 할 수 있는 일이 아니었다.

'뒤에 누군가 있다는 소리군. 그림자처럼 은밀하면서 혈영신마 같은 사람을 부릴 수 있을 정도로 막강한 누군가가……'

"무사님! 무슨 생각을 그리 골똘히 하세요?"

동악이 똘망똘망한 눈으로 그를 올려다보고 있었다.

"아니다. 나는 가볼 곳이 있으니, 이만 가야겠다."

목우령을 바라보는 사예랑의 커다란 눈망울에 눈물이 그렁그렁 맺혔다.

"정말로… 현각을 구해주실 건가요?"

"그게 내 임무요."

목우령은 담담히 말하며 돌아섰다.

동악이 슬며시 목우령의 옷자락을 잡아당겼다. 목우령이 뒤돌아보자 동악은 넌지시 삘건 육포 몇 조각을 내밀었다.

"아침 먹을 시간도 없는 것 같아서요."

쑥스러운지 머리를 긁적이던 녀석이 어깨를 들썩거리며 꽤나 심각한 얼굴로 말했다.

"내가 먹을 걸 나눠 줬다는 건 무사님을 엄청 친한 사람으로 여긴다는 거예요. 그건 알고 드셔야 돼요!"

목우령은 잠시 말을 잊은 채 손에 쥐어진 육포를 쳐다봤다. 사람에게서 정을 받아본 것이 너무 오랜만이라 낯설었다. 원래는 그도 정이 많았던 사람이다. 백화린을 잃고, 사부에게조차 배신당한 서러움에 꼭꼭 닫혀 있던 그의 마음을 동악의 육포 한 조각이 열고 있었다.

"고맙구나. 너도 조심하거라. 누님 잘 보호하고."

"우리 걱정은 안 하셔도 돼요. 바쁘실 텐데 얼른 가보세요."

동악도 난생처음 베푼 친절이 쑥스러운지 목우령의 등을 떠밀었다.

목우령이 어색하게 한번 미소를 지어주고는 그들에게서 멀어졌다.

그가 사라지자마자 사예랑이 상냥한 얼굴로 동악에게 말했다.

"잘했어. 무사님이 정말 고마워하는 것 같더라. 근데 저 육포는 어디서 난 거야?"

"헤헤, 어젯밤에 동네 광을 한 바퀴 뒤졌지. 쌀은 없어도 육포는 가득하더라고."

갑자기 사예랑이 동악의 귀를 잡아당기며 무섭게 말했다.

"이 양심도 없는 놈아! 마을 사람들이 우리한테 어떻게 해줬는데 식량을 훔치고 지랄이야?!"

"에이 씨! 배운 게 도둑질이라 몸에 배어 있는 걸 어쩌라고!"

"훔칠 게 없어서 가난한 사람들 겨울 식량을 훔치냐! 이 빌어먹을 도둑놈아!"

"나한테 도둑질을 가르쳐 준 게 누군데? 언제 어디서나 필요한 물건은 내 걸로 만들 줄 알아야 된다면서?"

"그래도 상대는 봐가면서 해야지!"

두 사람은 서로에게 소리를 질러대며 장이촌을 나섰다. 비록 싸움이라도 모처럼 둘 사이에 활기가 느껴졌다.

현각은 아직 무사했고, 그를 돕기 위해 나선 사람도 있다. 그들에게도 다시 희망이 생긴 것이다.

아침의 따사로운 햇살이 두 사람의 마음에도 포근하게 내려앉았다. 생기를 얻어가는 활기 찬 아침의 숲처럼 두 사람의 얼굴에도 환한 미소가 번졌다.

"진짜 형님 목숨은 고래 심줄보다 질긴가 봐."

"응, 정말 징글징글하게 질긴 목숨인가 봐. 네 말대로 벽에 똥칠할 때까지 살 놈이야."

"히히히! 근데 누님 이제 우리는 어디로 가지?"

"남양으로 가자. 한 대인도 죽었다는데 안 될 것도 없잖아."

"싫어! 찜찜하게 왜 하필 남양이야?"

"알아볼 게 있어서 그래."

"뭐? 뭘 알아보려고?"

"소령이를 죽인 건 현각이 아니야. 누군가 현각에게 누명을 씌운 거야."

"어차피 한 대인도 죽었는데 이제 와서 그걸 밝히면 뭐 해?"

"한 대인은 죽었어도 현각의 누명은 벗겨줘야 할 거 아니야."

"그런다고 형님이 고마워할 것 같아? 괜히 험한 일에 휘말리지 말고 얌전히 있자. 그냥 근처에 숨어서 형님 돌아올 때까지 숨죽이고 있자고."

“맘대로 해. 난 혼자서라도 남양으로 갈 테니까!”

사예랑이 입술을 쌜룩거리며 동악을 남겨두고 혼자 성큼성큼 걸어 갔다.

“저놈의 똥고집! 또 시작했네, 또 시작했어!”

투덜거리면서도 동악은 사예랑을 놓칠세라 얼른 따라붙었다. 사예 랑은 새침한 목소리로 뒤도 돌아보지 않고 말했다.

“억지로 따라올 필요 없어.”

“누님 따라가는 거 아니야. 나도 알아볼 게 있어서 그래.”

“뭐?”

“형님 아버지 말이야. 도대체 어떤 사람이길래 소리 소문도 없이 오 절신녀를 홀딱 넘겨 버렸을까? 누님은 궁금하지 않아?”

“궁금하지. 현각을 보면 아버지도 엄청 잘생긴 남자였을 거야. 그 치?”

“훌륭한 바람둥이였겠지. 오절신녀를 후려서 아들까지 낳게 만들었 으니까.”

“쬐그만 게 허구한 날 생각하는 것 하곤……”

“한번 알아봐야겠어. 배울 게 있으면 나도 좀 배우고.”

응큼한 말과 달리 동악은 천진한 미소를 지으며 사예랑의 옆에 바짝 붙어 걸었다. 입으로는 투덜거리면서도 언제나 자신의 옆에서 힘이 되 어주는 녀석이다. 이 녀석마저 없었으면 지금쯤 얼마나 막막하고 외로 웠을까? 사예랑은 다정하게 동악의 어깨에 손을 얹었다.

“동악아, 고마워.”

동악도 다정하게 사예랑의 손을 잡아줬다. 그리고 다른 한 손으로는 사예랑의 허리를 꼭 안는다.

"고마운 김에 나한테 시집이나 오지?"

사예랑이 몸서리를 치며 동악의 손을 쳐냈다.

"징그러워! 절루 안 가?!"

"왜 그래? 나도 사내 구실 한다니까!"

아무래도 사이좋고 다정한 오누이의 모습은 두 사람에게 어울리지 않을 것 같다.

현각은 맹렬히 무형공의 수련에 돌입했다.

무공 수련이란 것이 생각보다 재미가 있었다.

그가 오늘 하는 수련은 '나무 타기'였다. 나무를 타는 것은 손과 발을 단련시켜 주고 몸을 가볍게 만들어준다고 되어 있었다.

'해보지 뭐.'

현각이 택한 나무는 승천전의 뒤뜰에 있는 커다란 감나무였다. 호흡을 유지하며 감나무에 올라가 손수 따먹는 감은 그야말로 꿀맛이었다. 하지만 몇 번을 반복하다 보니 조금씩 지루해지기 시작했다.

'저 감을 다 따는 게 목표였는데……'

목표를 달성하기 위해서는 새로운 흥밋거리가 필요했다.

현각은 감나무를 중심으로 커다랗게 원을 그렸다. 그리곤 승천전의 시녀들을 모두 불러 원 안에 서게 했다.

"내가 나무 위에서 감을 하나씩 던질 거다. 입으로 감을 받아먹는 사람에겐 상을 내릴 것이요, 몸에 감을 맞는 사람에겐 벌을 내릴 것이다. 단 이 원 밖으로 나가서는 아니 된다. 알겠느냐?"

"예!"

"호호호호!"

시녀들도 모두들 신이 난 표정으로 대답했다.

"문주님, 상이 뭐예요?"

"감을 먹어보면 알 것이다."

현각은 신나게 감나무로 올라갔다.

"자, 던진다!"

시녀들이 감나무 밑에서 참새처럼 입을 벌리고 서 있었다. 현각은 특별히 소소의 입을 겨냥해 감을 슬쩍 던졌다.

감은 목표했던 대로 소소의 입 안으로 쏙 들어갔다.

"잘했구나!"

후닥닥 나무에서 내려온 현각이 소소에게 다가갔다. 그리고 감이 한 아름 들어 있는 그녀의 입에 쪽 소리가 나도록 입맞춤을 했다.

"이게 상이다."

"꺄악!"

"어머나!"

시녀들의 눈이 동그래졌다. 놀라기도 했지만 내심 반갑기도 했다. 아무리 미친 문주라도 문주의 입맞춤을 받는 것은 어린 시녀들에게 분명 영광된 일이었다. 게다가 현각은 매우 잘생긴 사내였다.

시녀들 사이에 승부욕이 불끈 치솟았다. 물론 부끄러움에 몸을 움츠리는 시녀들도 있지만 그녀들을 위해 준비해 놓은 벌도 따로 있었다.

나무를 올라가는 현각의 속도도 점점 빨라졌다.

"준비됐느냐? 자, 던진다!"

이번에는 일부러 뒤쪽에서 몸을 움츠리고 있던 시녀를 향해 던졌다.

철퍽!

시녀의 어깨 위에서 감이 터졌다.

“이런! 너는 벌을 받아야겠구나.”

“……?”

시녀가 겁먹은 얼굴로 현각의 눈치를 살폈다.

“옷을 하나 벗거라.”

“헙!”

시녀가 붉어진 얼굴로 손가락만 잘근잘근 깨물었다. 그러자 옆에 있던 현화가 넌지시 말했다.

“버선도 옷이니 그걸 하나 벗지 그러니? 그래도 되죠, 문주님?”

여름이라 몇 겹 입지도 않았는데 처음부터 홀렁홀렁 벗으면 별로 재미가 없을 것 같긴 하다. 어렵게 하나씩 벗겨야 보는 그도 즐거울 테다.

“맞는 말이구나. 그렇게 하거라.”

다행이라는 듯 안도의 한숨을 쉬며 감을 맞은 시녀가 버선 한 짝을 벗었다.

‘어차피 좀 있으면 모두 벗어야 될 텐데 뭐. 크흐흐.’

벌이 옷을 벗는 것임을 알자, 시녀들은 감을 먹기 위해 더 열심히 달려들었다.

먹어도 좋고, 맞아도 좋다.

현각은 무공 수련을 이렇게 즐거운 놀이로 승화시킨 자신의 천재성에 감탄했다. 그의 예상대로 오래지 않아 시녀들의 대부분은 겉옷을 한 꺼풀씩 벗은 채 하얀 속살을 드러내기 시작했다. 이제 모두 벗기는 것은 시간문제다.

그러는 사이 현각은 다람쥐처럼 날렵하게 나무를 기어오르는 수준이 되었다. 한데 문제가 생겼다. 굵은 가지에 있던 감은 벌써 모두 따버려 감이 남아 있는 가지가 점점 가늘고 멀어진다는 것이었다. 나무를 흔들어 감을 떨어뜨릴 수도 있지만 그러면 자신이 원하는 목표물을 조준할 수가 없어진다. 입맞춤도 골고루 해야 하고, 옷을 벗는 속도도 적당히 맞춰줘야 했다. 그러기 위해선 반드시 직접 감을 떨어뜨려야 했다.

현각은 호흡을 유지하며 조심스럽게 가는 가지 위로 걸어갔다. 어렵게 따서 던지는 감은 그에게도 더 쾌감이 컸다.

시녀들의 대부분은 벌써 어깨가 보이고 있었다. 이제 한꺼풀만 더 벗기면 가슴까지 드러내게 될 것이다.

현각이 흥분하는 만큼 시녀들도 긴장했고, 감이 달려 있는 나뭇가지는 점점 가늘어졌다.

'저건 도저히 내 무게를 지탱하지 못할 것 같은데? 나뭇가지가 부러지기 전에 감을 따서 되돌아오면?'

현각은 슬쩍 밑을 내려다봤다. 재수가 없어서 떨어진다고 해도 꽃다운 시녀들이 받아줄 테니 이 역시 싫지만은 않았다.

'한번 해보지 뭐.'

현각은 목표한 감을 노려보며 숨을 멈췄다. 그리곤 오로지 감만 보며 가는 가지 위를 달려갔다. 그리고 감을 막 따는 순간, 쩍! 소리와 함께 나뭇가지가 부러졌다.

"까악!"

시녀들이 비명을 지르며 그의 몸을 받았다.

"헤헤헤."

현각은 하얀 속살을 다 드러낸 채 자신을 받쳐 들고 있는 시녀들을 보자, 떨어진 것도 제법 잘한 일이라는 생각이 들었다.

"나무에서 떨어지셨으니까 문주님도 벌을 받으셔야 해요!"

월란이었다. 그녀는 승천전의 시녀들 중 가장 색기가 강해, 현각의 각별한 사랑을 받는 아이였다.

"그래? 무슨 벌을 내리고 싶은데?"

"으음, 엉덩이를 한 대씩 맞으세요."

"어멋!"

"푸훗!"

월란의 당돌한 제안에 시녀들은 입을 가리며 즐겁게 웃었다. 현각도 즐거웠다.

"그러자꾸나."

시녀들은 귀하신 문주님의 엉덩이를 만져 보니 신기한 일이고, 현각은 꽃 같은 시녀들의 손이 자신의 엉덩이를 쓰다듬고 있으니 즐거웠다. 누이 좋고, 매부 좋은 게 바로 이런 일을 두고 하는 말이리라.

현각은 다시 감나무를 올라갔다. 이젠 손과 발에 힘을 들이지 않고도, 가볍게 나무에 오를 수 있었다.

밑에서 보는 시녀들의 눈에는 나무를 잡지도 않고 손바닥으로 살짝 치면서 올라가는 것처럼 보였다. 한 손이 나무를 치고 올라갈 때 반대쪽 다리가 쭉 펴지며 몸을 위로 이동시켜 줬다. 그렇게 손발의 균형과 조화로 그는 마치 거미처럼 능숙하게 나무를 타고 있었다.

몸의 균형과 무게의 중심을 깨닫고 자연스럽게 움직임에 응용하고 있는 것이다. 이것은 신법의 기초이지만 현각은 자신이 뭘 하는지 관심도 없었다. 지금 그의 목표는 오로지 월란이의 가슴이었다. 이번에 딴 감으로 기필코 그녀를 맞춰 가슴을 보겠다는 일념으로 그는 감을 노려봤다.

‘몸을 최대한 가볍게! 그리고 빠르게!’

무형공의 구결을 생각하며 그는 후닥닥 가지 끝으로 달려가 감을 땄다.

“성공이닷!”

현각은 회심의 미소를 지으며 월란을 쳐다봤다. 월란도 그의 의도를 알아챈 듯 눈에 힘을 주며 입을 쩍 벌렸다. 하지만 감을 던지는 사람이 입 안에 넣어줄 마음이 없는데 무슨 수로 받아먹겠는가? 현각이 던진 감은 여지없이 그녀의 가슴 계곡에 묻혀 버렸다.

“아이고, 이를 어쩌나? 그래도 약속은 약속이니까 벌을 받아야지.”

잠시 원망스럽게 현각을 노려보던 월란이 척 하니 웃옷을 벗어버렸다. 봉긋하게 솟은 그녀의 탐스러운 가슴이 고스란히 드러났다. 현각은 침을 꿀꺽 삼켰다.

월란이 손으로 가슴을 가리며 요염하게 현각을 올려다봤다. 흥분한 현각이 파격적인 제안을 했다.

“오늘 가장 많은 감을 맞은 아이는 내가 친히 씻겨줄 것이다.”

즉 오늘 밤 합방을 하겠다는 소리였다. 문주의 두 번째 부인이 감나무 밑에서 결정되려는 순간이었다.

“그 감은 제가 받아드리지요.”

백화린의 목소리였다. 그녀의 차가운 목소리는 후끈 달아오른 감나무 밑의 농염한 분위기에 순식간에 찬물을 끼얹었다.

그녀는 감나무 밑에 반라(半裸)의 시녀들의 모여 있는 모습을 보면서도 태연했다. 하지만 현각은 가슴이 들썩거렸다.

‘드디어… 기회가 왔구나!’

이제 시녀들 따위는 관심도 없었다. 백화린이 있는데 시녀들이 무슨 소용이랴.

"너희들은 모두 들어가거라."

현각의 말에 시녀들은 실망한 얼굴을 옷을 챙겨 입고 안으로 들어갔다. 시녀들이 모두 들어가고 나자 백화린은 어이가 없는지 낮은 코웃음을 흘렸다.

"훗! 재미가 좋구나."

"부인도 이런 놀이를 좋아하는 줄 알았다면 처음부터 초대할 걸 그랬소."

"아쉬워할 필요 없다. 나도 구경은 잘했으니."

"구경씩이나… 후후훗! 벌칙은 알지요? 나중에 딴말하기 없기예요?"

"물론이다."

현각은 입술을 질끈 깨물었다. 드디어 백화린을 속살을 보게 됐다. 겉보기엔 싸늘해도 결코 무정한 여자는 아니었나 보다.

'으음, 알고 보니 부인도 구실을 기다린 거구나. 하긴 진짜 서방과도 합방을 안 했는데 나랑 덥석 하려니 좀 그랬겠지. 멍청하게 여태 그걸 몰랐다니.'

여자들의 마음은 자신의 손금보다 잘 안다고 자부할 게 아니었다. 겉 다르고 속 다른 여자의 마음을 그가 무슨 수로 다 읽겠는가? 백화린처럼 저 차가운 얼굴 속에 뜨거운 마음을 숨길 수도 있었던 것을…….

"기다리시오, 부인."

현각은 거미처럼 능숙하게 나무 위로 올라갔다. 이제 남은 감은 네 개뿐이다. 네 개면 백화린의 옷을 벗기기에 충분한 숫자였다. 문제는 남아 있는 감이 너무 가는 가지에 달려 있다는 것이었다. 발이 아니라

손만 닿아도 부러질 것 같은 가는 가지에서 어떻게 감을 따야 하나? 현각은 무형공의 구결을 곰곰이 생각해 봤다.

—호흡도 잊고, 몸도 잊어라. 가벼워진 몸은 바람에 실려 원하는 어디든 갈 수 있을 것이다.

나무 타기의 마지막에 있는 구절이었다.
'원하는 어디든 갈 수 있다고 했겠다?
현각은 스스로에게 최면을 걸 듯 속으로 중얼거렸다.
'호흡도 잊고, 몸도 잊어라. 호흡도 잊고… 몸도 잊고… 호흡도 잊고……'
현각은 가는 나뭇가지 위를 걸어갔다. 몇 마디 중얼거림으로 자신의 몸도, 호흡도 잊는다는 것은 불가능하다. 오랜 수련을 통해 심신을 하나로 통일한 후에야 가능한 경지였다. 하지만 어려운 일도 쉽게 생각하면 한없이 쉬울 수 있었다. 특별한 요령이나 기술 따위도 필요없었다. 그냥 잊으라고 하면 잊는 거다. 현각은 그렇게 했다. 오로지 감을 따겠다는 마음으로 자신의 몸도, 호흡도 의식하지 않았다.
몸을 잊고 호흡마저 잊으니 가는 나뭇가지의 미세한 진동이 느껴졌다. 그 진동에 저항하면 나뭇가지는 부러진다. 나무의 진동에 맞춰 몸을 움직여야 한다. 그러자 신기하게도 얇은 나뭇가지가 버텨주었다.
이것이 바로 무형공에 있는 신법의 기초였다.
육신을 잊고 자연을 느끼며 그 흐름에 몸을 맡기는 것!
나무 타기를 통해 힘의 이동을 깨닫고 이를 바탕으로 몸의 균형을 이룬 다음, 육신이 아닌 자연과 호흡하는 것이다. 자연의 미세한 기운을 느끼기 위해서는 몸이 최대한 가벼워진 상태여야 한다.

무형공의 수련에 도전했던 무인들이 만나는 최초의 장벽이 바로 이 대목이었다. 그들은 몸을 가볍게 하기 위해 습관적으로 내공을 운용했다. 그들은 더 가는 나뭇가지 위로도 걸을 수 있지만 그 진동은 느끼지 못했다. 자연과 몸을 일체시키며 느껴지는 가벼움. 그것이 무형공이 원하는 가벼움이었다.

고작 나무 타기 하나에 신법의 기초가 담겨 있으니 정상적으로 무공을 익힌 사람은 일 년이 아니라 십 년을 수련해도 성취가 없는 것이다. 그들은 이미 가지고 있는 무공으로 이 대목을 간단히 넘겨 버리기 때문이다.

현각은 자신의 손에 들려 있는 감과 그 감이 달려 있던 나뭇가지를 번갈아 쳐다봤다. 저 가지를 걸어가 이 감을 따온 사실이 쉽게 믿어지지 않았다.

"부인, 보셨소?"

"예, 놀라울 정도였습니다."

백화린은 정말로 감탄했다. 최소한 오 년 이상의 내공에 제대로 된 신법을 익힌 사람이나 할 수 있는 일을 현각은 한 번에 간단히 해낸 것이다.

'저것이 바로 무형공의 위력인가?'

아직은 쉽게 믿을 수 없었다. 무공이라는 것이 어디 하루아침에 익혀지는 것인가? 사람이 살다 보면 우연과 기적이라는 것도 적지 않게 만나게 된다. 지금 현각의 행동도 그중 하나일지 모른다. 백화린은 현각의 행동을 좀 더 관찰해 보기로 했다.

"이제 감을 던집니다!"

백화린은 입도 벌리지 않고 얌전하게 서 있었다.

'그냥 맞아주려는 건가? 하긴 어차피 마음을 먹었는데 새삼스럽게 빼고 재고 할 거 뭐 있겠어?'

현각도 눈치 볼 것 없이 그녀의 등을 향해 신나게 감을 던졌다.

한데 예상치 못한 결과가 발생하고 말았다. 백화린이 유령처럼 스스슥 움직이더니 간단히 감을 입에 물어버린 것이다.

"어?"

감은 터지지도 않은 채, 마치 손으로 들어 입에 문 것처럼 얌전히 백화린의 입속에 들어 있었다.

"뭐, 뭐야? 무슨 짓을 한 거야?"

현각이 씩씩거리며 나무에서 내려왔다. 성난 콧김을 뿜어대는 현각을 향해 백화린이 상냥하게 말했다.

"이게 바로 신법이라는 겁니다. 상공이 하루 종일 이 감나무에서 수련하신 것도 역시 신법입니다."

처음부터 속살을 보여줄 마음 따위는 없었던 거다. 괜히 시녀들만 들여보내 다 된 죽에 코를 빠뜨린 꼴이었다. 억울하고 아깝고 약도 오르지만, 그나마 상이 남아 있으니 용서해 주기로 했다.

"그건 마음대로 하시고, 자, 상을 받으십시다."

"상이라니요?"

"딴말하지 않기로 했잖아요!"

"물론입니다. 상공께서 벌을 알고 있냐고 물으시기에 그렇다고 대답한 겁니다. 상이 있는 줄은 몰랐습니다. 어떤 상인지는 모르나 그리 대단한 일을 한 게 아니니 주지 않으셔도 됩니다."

"젠장!"

백화린이 호락호락하게 속살을 열어줄 거라고 생각한 자신이 바보였다. 입술을 씰룩거리며 속으로 욕을 퍼붓고 있는 현각을 보며 백화린은 절로 웃음이 새어 나왔다.

"내일은 뒷산의 높은 소나무에 가서 수련해 보시는 게 어떠실지요?"

"싫소! 내일은 화공(火功)을 익힐 거요."

"화공… 이라니요?"

"부인은 알 거 없소이다!"

현각은 버럭 소리를 지르며 전각을 향해 달려갔다. 제발 시녀들이 아직 옷을 다 입지 않았기를 바라며.

제7장

죽음의 인연

1

이어정(耳語庭)은 정보를 파는 것을 업으로 하는 조직이다. 정보를 파는 조직은 어디에나 있지만 목우령이 특별히 이어정을 찾아온 것은 이곳이 하오문과 연결된 조직이기 때문이었다. 기녀에 관한 일이라면 역시 하오문이 가장 잘 알고 있을 테니까.

삼 일의 시간을 달라고 했던 이어정은 오 일이 지난 오늘에야 그를 다시 불렀다.

내실에서 초조하게 기다리던 목우령 앞에 나타난 사람은 눈보다 더 흰 백의에 은색의 머리를 단정히 빗어 넘겼고, 실처럼 가느다란 눈에 일점의 광채를 담고 있는 청수한 인상의 노인이었다. 언뜻 보면 육십 쯤으로밖에 안 보이지만 더 자세히 들여다보면 눈가에 굵게 내려앉은 주름에서 그의 나이가 이미 팔십이 넘었음을 어렴풋이 느낄 수 있었다.

그가 바로 이어정의 총관이자 실질적인 정보통인 만박귀사(萬博鬼
士) 채택이었다. 그가 직접 움직였다는 것은 그만큼 비싼 정보이거나
아니면 위험한 정보라는 의미였다.

목우령은 긴장하며 허리를 꼿꼿이 세웠다.

만박귀사는 길게 늘어뜨린 백발의 머리를 뒤로 넘기며 탁자 위의 찻
잔을 집어 들었다.

"오랜만에 손님을 직접 만나니 갈증이 나는군. 늙어서 그런가 보
네."

만박귀사가 이어정의 총관을 맡은 지 어언 사십 년이니 그의 나이도
이제 팔십을 바라보고 있었다. 무공이라곤 일 초식도 익히지 않은 그
가 이어정의 총관을 맡게 된 것은 특출한 기억력과 눈썰미 덕분이었다.
이제는 늙고 녹슨 머리라 더 이상 새로운 정보가 입력되지 않지만, 이
미 들어간 정보는 여전히 그의 머리 속에 또렷이 살아 움직였다.

그중에서도 혈영신마와 화서린은 각각 희대의 살인마와 최고의 기
녀로 생생하게 각인된 채 남아 있는 사람들이었다. 그리고 오 일의 시
간 동안 얻어낸 새로운 정보는 늙고 지쳐 있던 그의 머리에 모처럼 생
기를 불어넣었다.

'마지막으로 제대로 머리 써볼 일이 생긴 것 같군.'

만박귀사가 찻잔을 내려놓으며 목우령을 향해 입을 열었다.

"혈영신마와 화서린이 무슨 관계인지 물었다고?"

팔십의 나이를 무색케 하는 또렷한 눈빛이 목우령을 응시했다.

"그렇소."

"둘은 아무런 관계도 없네. 우리가 조사한 바에 의하면 혈영신마는
지난 삼십 년 동안 한 번도 무림에 나온 적이 없어."

"하면 화서린이 낳은 아이의 아버지는 알아냈소?"

"이상하게도 그걸 알 수가 없단 말이야. 한데 더 이상한 건 최근에 무림을 다녀간 마두가 혈영신마뿐만이 아니라는 걸세."

"……!"

"흑성괴(黑猩怪)와 사갈(蛇蝎)도 다녀갔어."

목우령의 불길한 마음이 점점 현실이 되어 나타나고 있었다. 흑성괴와 사갈이라면 혈영신마와 어깨를 나란히 할 만한 무림의 대마두들이었다. 그들 중 한 명만 나타나도 무림이 들썩일 텐데 셋이 함께 움직이다니…….

목우령은 혀끝으로 입술을 살짝 축이며 조심스럽게 물었다.

"그들도… 이번 일과 상관이 있소?"

"아무래도 그런 것 같네. 그들도 혈영신마와 마찬가지로 아이들을 한 명씩 데려갔거든. 모두 열여덟 살 된 사내아이들이지."

그들이 일시에 아이들을 납치해 갔다면 셋은 같은 목적을 위해 일하고 있다는 뜻이 된다. 무림에 뭔가 커다란 암운이 드리우고 있는 것이다. 그 가운데 장천도 포함되어 있었다. 아무래도 장천은 목우령의 예상보다, 그리고 백화린의 기대보다 훨씬 먼 곳까지 가 있는 것 같았다.

"그 아이들에게 공통점이 있었소?"

"그 아이들 역시… 아비가 누구인지 모른다네."

"그럼……?"

"그런 것 같네. 누군가 십팔 년 전에 씨를 뿌려놓고, 이제 그 열매를 거두어간 게지."

"……!"

충격과 혼돈에 말문이 막혀 버렸다. 도대체 누가 무슨 목적으로 그

런 짓을 한 걸까? 그리고 도대체 어떤 자이길래 혈영신마와 흑성괴, 사
갈 같은 자들을 수족으로 부리고 있는 걸까? 짐작조차 되지 않을 정도
로 거대한 인물이겠지만 목우령은 그를 찾아야 했다.

"어디로 갔소?"

"사천성 방향으로 간 것 같은데, 더 이상은 알 수가 없네. 귀신처럼
사라져 버렸어."

그들이 숨고자 마음을 먹은 이상 쉽게 찾아내지는 못할 것이다. 삼
십 년을 숨어 지낸 자들인데 쉽게 꼬리를 잡힐 리 없었다.

"그들의 뒤에 누가 있는지 알아봐 주실 수 있겠소?"

역시 쉽지 않은 일임을 알지만 목우령은 알아야 했다.

"노력은 하겠지만 약속은 못하겠네. 크게 기대를 걸지는 말게."

이어정의 힘으로는 불가능할지도 모른다. 하지만 최선은 다할 것이
다. 만박귀사의 반짝이는 눈빛이 그렇게 말했다.

"또 한 가지 청이 있소."

"말해 보게."

"납치된 아이들의 생김을 알아봐 주시오. 어미의 생김까지 알아봐
주면 더욱 좋고."

현각에 얼굴에 얽힌 비밀부터 풀어야 했다. 만약 그들의 생김 역시
현각과 비슷하다면 이 일은 천도문과도 연관이 있을 것이다. 처음부터
목표가 장천이었다는 뜻이 될 테니.

제발 아니기를 바라지만 그의 바람만으로 현실을 바꿀 수는 없는 노
릇이었다. 목우령은 이미 느끼고 있었다, 현각의 얼굴은 결코 우연이
아니라는 것을……

'사매가 알게 해서는 안 돼……'

그녀에게 이런 충격과 두려움을 안겨주고 싶지 않았다. 목우령의 마음속엔 오로지 그 생각뿐이었다.

햇빛 한 점 들지 않는 길고 울창한 수림을 이틀 동안 쉬지 않고 달려왔다. 산새 한 마리 없는 어둡고 황량한 숲이다. 깊은 숲이면 으레 있어야 할 산짐승조차 보이지 않았다. 점점 생기를 잃어가던 숲은 이윽고 까맣게 타죽은 나무들만 흉물스럽게 버티고 서 있는 사림(死林)으로 이어졌다.

이유는 늪이었다.

코끝에 닿는 냄새만으로도 현기증이 이는 지독한 악취와 독기를 뿜어내는 늪이 숲의 생기를 빼앗은 주범이었다.

좌우로 십 장이나 펼쳐진 늪의 끝에는 높은 절벽이 버티고 선 채 길을 막았다. 더 이상은 앞으로 나갈 수 없다는 의미였다.

"이제야 도착했군."

독기로 일렁거리는 늪을 마주 보고 선 핏빛 장포의 노인이 나직이 말하며, 등에 지고 온 관을 내려놓았다. 이제 오십쯤 되었을까? 희고 창백한 얼굴에 길고 가느다란 눈에서 간간이 번뜩이는 눈빛은 전율이 일 정도로 차가웠다. 사람의 얼굴이 아니라 얼음 동상을 마주하는 것 같은 냉정한 얼굴의 이 사내가 바로 혈영신마였다.

혈영신마는 무표정한 얼굴로 관을 열어 그동안 제압해 놓았던 장천의 혈도를 풀었다. 장천이 무어라 입을 열기도 전에 그는 장천의 입 안에 검은 환단 하나를 넣어주고, 길쭉한 헝겊을 꺼내 그의 코와 입을 둘둘 말았다.

"죽기 싫으면 숨도 쉬지 마라."

혈영신마의 말이 아니라도 이미 늪에서 풍겨오는 독기에 숨을 쉬기 어려웠다. 장천은 겁먹은 얼굴로 무조건 머리를 끄덕였다.

혈영신마는 장천을 번쩍 들어 머리 위로 올리고선 늪을 향해 걸어갔다. 십 장이라면 경공을 써서 간단히 넘어갈 수도 있는 거리지만 늪의 독기가 허용하지 않았다. 그의 깊은 내공도 늪의 독기로부터 간신히 그를 보호해 줄 뿐이었다.

혈영신마의 어깨 위까지 늪에 잠겼다. 장천은 그가 시킨 대로 호흡조차 멈췄지만 늪의 독기는 그의 살갗을 파고들어 피부에 붉게 반점을 만들고 있었다.

늪의 독기는 수천 년 동안 쌓이고 썩은 시독(屍毒)이었다.

언제부터 이곳에 시독이 쌓이게 되었는지는 정확히 알 수 없었다. 단지 오랜 역사 동안 이곳에 시독이 쌓이게 만든 몇몇 유명한 일화만 전해질 뿐이었다. 그중 가장 최근의 것은 칠십여 년 전의 사건이었다.

늪을 가로막고 있는 이름도 없는 저 절벽의 정상에 적송오지(赤松午芝)가 있다는 소문이 돈 것이다. 적송오지는 천년 묵은 소나무 밑에서 자란 사람 모양의 버섯인데, 백일을 말려 복용하면 내공의 비약적인 발전을 이룰 수 있다는 전설 속의 명약이었다.

당연히 저 절벽의 명칭은 적송대가 되었고 적송오지를 얻기 위해 수많은 무림인들이 몰려들었다. 그들 중에는 명성을 떨치는 고수들도 있었지만 이제 갓 무림에 입문한 햇병아리 무사들도 많았다. 별로 넓지도 않은 늪 하나를 지나 그리 높지도 않은 절벽을 오르는 일은 누가 봐도 만만해 보였던 것이다.

하지만 그들 중 대부분이 이미 늪에 쌓여 있던 시독을 견디지 못하고 늪 속에 잠기고 말았다. 그들은 다시 시독을 만드는 원인이 되었다.

　그렇게 수천 년의 역사 동안 허황된 소문에 희생된 사람들이 쌓이고 또 쌓여 형성된 것이 바로 이 늪의 시독이었다. 어쩌면 처음부터 무림인들의 허무한 꿈과 무모한 도전이 만들어낸 독지일지도 모른다. 그들의 분노와 회한까지 담겨 이토록 지독한 독기를 피워 올리는 것인지도 모를 일이었다.

　혈영신마도 오랜 시간 동안 익숙해진 덕분이지, 아니었으면 벌써 피부가 썩어들고 있었을 것이다.

　늪을 지난 혈영신마는 장천을 허리에 묶더니 이번에는 절벽을 기어 올라 가기 시작했다. 실수로 미끄러지기라도 하는 날에는 늪 속에서 흔적도 없이 녹아버릴 것이다. 이미 절벽에서 떨어져 본 경험이 있는 장천이기에 공포감은 더욱 컸다. 혈영신마의 등에 매달린 장천의 손에 힘이 꼭 들어갔다.

　"여기서 던져 버릴 것 같으면 이 먼 곳까지 고생스럽게 들고 오지도 않았다!"

　장천의 손길이 귀찮은 듯 혈영신마가 짜증스럽게 말했다. 그런데도 장천은 손에 힘을 풀 수 없었다. 사람이 살다 보면 실수라는 것도 종종 하게 되는 법이다. 그는 악착같이 혈영신마의 등에 매달렸다.

　장천을 등에 업은 채 혈영신마는 삼십여 장에 달하는 절벽을 단숨에 기어올라 갔다. 절벽의 윗부분에 이르자 밑에서는 보이지 않던 작은 동굴이 보였다.

　그들의 목적지였다.

　허리를 숙이고서야 간신히 들어설 수 있는 낮고 좁은 동굴은 칠흑같이 어두웠다. 어두운 동굴을 따라 기어가다 보니 온몸에 개미가 스멀거리는 것 같은 가려움과 따가움이 느껴졌다.

장천이 가던 걸음을 멈추고 몸을 비비며 긁어댔다.

"시독이 올랐군. 변변치 못한 놈 같으니라고!"

불만스럽게 혀를 차는 혈영신마의 걸음이 빨라졌다. 장천도 시독이 올랐다는 말에 가려움도 잊고 죽을힘을 다해 기어갔다.

한 식경가량을 그렇게 기어가자, 환한 빛과 함께 드디어 허리를 펼 수 있는 곳이 나타났다. 빛은 천장에 박혀 있는 야명주로부터 흘러나왔다. 그리고 벽면을 타고 흐르는 물줄기도 보였다. 벽면을 타고 떨어진 물줄기는 한곳으로 모여들어 작은 호수를 형성하고 있었다. 혈영신마는 이 호수를 빙정수(氷淨水)라 불렀다.

"씻어라!"

장천은 허겁지겁 옷을 벗어 던지고 웅덩이 속에 몸을 담궜다. 뼛속까지 얼릴 듯한 차가운 물이 시독에 혹사당하던 피부를 시원하게 씻어 줬다.

시독을 씻어내는 일은 혈영신마에게도 필요한 일이었다. 한 식경가량 말없이 빙정수에 몸을 담그고 있던 혈영신마가 몸을 일으키며 말했다.

"너는 한 시진 정도 이 안에 있어야 시독이 완전히 빠질 게다."

장천을 빙정수에 남겨놓은 채 그는 그들이 들어온 반대 편의 통로를 향해 걸어갔다.

야명주 불빛에 반사되는 그의 핏빛 장포가 더욱 섬뜩하게 빛났다.

한가장에서 보여준 악랄한 손속에서나 지금의 쌀쌀맞은 태도에서나 그는 결코 좋은 사람으로 느껴지지 않았다. 자신과 인연을 맺은 적도 없고, 천도문과 관계가 있을 것 같지도 않은 사람이었다. 아무리 생각해도 자신을 이 먼 곳까지 데려와야 할 이유가 없는 사람인 것이다.

'도대체 여기는 어디고, 나는 왜 이곳으로 끌려온 것일까?'

목 앞까지 치민 궁금함에도 그는 입도 벙긋하지 못한 채 그가 사라지는 모습을 쳐다보기만 했다. 그의 냉막한 기도에 질려 차마 입이 떨어지지 않았기 때문이다.

'혹시 이자도 나를 현각으로 알고 있는 건가? 그럼 진짜 내 이름을 말하면 나를 돌려 보내줄까, 아니면 그대로 죽여 버릴까?'

한가장의 무사들을 단 일 장에 쳐죽이고, 한 대인의 양물을 두말없이 잘라 버린 그의 악랄함을 상기해 보면 후자일 가능성이 훨씬 높았다.

"휴우."

답답한 한숨을 쉬며 시선을 떨구던 장천은 생각조차 하기 싫었던 자신의 끔찍한 몸을 보고야 말았다. 양물이 잘려진 상처가 미처 아물지도 않은 채 흉한 모습을 고스란히 드러낸 것이다.

'아아, 내가 왜 아직 살아 있을까? 이런 몸으로, 이 수치심을 안은 채 살아 있는 것이 무슨 의미가 있단 말인가?'

죽고 싶었다. 그럴 용기만 있다면 열 번이라도, 백 번이라도 죽고 싶었다. 하지만 그는 늪이 무서워 숨을 멈췄고, 절벽이 무서워 혈영신마의 등에 바짝 매달려 여기까지 왔다. 그리곤 시독이 무서워 빙정수 깊숙이 몸을 담그고 있는 중이었다. 죽고 싶은 것은 마음뿐, 그의 몸은 처절히 삶을 원하고 있었다.

'잠깐만! 그자가 잘려진 내 양물을 챙겨왔는데… 혹시 다시 붙일 방법이라도 있다는 건가?'

일 할, 단 일 할의 가능성이라도 있다면… 장천은 그 가능성에 매달리고 싶었다.

‘그래, 그때까지라도 저자가 원하는 사람이 되어주는 거야. 현각이
면 어때.’

극한의 공포까지 몰렸던 장천은 체념을 넘어 비굴한 합리화로 자신
을 위로하고 있었다.

혈영신마가 들어선 곳은 의원처럼 꾸며진 작은 방이었다. 벽에는 온
갖 약재들이 어지럽게 널려 있고, 동굴 벽을 깎아 만든 선반 위에는 작
은 항아리들이 줄지어 늘어서 있었다. 동굴의 한쪽에서는 봉두난발의
괴인이 쪼그리고 앉아 새로운 항아리에 넣을 약물을 조제하느라 분주
하게 움직였다.

“사람이 와도 모르는 걸 보니 새로운 놀잇거리라도 찾은 모양이로
군.”

혈영신마의 싸늘한 목소리를 듣고서야 괴인이 반가운 얼굴로 몸을
일으켰다.

“어? 왔냐?”

괴인이 화강암처럼 울퉁불퉁한 얼굴로 환하게 웃었다. 입을 다물고
있을 때도 흉했지만 이빨 하나 없는 입을 열어 웃는 모습은 더 흉측했
다. 독(毒)에 미쳐 살아온 세월이 고스란히 담겨 있는 얼굴이었다. 그
는 독공에 있어서는 당문조차 능가한다고 알려진 독갈자(毒葛者) 석요
전으로 무림에서의 악명은 혈영신마 못지 않았다.

하지만 그는 사람들이 자신을 악인으로 분류하는 것에 불만이 많았
다. 최소한 그는 혈영신마처럼 사람을 죽이기 위해 죽였던 적은 없었
다. 그저 사람을 상대로 독을 시험해 본 것뿐이었다.

그가 독을 만들 때 가장 중점을 두는 것은 얼마나 빨리 흔적 없이 죽이냐가 아니라 얼마나 고통스럽게 죽이냐였다. 그러다 보니 사람을 상대로 미리 시험해 볼 필요가 있었다. 상대가 느끼는 고통의 정도에 따라 성공한 독과 버려야 할 독으로 구분했다. 물론 해약은 절대로 만들지 않았다. 해약이 있는 독은 이미 독으로서의 기능을 상실했다고 생각하는 독갈자였다.

그러니 새로운 독을 개발할 때마다 단지 시험 대상으로 그에게 죽어간 사람의 수가 얼마이겠는가?

게다가 독갈자는 상대가 죽어갈 때 마지막 순간까지 집요하게 상대를 괴롭혔다. ‘얼마나 아프냐?’, ‘어떻게 아프냐?’, ‘얼마나 더 버틸 수 있을 것 같냐?’ 따위의 질문을 하면서.

그런데도 독갈자는 자신이 악한 사람이 아니라고 굳게 믿었다.

어차피 독이란 것이 사람을 위해 개발된 것인데 사람을 상대로 시험해 보는 것이 뭐 그리 나쁘단 말인가? 무림인들이 자신의 무공을 확인하기 위해 비무를 하는 것과 그리 다를 것도 없건만.

독갈자의 불만과 달리 무림에 인식된 독갈자는 무림의 긴 역사에서도 손에 꼽을 만큼 악랄한 인간이었다.

그런 괴짜와 무림에서도 손꼽히던 냉혈인의 어울리지 않는 결합은 어느덧 십 년의 세월을 넘어서고 있는 중이었다.

독갈자는 혈영신마의 빈손을 보더니 한쪽밖에 남지 않은 눈동자를 데굴데굴 굴렸다.

“어째서 빈손이냐?”

“빙정수에 담궈놓았네.”

“아이 참, 그냥 데리고 오지. 내가 마침 새로 개발한 약이 있단 말이

야. 그러지 않아도 이걸 시험할 놈을 하나 구해오려던 참이었는데 잘
됐네. 일단 나한테 먼저 좀 빌려주면 안 될까?"

신이 나서 지껄이는 그의 말은 사람이 아니라 동물을 두고 하는 소
리라도 끔찍한 말이었다.

하지만 듣고 있는 혈영신마의 표정엔 아무런 변화도 없었다. 다만
나직하고 단호하게 자신의 입장을 말할 뿐이었다.

"안 돼. 자칫 잘못해 흠집이라도 남기는 날엔 내 목숨이 위태로울
테니까."

"흥! 네놈이 몰라서 하는 소리지. 자질이 보이면 거두고 아니면 죽
이라고 하던데?"

혈영신마의 검고 짙은 눈썹이 꿈틀거렸다. 그의 차가운 심성을 고스
란히 보여주는 가느다란 입술도 살며시 치켜올려졌다.

"자질이 없으면… 죽이라고? 진짜인가?"

"이놈 좀 보게! 이게 어디 거짓말할 일이냐? 거짓말을 했다간 내 혀
가 잘릴 텐데! 그리고 이번엔 그리 위험한 일도 아니란 말이야. 그냥
오장육부만 뒤틀리고 혈관이 꼬이는 거지 죽지는 않아. 물론 죽을 만
큼 고통스럽긴 하겠지. 그러니까 얼마만큼 괴로운지만 물어보고 원상
복귀시켜 줄 테니까……."

간절한 독갈자의 애원이지만 혈영신마는 단호하게 그의 말을 자르
며 물었다.

"기한은?"

"빌어먹을 놈. 사람이 말을 하면 일단 듣고 나서 자기가 할 말을 해
야지, 그저 지 할 말만 하고 지가 듣고 싶은 말만 듣지. 저런 석상 같은
놈을 앞에 두고 긴말하는 내가 바보지."

두 사람의 관계는 항상 이런 식이었다.

혈영신마는 필요한 말만 했고, 알아야 할 일만 들었다. 반면 독갈자는 입에서 나오는 대로 쉼없이 닥치는 대로 지껄였는데 그중 구 할은 혈영신마의 등 뒤에 대고 한 말이었다. 주로 불평과 불만과 자기 자랑뿐인 말들.

독갈자의 말이 다시 길어지기 전에 혈영신마는 재차 물었다.

"기한은?"

"일 년! 어쩌면 육 개월이 될지도 모르고……. 어때? 가능성이 있어 보여?"

"……."

혈영신마는 말없이 얼굴을 찌푸렸다. 자신이 왜 잡혀오는지도 모르고 바들바들 떨기만 하던 아이다. 그런 아이에게 일 년 동안 뭘 기대할 수 있겠는가? 하물며 육 개월은 말할 필요도 없었다. 저런 아이로 자신의 능력을 평가받아야 한다는 것 자체가 불쾌한 일이었다. 하지만 이미 약속된 일이고, 다른 대안은 없었다.

'하필이면 저런 녀석이 내 차지가 되어서…….'

혈영신마의 가느다란 입술이 불만스럽게 꿈틀거렸다. 어떤 식으로든 그가 감정을 내보이는 것은 드문 일이었기에 독갈자는 신이 난 표정으로 키득거렸다.

"키키키킥! 네놈 표정을 보니 물 건너갔군. 하긴 무공에 천부적인 소질이 있는 아이라고 해도 그 짧은 시간 동안 뭘 하겠어? 혹시 어려서 벌모세수라도 받고 온갖 영약으로 기본이라도 좀 닦여져 있으면 모를까. 이건 아무래도 살리라는 것보다 죽이라는 뜻이 더 큰 지시가 아니겠냐?"

“…….”

그럴지도 모른다. 일 년도 약속되지 않은 짧은 시간에 고수를 길러 낸다는 것은 기적과 기연이 이어지기 전에는 불가능한 일이다. 결국 일 년의 기한은 저 아이의 자질뿐 아니라 운까지 시험하겠다는 의미였다.

혈영신마의 침묵에도 독갈자는 멈추지 않고 떠들었다.

“만약 죽이게 될 것 같으면 나한테 줄 거지? 그치?”

“일 년 동안 최대한 협조해 준다면!”

“아암, 물론이지. 키키키! 어쨌거나 잘됐지 뭐. 마침 새로운 독을 시험할 상대가 필요하던 참인데. 기다리지 뭐. 근데 일 년씩이나 버틸 수 있을까? 어디, 어떤 놈인가 구경부터 좀 해볼까?”

2

무공 수련을 빙자한 현각의 기행은 천도문 내에 연일 화제가 되고 있었다.

화공을 익히겠다고 승천전 뒷마당에 불을 지르는가 하면, 쥐새끼를 잡겠다고 밤새 주방과 창고를 들쑤시고 다니기도 했다.

번살과 사마대는 그의 상태가 나아지기는커녕 오히려 위중해지는 것 같자 대책을 마련하느라 부산하게 움직였다. 전국 각지에서 용한 의원들을 불러모으고, 영약이 있다는 곳이면 천리길도 마다 않고 사람들을 파견했다.

그들만큼은 아니지만 현각도 나름대로는 바쁜 나날을 보내는 중이었다.

무공 수련을 하는 틈틈이 백화린을 넘어뜨리기 위한 계획도 세우고, 만약을 대비해 도망갈 수 있는 새로운 길도 확보해 놔야 했다.

그래서 그는 날마다 천도문의 여기저기를 들쑤시고 다녔다. 번살의 거처인 주작전 뒤의 높은 언덕을 올라온 것도 그런 이유에서였다. 그러니 옥인지(玉人池)를 발견한 건 그야말로 우연이었다.

하지만 옥인지에서 본 광경은 당장이라도 천도문을 나가고 싶었던 현각의 발목을 잡기에 충분했다.

옥인지는 시녀들이 목욕을 하는 그녀들만의 비밀 장소였던 것이다.

시녀들에게 옥인지는 천연의 요새나 마찬가지였다. 번살의 거처니 외부인들은 함부로 접근하지 못했고, 번살이 그녀들을 훔쳐본다는 것은 상상조차 할 필요 없는 일이었다. 그는 시녀들조차 존경을 아끼지 않는 훌륭한 선비였다.

시녀들은 옥인지에서 마치 선녀라도 된 기분으로 훌훌 옷을 벗어 던지고 마음껏 물놀이를 즐겼다.

현각은 그녀들이 전혀 예상하지 못했던 변수였다. 그는 천도문 내에서 주작전을 마음대로 드나들 수 있는 몇 안 되는 사내였고, 그들 중 유일하게 여인들의 속살에 관심을 가진 속물이었던 것이다.

나무 그늘에 숨어 시원스럽게 흘러가는 계곡의 물은 보는 것만으로도 한여름의 더위가 식혀졌다. 그곳에서 하얀 나신을 드러내고 물놀이를 하는 시녀의 모습은 더욱 시원했다.

현각은 침까지 꿀깍 삼키며 물속에 잠긴 시녀들의 몸매를 감상하는 데 여념이 없었다. 여전히 동방척은 그림자처럼 그의 뒤를 쫓고 있지만 현각은 신경 쓰지 않았다. 그가 과묵한 사내임을 알았기 때문이다.

'부인도 이따금 여기를 이용해 주면 좋을 텐데.'

도대체 그 여자는 무슨 재미로 사는지 모르겠다. 서방이 있어도 동침조차 하지 않은 생과부 신세에다 시녀들처럼 물놀이를 즐기는 작은 삶의 여유조차 없었다. 오로지 무공 수련에 그 꽃 같은 청춘을 다 바칠 작정으로 보였다.

사내에게 사랑받아야 할 당연한 권리를 포기하다니. 현각의 상식으로 그런 미련한 짓은 못생긴 여자들이나 부리는 오기였다. 백화린 같은 미모의 여성이 뭐 하러 고생스러운 무공 수련으로 청춘을 낭비한단 말인가? 그냥 사내의 품 안에서 교태나 부리며 한평생 편안하게 살아도 될 텐데.

"쩝!"

백화린을 떠올리고 나자 시녀들의 몸매 따위에는 흥미가 떨어져 버렸다. 현각은 무심결에 몸을 일으키고 말았다.

"까악!"

옥인지에서 날카로운 비명 소리가 들렸다.

"흐악!"

현각도 그 자리에서 돌처럼 굳어버렸다. 벌거벗은 시녀와 정면으로 눈이 마주쳐 버린 것이다.

"무, 문주님!"

시녀가 허겁지겁 옷을 찾아 급한 대로 대충 몸을 가렸다. 다른 두 명의 시녀는 물속에 몸을 담근 채 일어서지를 못했다.

'명색이 문주인데 그냥 도망갈 수는 없잖아. 젠장!'

현각은 표정 관리를 하며 시녀들에게 능청스럽게 말했다.

"이거 참, 미안하게 되었구나. 내 오늘부터 수공(水功)을 익힐 작정으로 예까지 찾아왔는데 너희들이 있는 줄은 몰랐다. 우선 옷부터 입거라."

시녀들이 옷을 챙겨 입자 현각은 느물거리며 옥인지로 내려갔다. 조금 전 벌거벗은 채 그와 눈이 마주쳤던 시녀가 홍시처럼 붉게 물든 얼굴을 어깨 밑으로 푹 묻었다.

"나는 아무것도 못 보았으니 너무 마음 쓸 필요 없다."

"그, 그럼… 저희는 이만……."

시녀들이 손으로 얼굴을 가린 채 급급히 옥인지를 떠났다.

"잠깐! 너희들은 어디에 있는 아이들이냐?"

"저희는… 백호전에 있습니다."

백호전은 장승운의 거처였다.

'제기랄! 걸려도 하필이면…….'

"알았다. 얼른 가서 일 보거라."

현각이 떨떠름한 목소리로 말했다. 시녀들이 총총히 사라지고 나자 현각은 옥인지를 빤히 바라보았다.

'에라, 모르겠다. 떡 본 김에 제사 지낸다고 물놀이나 하다 가지 뭐.'

현각은 주섬주섬 옷을 벗어놓고 물속으로 걸어 들어갔다. 시원한 계곡의 물속에서 한참을 첨벙거리다 보니 문득 무형공의 한 구결이 떠올랐다.

─흐르는 물속에 몸을 눕히고 태양을 눈으로 담아 가슴으로 품어라. 흐르는 물은 심신을 편안히 감싸주고 태양의 온기는 몸을 나른하게 풀어준다. 심신의 편안함은 자유로운 정신을 열어주니 대자연의 이치를 한몸에 느낄 수 있을 것이다.

사람이 하는 모든 행동에는 이유가 있어야 한다. 좀 더 멋지게 말하면 명분이 있어야 한다는 거고, 그 명분이 한결같이 같은 목표를 향해 귀결된다면 그 사람은 제법 멋있는 사람일 가능성이 높다.

그래서 현각은 물놀이를 단지 놀이로 끝내지 않고, 무공 수련과 연결시키는 자신이 대견스러웠다.

'태양을 눈으로 담아 가슴으로 품으라고?'

바보 노인이 창안했는데 뭐 별거야 있겠는가? 혜문당 노인이야 좋은 말로 음치니, 문치니 어쩌고저쩌고했지만 오죽 못났으면 천하제일인의 별호에 바보라는 말이 들어갔겠는가? 뭔가 거창한 의미가 숨겨져 있을 거라고 생각하는 무림인들이 어리석은 거다. 바보 노인이 한 말은 그냥 바보처럼 있는 그대로 받아들이면 될 것을.

간단하게 결론을 내린 현각은 멍하니 태양을 노려보기 시작했다. 처음에 익혔던 호흡은 이미 습관이 되어 자연스럽게 행해지고 있었다.

생각과 달리 그냥 태양을 바라보는 것도 쉽지만은 않았다. 우선은 눈이 부셨고 조금 더 지나자 태양의 열기가 눈 속으로 들어오는 것 같은 통증이 느껴졌다. 흔들리는 물 위에서 중심을 잡느라 바둥거리다 보면 시야에서 태양은 사라지고 대신 검은 빛의 잔상만이 눈을 어지럽혔다. 게다가 태양의 따뜻함은 곧 뜨거움으로 변해 살을 태웠다.

'젠장! 세상에 쉬운 일이 없군.'

그래도 현각이 멈추지 않은 것은 가슴으로 다가오는 태양의 열기가 어느덧 등으로 밀려오는 물의 냉기와 섞이며 태양과 물과 그의 몸이 하나로 이어지는 듯한 낯설고 신기한 느낌 때문이었다.

태양 아래 놓인 가슴이 서늘해지고, 물 위에 떠 있는 등이 뜨겁게 느껴졌다. 덥고 차지기를 끝없이 반복하는 것이 마치 그의 몸에서 태양과 물의 기운이 싸우고 있는 것같이 여겨졌다.

고수들의 주화입마가 처음 발생하는 곳이 바로 이 시점이었다.

그들은 태양의 열기와 물의 냉기를 체내에서 융화시키기 위해 이미 축적된 내공을 운용하게 된다. 결코 섞이지 않는 두 힘을 섞으려는 노력에 내공이 역류를 하고, 그 힘을 다스리지 못하면 주화입마에 빠지게 되는 것이다.

애초에 무공이 약한 자들은 감히 두 가지 힘을 섞을 생각을 하지 못했다. 그들은 더 가깝게 다가오는, 혹은 그들이 익히고 있는 무공에 근접한 한 가지의 힘만 받아들였다. 내공의 작은 증진은 있을지 모르지만 무형공과는 상관없는 일이었다. 그들은 여기서 무형공과의 인연을 놓쳐 버리는 것이다.

현각은 아무것도 하지 않았다.

그는 양과 음의 치열한 싸움에 장소만 제공해 주는 방관자였다. 자신의 몸을 싸움터로 내주는 바보. 그의 무지함은 무형공의 첫 고비를 간단히 넘어서고 있었다. 자신이 뭘 하는지도 모르는 채.

'벌써 두 시진이 넘었어!'

옥인지 뒤편의 숲에서 현각을 지켜보던 백화린은 불안해졌다.

'냉기와 열기를 동시에 몸에 담을 수는 없어.'

차라리 그가 무형공에 아무런 성취도 느끼지 않았다면 걱정하지도 않았을 것이다. 하지만 지난 며칠간 그는 달라졌다.

자연스럽게 몸에 배어 있는 토납법은 그의 몸에 변화를 일으키고 있었다. 얼굴에 윤기가 도는 것은 혈맥이 열리며 그의 신체가 단련되고 있는 것이고, 동공이 축소하며 깊게 가라앉은 것은 그의 몸에도 내공이라는 것이 조금씩 쌓이고 있다는 증거였다.

감나무를 오르던 가벼운 몸놀림이며, 쥐를 잡겠다고 뛰어다니던 날렵한 움직임은 그가 무공을 익히고 있다는 것을 확실하게 증명시켰다.

무형공이었다.

삼치거인 이후 아무도 연성하지 못했다는 무형공이 현각의 몸에서 조금씩 꿈틀거리고 있는 것이 분명했다.

모두들 미친놈의 발작이라고 비웃는 저 괴이한 행동들 속에 어떤 무공의 진리가 담겨 있는 걸까? 온몸의 근육이 찢기고, 손의 껍질이 벗겨지기를 수십 번 반복하며 힘겹게 무공을 익혀온 그녀로서는 상상도 할 수 없었다.

무공 수련이라는 것은 자갈로 덮인 산길을 오르고 또 오르는 것과 마찬가지다. 손이 찢어지고 무릎이 헤져 가며 한 걸음 한 걸음 올라서야 한다. 그러는 동안 자연히 손발이 단련되며 요령이 생기는 것이다. 드디어 끝에 이르렀다고 생각하면 더 높고 더 험난한 산길이 기다리고 있다. 다시 그 길을 오르고, 더 높은 산을 찾아가고… 그 기나긴 여정을 통해 깨달음을 얻어가는 과정이 곧 무도(武道)인 것이다.

하지만 무형공은 모든 무인들이 피땀으로 이룩해 놓은 그 무도를 파괴했다.

힘들이지 않고 생활 속의 편안한 수련을 통해서도 누구나 고수가 될 수 있다고 했다. 그리고 삼치거인이 스스로 증명해 보였다.

힘든 수련에 늘지 않는 실력에 지쳐 있는 무인들에게 그것은 황홀한 유혹이었다. 하지만 아무도 해내지 못했다. 지난 구십 년 동안 수많은 무인들이 무형공에 도전했지만, 모두 실패했다.

백화린은 무형공 자체가 허상이라고 생각했었다. 다른 무인들의 생각도 그녀와 다르지 않았다. 삼치거인의 고약한 장난이었을 뿐, 무형공은 존재할 수 없는 무공이라 생각하며 기억에서 지우고 있었다.

한데 평생 무공이 뭔지도 모르고 살아온 현각이 성취를 보이고 있는 것이다.

'무형공이… 실제로 존재하는 무공이었단 말인가?'

현각을 지켜보는 백화린의 마음은 복잡했다.

만약 현각이 정말로 무형공을 연성해 절정의 고수가 된다면… 장천이 돌아올 자리가 사라져 버릴지도 모른다. 일 년이면 무형공을 익히며, 권력을 맛을 보기에 충분한 시간이었다. 권력의 맛을 본 자가 그걸 지킬 힘까지 얻게 된다면 그는 절대로 권좌를 포기하지 않을 것이다. 권력에 대한 집착과 탐욕은 혈육상잔도 어렵지 않게 일으키곤 하지 않는가.

권력이란 세상의 어떤 독보다 중독성이 강한 심독(心毒)이다.

현각에게 힘을 주어서는 안 된다. 그가 무형공을 제대로 익히고 있는 거라면 그를 막아야 했다.

하지만 백화린은 그를 말릴 수 없었다. 무형공을 보고 싶다는 욕심, 그 힘을 확인하고 싶다는 욕망. 그것은 무인이라면 누구나 포기하지 못할 본능이었다.

'좀 더 지켜본 후에… 그때 가서 말려도 될 거야.'

백화린이 조용히 돌아서려던 순간이었다.

"크학! 살려… 푸합!"

갑자기 첨벙거리는 소리와 함께 현각이 물속에서 허우적거리는 모습이 보였다. 당장이라도 물속에 가라앉을 듯 그의 몸은 물에 잠겼다 떠오르기를 반복하고 있었다.

'뭔가… 잘못된 건가?!'

백화린이 다급하게 옥인지를 향해 달려 내려갔다.

그가 없으면 장천도 존재할 수가 없다. 여기서 그가 죽는다면 장천에게도 돌아올 곳이 없어지는 것이다. 그는 장천의 대역일 뿐만 아니라 분신이기도 했다.

'이대로 잃을 수는 없어!'

백화린은 옥인지 안으로 허겁지겁 달려들었다. 차가운 계곡 물이 몸을 적셔왔다. 젖은 옷자락이 살에 달라붙으며 몸의 굴곡을 훤히 드러냈다. 백화린이 갑자기 차갑게 굳은 얼굴로 움직임을 멈췄다.

허우적거리던 현각도 움직임을 멈추며 균형을 잡고 일어섰다. 물은 겨우 그의 가슴 높이밖에 되지 않았다.

"히히히, 부인. 이왕 예까지 오신 김에 같이 물놀이나 하다 가십시다."

능글맞은 그의 목소리를 듣고서야 백화린은 자신이 속은 것임을 깨달았다.

"네놈이 정녕……."

이를 갈며 화난 일갈을 하려던 백화린이 움찔하며 입을 닫았다. 근처에 동방척이 있음을 상기한 것이다.

현각은 여전히 생글거리는 얼굴로 기분 좋게 웃고 있었다. 꿈에도 그리던 백화린의 속살을 드디어 보고 있으니 절로 웃음이 배어 나왔다.

물기를 흠뻑 머금은 옷자락 밑으로 그녀의 풍만한 가슴과 한 뼘도 되지 않을 듯한 잘록한 허리, 그리고 탄탄하고 곧게 쭉 뻗은 그녀의 긴 다리까지 훤히 들여다보였다. 그녀는 물의 요정이라도 되는 듯 황홀하게 빛나는 자태로 현각의 앞에 마주 서 있었다.

더 이상 무슨 말이 필요하랴. 현각은 기필코 이 여인을 품에 안고 말겠다는 결의를 다졌다. 그의 굳은 의지가 소리가 되어 밖으로 새어 나왔다.

꿀깍!

백화린의 귀에까지 선명하게 들리는 침 넘어가는 소리였다.

백화린은 분노와 수치심으로 부들부들 떨었지만 현각은 얄미울 정도로 뻔뻔스럽게 그녀의 몸매를 감상하고 있었다.

'내가 목숨 걸고 당신 서방 노릇을 해줄 때야 그만한 대가가 있어야 하는 거 아니겠소?

자신이 누려야 할 당연한 권리를 누리고 있다고 생각하니 별로 미안한 마음도 없었다.

하지만 백화린은 혼인만 했을 뿐 아직 숫처녀였다. 아무에게도 보여 주지 않은 속살을 외간남자에게 고스란히 보여준 수치심과 모욕감은 분노를 넘은 원한이 되어 백화린의 가슴을 파고들었다.

그녀는 현각의 귀에 대고 얼음장 같은 목소리로 나직이 속삭였다.

"네놈을 언젠가 내 손으로 반드시 죽이고 말 테다."

그런데 현각은 손뼉까지 치며 즐거운 얼굴로 대답했다.

"나도 방금 그 생각을 하던 중이었소. 어떻소? 나는 오늘 밤이라도 부인을 죽여줄 용의가 있는데?"

현각은 다시 한 번 목젖이 일렁거릴 정도로 요란하게 침을 삼켰다.

참 대책없는 사람이다. 그저 본능이 이끄는 대로, 감정이 내키는 대로 거침없이 자신을 표현하며 사는 사람이다.

이런 사람을 상대로 화를 내어 무엇 하며, 말싸움을 해봐야 또 무슨 소용이랴.

백화린은 수치심을 억누르며 조용히 몸을 돌렸다.

물에 젖은 그녀의 뒷모습을 향해 현각이 투정 부리는 어린애처럼 말했다.

"너무 그러지 말고 잘 생각해 봐요. 예?"

목우령은 스스로 그림자가 되기로 마음먹은 사람이었다.

그는 필요할 때 이외에는 사람들과 접촉하지 않았다. 인적 없는 숲을 찾아 노숙을 했으며, 사냥으로 끼니를 해결했다.

오늘도 저녁을 위해 사슴을 잡았지만 그가 먹은 것은 다리 한쪽뿐이었다. 나머지 고기는 몇 토막으로 잘라 주변에 흩어놓았다. 피 냄새는 굶주린 늑대들을 흥분시켰다. 늦은 밤, 피를 쫓아 모여드는 늑대들은 그의 훌륭한 수련 상대가 되어주었다.

느닷없이 들이닥치는 늑대들을 상대하기 위해서는 전신의 감각을 극도로 끌어올린 채 잠시도 긴장을 늦추지 말아야 했다. 사 년간의 감금으로 무디어진 실전 경험을 만회하기에 늑대들과의 육박전은 제법 효과적이었다.

산 위로 달그림자가 걸리고, 부엉이가 날갯짓을 시작할 때면 늑대들도 슬슬 기지개를 켜고 움직인다. 목우령은 나뭇등걸에 대충 등을 기댄 채 잠을 청했다. 처음엔 긴장감에 쉽게 잠을 이루지 못했지만 이젠 잠을 자면서도 놈들이 다가오는 소리를 선명하게 들을 수 있었다.

한데 오늘 목우령의 귀에 걸린 소리는 평소와 좀 달랐다.

민첩하게 숲을 달려오는 소리는 늑대와 비슷하지만, 기세가 달랐다. 피 냄새를 쫓아 달려오는 놈들에게서 느껴지는 사나운 기세가 전혀 느껴지지 않는 것이다. 작은 발소리만 아니라면 주변에 누군가 다가오는 것도 느끼지 못했을 것이다.

'벌써 오다니. 예상보다 빠르군.'

목우령은 여전히 눈을 감은 채 무려 넉 자 다섯 치에 달하는 그의 거대한 도를 슬며시 가슴 앞으로 끌어당겼다.

사사삭!

사방의 숲에서 네 명의 흑의 복면인들이 그를 향해 쇄도해 든 것은 그가 도를 든 것과 거의 동시였다.

적의 기척을 느낀 후에 반격했다면 이미 한 발 늦었으리라. 목우령은 손에 들고 있던 도를 휘둘렀다.

그가 잠들어 있다고 생각했던 복면인들이 당황하며 뒤로 두어 걸음 물러섰다.

그들은 애초에 싸우는 것이 아니라 죽이는 것이 목적이었던 듯 무기 대신 한 뼘 길이의 대나무 대롱을 꺼내 입에 물었다.

'독침이다!'

목우령은 피하는 대신 앞으로 한 걸음 나서며 복면인들을 향해 매섭게 도를 휘두르기 시작했다. 넉 자 다섯 치에 달하는 목우령의 도에서 뿜어져 나오는 강력한 경기에 나뭇가지들이 부러지고, 잡초들이 뿌리째 뽑혀 흩날렸다. 마치 폭풍이 몰아치는 것 같은 강렬한 도기에 숲의 정적이 깨어진 지는 이미 오래였다.

풍뢰도법에 실린 거침없는 힘이 목우령의 거대한 도를 통해 위력을 발산하고 있는 것이다.

복면인들이 쏘아낸 독침도 폭풍 같은 도의 경기에 목표물을 잃고 바닥으로 흩어져 버렸다. 암습에 실패하자, 복면인들은 주저하지 않고 검을 뽑아 들었다.

네 명이 일제히 뽑아 든 검은 목우령의 사위를 봉쇄하며 파도처럼 밀려왔다. 그들의 공세는 노리는 부위마다 악랄하고 신속하기 이를 데 없는 것이 쾌검의 진수를 보여주고 있었다.

'이런 자들이 왜 암습을 해왔을까?

네 사람이 격출한 검광은 마치 폭죽이 터지듯 연신 검광을 뿌려내며 순식간에 목우령을 덮어씌웠다.

빠져나갈 곳도, 피할 곳도 없을 것 같은 절박한 순간 돌연 목우령의 도가 수십 개로 나뉘어졌다.

사람도 하나이고, 도 역시 하나임이 분명하지만 순간 수십 명의 사람이 도를 휘두르는 것처럼 목우령은 자신을 에워싸던 검광을 쳐냈다.

그리곤 순식간에 수세를 공세로 전환시키며 질풍처럼 복면인을 향해 쇄도했다.

파파팟!

공기도 가를 듯한 쾌속함에 쇳덩이처럼 무거운 힘까지 더해진 목우령의 도법에 두 명의 복면인이 순식간에 고혼이 되어 쓰러졌다.

'드디어 시작인가?

천도문에 들어가 풍뢰도법을 익힌 지 십 년이 넘었지만 풍뢰도법으로 사람을 벤 것은 이번이 처음이었다.

'나쁘지 않군.'

풍뢰도법은 확실히 살상을 하기에 더없이 적합한 도법이었다.

풍뢰도법은 모두 여덟 개의 초식으로 이루어져 있었다.

초반 이 초식은 폭풍전야의 고요함처럼 내공을 끌어올려 도의 힘에 싣기 위한 준비 과정이었다. 그 힘을 폭발시키는 것이 중반 사 초식으로 그 위력은 가히 폭풍을 뚫고 하늘을 찢는 뇌전처럼 강렬하고 웅혼했다.

하지만 풍뢰도법의 진정한 힘은 마지막 두 초식에서 발휘되었다.

폭풍처럼 뿜어내던 힘을 돌연 절정의 쾌(快)로 변환시키는 것이다. 내공의 발출과 거둠, 분산이 자유자재로 이루어지지 않으면 결코 익힐 수 없는 것이 후반 이 초식으로, 목우령이 지금 시전하는 도법이었다.

"그러고 보니 아직 통성명도 하지 못했군요. 내 이름은 목우령이오. 죽기 전에 알려주는 게 예의인 것 같아서!"

목우령은 오른편에 있던 복면인의 허리를 양단하며 말했다.

마지막 한 명의 복면인이 그런 목우령의 등을 향해 검을 찔러왔다. 목우령이 도를 등 뒤로 돌려 복면인의 검을 막았다. 동시에 몸을 돌려 다른 손으로 복면인의 목을 거머쥐었다. 전혀 예상치 못한 그의 쾌속한 움직임에 복면인은 눈을 뜨고도 그의 손에 목줄이 잡히는 어이없는 상황에 처하고 말았다.

"내가 이름을 말했으니 이젠 그쪽 차례 아닌가?"

"……."

복면 사이로 보이는 상대의 눈빛이 싸늘한 웃음을 짓고 있었다. 남자의 눈빛이라고 하기엔 눈망울이 너무 맑고 깊었다.

"여자?"

상대의 검은 복면이 축축하게 젖어들었다. 목우령이 재빨리 복면을 벗겼을 땐, 이미 독단을 베어문 채 검붉은 피를 토하고 있었다.

"암살에 실패했다고 스스로 독단을 물다니……."

지독한 행동과는 달리 죽어 있는 상대는 눈부시도록 아름다운 여인이었다. 백옥처럼 고운 피부를 검붉은 피로 적시며 죽어 있는 여인에게선 동정심마저 느껴질 정도였다.

하지만 그녀의 정체에 대해 짐작을 할 수 있는 어떠한 단서도 없었다. 다른 세 명의 시체 역시 마찬가지였다. 그들이 남긴 것은 어금니 사이에 끼어 있는 독단뿐이었다.

이제 남아 있는 사람은 하나뿐이다. 목우령은 조용한 숲을 향해 나직이 말했다.

"나는 보여줄 것을 모두 보여준 것 같소만……."

"후후훗! 어린놈이 제법 귀가 밝구나."

오 장 전면의 거암 뒤에서 백의인이 걸어나왔다.

평범한 얼굴에 평범한 옷차림을 하고 있는 칠십 대 노인이었다. 어디서나 흔히 볼 수 있는 얼굴이고, 돌아서면 전혀 기억에 남을 게 없는 특징없는 외모의 소유자였다.

하지만 노인의 손에 들린 물건이 노인을 특별하게 만들었다. 노인의 손에는 핏물이 뚝뚝 흐르는 사람의 머리가 들려 있는 것이다.

"선물이다!"

툭!

노인은 귀찮은 물건을 던져 버리듯 목우령의 발 앞에 머리를 던졌다.

"만박귀사!"

"귀찮게 뒤를 캐고 다닌 대가다!"

"……."

당연히 예상했던 일이다. 자신도 예상했던 일을 만박귀사가 모를 리 없었다. 충분히 위험을 인지하고 있었을 텐데도 그는 어이없이 당해 버렸다.

상대의 대응과 공격이 너무나 신속했기 때문이다.

상대는 이어정보다도 한 발 앞서는 정보력에, 기민한 조직력까지 갖추고 있는 거대한 집단이었다. 게다가 독단으로 자결을 할 만큼 충성스런 수하들에 의해 철저히 모습을 가리고 있었다.

'누굴까?'

목우령은 백의노인을 주시했다. 백의노인은 지팡이에 몸을 기대며 목우령을 향해 천천히 걸어왔다. 역시 빠르지도 느리지도 않은 평범한 걸음이었다. 겉모습만 보아서는 무공을 익힌 흔적이 전혀 드러나지 않았다.

하지만 그가 한 걸음 한 걸음 다가올수록 목우령은 천년 거목이 다가오는 것 같은 압박을 느꼈다.

"죽기 전에 이름을 알려주는 것이 예의라 했더냐? 노부의 이름은 곽재의다!"

역천자(逆天子) 곽재의.

그는 호북성 제일의 명문세가 둘째 아들이었다. 문인의 집안에서 무인이 나오는 것이야 있을 수 있는 일이었지만 문제는 그가 정도가 아닌 사도를 택한 것에서 시작됐다. 그는 가문의 기대를 저버린 채 협행(俠行)이 아닌 악행(惡行)을 일삼았다. 그의 악명이 높아질수록 호북 곽가는 시름이 깊어졌다. 결국 가문의 명예는 물론이요, 존폐조차 위태로운 상황에 처하자 그의 아버지는 평소 친분이 있었던 무당파의 장문인을 찾아갔다. 그리고 직접 아들의 추살을 부탁하기에 이르렀다.

무당파의 추적과 곽재의의 도주는 일 년이 넘는 시간 동안 치열하게 전개됐다. 그의 손에 죽은 무당의 도인들이 십여 명에 달하자, 무당에서는 소림과 화산파까지 그의 추살에 끌어들였다. 이미 일 년 동안의 추적에 지쳐 있던 곽재의도 더 이상은 버틸 수 없었다.

무림을 떠나기로 마음먹은 그는 마지막으로 집을 찾아갔다. 그리곤 자신의 손으로 아버지와 어머니, 여섯 명의 형제자매까지 모두 살해한 후에 무림에서 종적을 감춰 버렸다. 그때 붙은 이름이 역천자였다.

그 끔찍한 사건은 무림은 물론이고 전 중원을 충격과 혼돈에 몰아넣었었다. 무림인에 대한 세인의 존경과 동경은 두려움과 환멸로 바뀌었고, 명문세가에서는 서둘러 무림과의 인연을 끊었다.

전 무림이 곽재의의 추살에 발 벗고 나섰다. 그런데도 잡히지 않았던 곽재의가 삼십 년이 넘은 지금 목우령의 앞에 나타난 것이다.

"스스로 지은 죄를 씻기 위해 깊은 산에 숨어 홀로 참회라도 하고 계신 줄 알았더니 남의 개 노릇을 하고 계셨군요."

"건방진 놈!"

말이 끝나기도 전에 곽재의의 지팡이가 목우령의 가슴을 찔러왔다.

기수식도 생략한 채, 무작정 내지른 것 같은 그의 지팡이에는 능히 산도 쪼갤 수 있을 만한 위력이 담겨 있었다.

목우령은 재빨리 신법을 운용해 뒤로 물러섰다. 하지만 목우령의 지팡이는 이미 그곳에서 기다리기라도 한 듯 동서남북 좌우팔방에서 쉴 새 없이 번뜩였다.

목우령은 듣도 보도 못한 기이한 지팡이의 공격에 속수무책으로 피하기만 하고 있었다.

목우령이 급류용퇴(急流湧退)의 신법으로 피하면 그는 풍선수취(風旋水聚)의 신법으로 쫓아왔고, 목우령이 다시 풍차급전(風車急轉)의 신법을 운용하면 그는 봉황전시(鳳凰展翅)로 길을 막았다.

파도가 되어 밀려가면 바람으로 물을 모으고, 다시 풍차처럼 회전하며 그의 접근을 막으면 그는 봉황처럼 날개를 펼쳐 목우령의 움직임을 가로막는 것이다.

지팡이의 움직임은 예측을 불허할 정도로 기괴한 데다 일 초 일 식이 모두 절초며 살초였다.

오로지 죽이고자 하는 마음만으로 전력을 다해 공격해 오니 목우령도 더 이상 피하고 있을 수만은 없었다. 그들의 정체를 짐작하기 위한 몇 마디 말이라도 얻어보고 싶었으나 자신의 정체를 알려준 것만으로 그가 할 말은 모두 다 한 듯했다.

"수하들이 죽는 모습을 구경만 하고 계시길래 과거의 명성이 허명이었나 싶어 사정을 봐드렸더니… 제가 착각을 했나 봅니다."

"스스로 목숨을 지킬 능력이 안 되면 죽는 게지."

"그리 죽음을 가볍게 말씀하시니 후배의 마음이 조금은 가벼워집니다."

"생긴 것과 달리 말이 많은 놈이구나!"

점점 강맹해지는 곽재의의 지팡이에 사면팔방이 온통 지팡이의 그림자로 뒤덮였다.

더 이상 피할 수 없다면 정면으로 맞부딪치는 수밖에 없다. 목우령은 도를 좌우로 흔들며 지팡이의 그림자 속으로 뛰어들었다. 그가 휘두르는 도광은 사방을 번쩍번쩍 비추며 수백 개의 도가 허공에서 춤을 추는 듯했다. 지팡이의 그림자와 도광이 서로 얽히자 싸늘한 공기가 퍼져 나갈 뿐, 두 사람의 모습은 보이지도 않았다.

지팡이의 그림자는 울타리를 형성했고, 도광은 그 그림자를 피해 좌우로 빙글빙글 돌았다.

내공에서는 목우령이 다소 밀리지만 그에게는 넉 자 다섯 치에 달하는 거대한 도가 있었다. 목우령은 강력한 무기로 내공의 차이를 극복하며 간신히 곽재의의 공격을 막아내고 있었다. 하지만 이대로 싸움이 길어지면 내공에서 밀리는 목우령이 절대적으로 불리했다.

자신보다 강한 상대에 맞서 싸움을 빨리 끝내는 방법은 목우령이 알기로 한 가지뿐이었다.

목우령은 팽팽하던 힘의 균형을 깨뜨리며 성큼 일 보를 내디뎠다. 곽재의의 지팡이는 먹이를 노리던 독사처럼 그의 옆구리를 찔렀다. 마치 커다란 바위가 옆구리를 내려친 듯 갈비뼈가 부서지는 통증이 느껴졌다. 하지만 죽지는 않았다.

'그럼 내가 이긴 거야!'

목우령은 지팡이에 담긴 힘을 몸으로 받은 다음, 왼손으로 그 지팡이를 잡아버렸다.

"미친놈… 설마……."

목우령이 대답 대신 핏물이 올라오고 있는 입으로 살짝 미소를 지어 보였다. 그의 손에 들려 있던 도는 이미 곽재의의 허리에 반쯤 꽂혀진 상태였다.

곽재의는 자신의 허리 깊숙이 박혀 있는 목우령의 도를 보면서도 쉽게 상황을 받아들이지 못했다.

목우령은 조금 전까지 자신과 거의 동수를 이루고 있었다. 내공에서 약간 밀리긴 했지만 초식의 운용은 결코 그의 하수가 아니었다. 한데 느닷없이 동귀어진의 수법으로 공격해 올 줄이야!

"네놈이… 이겼구나."

"반드시 이겨야 할 명분이… 제가 더 강했나 봅니다."

쿵!

곽재의의 몸이 뿌리째 뽑힌 통나무처럼 뒤로 넘어졌다. 무림을 뒤흔들었던 명성에 비하면 초라하고 허무하기 이를 데 없는 죽음이었다.

목우령도 기침을 하며 주저앉았다. 검붉은 피가 목구멍을 넘어 꾸역 꾸역 입 밖으로 쏟아졌다. 내공이 실린 곽재의의 지팡이에 갈비뼈는 물론이고, 내장까지 엉망으로 뒤엉킨 것 같았다. 이런 몸으로는 운기 조식도 하기 힘들었다.

목우령은 몸을 반듯하게 눕히곤 손을 더듬어 부러진 갈비뼈를 확인했다. 다행히 완전히 부서지거나 살 밖으로 튀어나온 것은 없었다.

"으으윽!"

목우령은 자기 손으로 부러진 갈비뼈를 맞췄다.

자기 손으로 살을 찢고 뼈를 뽑아내는 것 같은 고통이 느껴지지만 이를 악물고 참았다.

곽재의도 말하지 않았던가? 스스로 목숨을 지키지 못하면 죽는 거라고.

목우령에게는 살아남아야 할 분명한 이유가 있었다.

그는 쓰러진 곽재의의 지팡이를 두 토막 내어 옆구리에 부목으로 대고, 곽재의의 옷을 벗겨 붕대 삼아 몸을 감았다.

그리곤 만박귀사의 잘려진 머리를 쳐다봤다. 지그시 눈을 감고 있는 모습에 죽음에 대한 고통이나 원한은 별로 느껴지지 않았다. 오히려 이미 각오하고 있었던 듯 담담함까지 느껴지는 표정이었다.

만박귀사는 무공 한 초식 배운 적 없이 평생을 무림에서 살아온 사람이다. 그의 비상한 머리와 빈틈없는 철저한 행동 덕분이었다. 그런 사람이 스스로 목숨을 걸고 맡은 일에 아무 흔적도 없이 갔을 리 없었다.

목우령은 그의 담담한 표정과 달리 악다문 입에 주목했다. 하고 싶은 말이 있거나 반드시 해야 할 말이 있다는 듯한 고집스러운 입매였다.

목우령은 턱을 비틀어 만박귀사의 입을 벌렸다. 그의 입 안을 들여다보던 목우령이 절로 탄성을 질렀다.

"아!"

그의 입 안에 꼬깃꼬깃 접혀 있는 서찰이 들어 있는 것이다.

"내가 그에게 준 건 고작 은자 열 냥인데, 그는 내게 목숨을 주었구나."

목우령은 떨리는 손으로 서찰을 펼쳤다. 서찰에 써 있는 말은 단 한마디뿐이었다.

―혈성곡(血成谷).

"혈성곡이라니! 그랬구나! 혈성곡이었어!"

혈성곡이라면 삼십 년 동안 혈영신마가 숨어 있었던 것도, 흑성괴나 사갈 같은 마두들이 일제히 움직인 것도 어느 정도는 설명이 되었다.

중원무림에서 쫓겨난 무인들이 마지막 희망을 가지고 찾아가는 곳이 바로 혈성곡이었다. 한동안은 중원무림에서도 혈성곡을 주시하며 감시한 적이 있었다. 그곳에 모여든 마두들이 힘을 모은다면 중원무림에 심각한 위협을 줄 수도 있기 때문이었다.

하지만 정파 무인들과 달리 제각기 악랄하고 음흉한 속셈을 가진 사파 무인들이 뜻을 모은다는 건 쉽지 않은 일이었다. 오히려 자기들끼리의 끊임없는 다툼으로 혈성곡은 죽음의 계곡으로 변해갔다.

죽어 버려진 자들은 있어도, 살아 돌아온 자들은 없기에 중원무림에서도 어느덧 잊혀져 가던 이름이 혈성곡이었다.

한데 그들이 오랜 침묵을 깨고 드디어 기지개를 켜기 시작한 것이다.

“수십 년 동안 제멋대로 굴던 사람들이 조직적으로 움직이기 시작했
다면… 누군가 그들을 장악했다는 얘기로군. 그리고 아이들을 데려갔
어. 왜?”
　목우령은 만신창이가 된 몸으로 운기조식에 들어갔다. 다쳤다는 이
유로, 지쳤다는 핑계로 머뭇거리고 있을 시간이 없었다.

제8장

생사의 기로

"이제부터 너의 이름은 일영(一影)이다. 지금까지의 너는 잊어라. 이제부터 너는 오로지 살아남는 것만 생각해라. 살아남기 위해서는 무조건 강해져야 한다!"

장천은 입술만 오물거릴 뿐 입을 열지 않았다. 묻고 싶은 것도 많고, 하고 싶은 말도 많지만 장천은 입을 열지 못했다.

지금 그에게 필요한 것은 장천이라는 이름 두 자가 아니라 잃어버린 남성이었다. 못난 사내라는 흉도, 비굴한 사내라는 수모도 모두 감당할 수 있다. 반쪽짜리 사내라는 수치에 비하면…….

독갈자는 기괴한 목소리로 그의 남성을 다시 붙일 방법을 알아보겠다고 했다. 세상에서 오직 자신만이 할 수 있는 일이라며, 자신이 못하면 죽은 화타가 돌아와도 하지 못할 거라며 자신과 오만에 찬 소리를 늘어놓았다.

그 순간 장천은 미련없이 현각이 되었다.

이들이 원하는 대로 현각이 되어 이들 옆에 머물리라 결심했다. 어차피 지금의 몸으로는 천도문에 돌아갈 수도 없었다. 남성을 잃은 채 천도문에 돌아가 받을 수모와 경멸은 생각만 해도 등골이 오싹해질 정도로 두려웠다.

남성을 회복시켜 주겠다는 독갈자의 말은 그의 유일한 희망이었다. 절반의 가능성뿐일지라도 그는 그 가능성에 매달릴 수밖에 없는 처지였다.

일영이 되라 하면 일영이 되는 거고, 자신을 잊으라 하면 잊은 척할 것이다. 한데 마지막 말이 마음에 걸렸다.

'살아남는 것만 생각하라니……'

두려움이 미련할 정도로 그의 사고를 정지시키고, 그의 행동을 어리석게 이끌었지만 장천은 아둔하기만 한 사내는 아니었다.

최소한 혈영신마의 말속에 담긴 의미 정도는 헤아릴 수 있었다. 살아남는 것만 생각하라는 것은 살아남는 것이 쉽지 않다는 의미 아닌가?

장천은 입술에 침을 바르며 혈영신마와 독갈자의 눈치를 힐끔 봤다.

다소 불만스럽게 얼굴을 일그러뜨린 혈영신마와 달리 독갈자는 재미있는 일이 있는 듯 계속 키득거리며 웃고 있었다.

두 사람의 표정 모두 장천에게는 너무 익숙한 것이었다.

불만스런 혈영신마의 얼굴은 그를 대하던 아버지의 표정과 별로 다를 게 없었다. 장승풍은 불만스럽고 답답한 얼굴로 그를 보며 미간을 찌푸리곤 했었다. 반면 독갈자의 키득거림은 장승운을 통해 수도 없이 보고 느낀 비웃음과 닮아 있었다.

‘어딜 가나 못난 놈으로 환영받지 못하는 건 마찬가지구나.’

장천은 소리없이 머리를 떨궜다.

“네가 살길은 하나뿐이다. 참고 버티며 싸우는 것!”

“예… 에? 무, 무엇과… 싸우라는 말씀이신지?”

혈영신마는 장천의 말을 무시한 채 독갈자에게 턱짓을 했다.

독갈자가 반쯤 녹은 눈꺼풀 속에 간신히 붙어 있는 것 같은 눈알을 굴리며 동굴 안쪽의 석벽을 밀었다. 그러자 사람 하나가 겨우 지나갈 수 있는 작고 어두운 통로가 드러났다.

“내가 사랑과 정성으로 키운 것들이야. 너 따위를 위해 내놓는 게 좀 아깝긴 하지만… 뭐, 약속이니까 어쩔 수 없지.”

장천은 머리를 저으며 뒤로 한 걸음 물러섰다.

“저, 저 안으로 들어가라는 겁니까? 뭐, 뭐가 있는지… 아, 알아야……”

“이놈아! 들어가 보면 알 거 아니야! 꾸물거리지 말고 냉큼 들어가라!”

독갈자가 장천의 엉덩이를 냅다 발로 걷어찼다. 장천은 그의 발길질에 밀려 어두운 통로 속으로 던져졌다. 동시에 무거운 굉음을 내며 석벽이 닫혔다.

“헉!”

장천이 숨을 멈추며 주변을 두리번거렸다.

칠흑 같은 어둠뿐, 아무것도 보이지 않았다. 장천은 귀를 쫑긋 세웠다. 살아 있는 생명체의 기척은 전혀 느껴지지 않았다. 그런데도 장천은 도저히 앞으로 나갈 엄두가 나지 않았다.

당장 한 걸음 앞에 돌아올 수 없는 함정이 있을 수도 있고, 자칫 걸음을 잘못 옮겨 어둠 속에서 길을 잃게 될지도 모를 일 아닌가!

'이대로 다시 꺼내줄 때까지 버티는 거야!'

장천은 등 뒤의 석벽에 몸을 기댔다. 석벽에서 등을 떼면 그대로 석벽이 사라질 것만 같았다. 장천은 몸을 밀착시킨 것으로도 불안해 손으로 끊임없이 석벽을 더듬었다. 석벽이 제자리에 있음을 확인하지 않으면 불안해서 견딜 수 없었다.

혈영신마는 분명히 싸우라고 했다. 싸우라는 것은 상대가 있다는 것인데 아무런 생명의 기척도 느껴지지 않으니 그것 또한 불안했다.

'혹시 그분이 말한 싸움은 나 자신과의 싸움인가?'

그랬다면 얼마나 좋겠는가? 하지만 장천의 바람만큼 세상살이는 쉽고 간단치가 않았다.

스스슷!

무언가 그를 향해 다가오는 소리가 들리기 시작한 것이다. 걸어오는 소리가 아니라 바닥을 기어오는 소리였다.

'뱀?!'

반갑지는 않지만 최악의 상황은 아니었다. 굶주린 늑대나 호랑이라도 나타날까 봐 가슴을 조리고 있던 것에 비하면 뱀은 만만한 상대였다.

쌍두사(雙頭蛇)나 칠보단혼사(七步斷魂蛇) 같은 악랄한 독사만 아니면 충분히 상대할 수 있을 것이다.

다행히 어둠은 놈의 정체를 확인할 수 없게 만들어, 장천에게도 용기라는 것을 불어넣어 주고 있었다.

장천은 심호흡을 하며 내공을 끌어올렸다.

뱀이 지척에까지 다가왔다고 느끼는 순간, 장천은 바닥을 향해 장력을 떨치기 시작했다.

퍼펑! 펑!

소리는 생각보다 넓고 깊게 울렸다. 그가 들어서 있는 이 동굴이 그의 짐작보다 훨씬 넓은 모양이다. 하지만 앞으로 나갈 생각이 없으니 동굴의 넓고 좁음은 그에게 별 의미가 없었다.

장천은 더 이상 뱀이 다가오지 못하게 쉼없이 장력을 떨쳤다.

그에게 용기를 주었던 어둠이 이번엔 그에게 장애로 다가왔다. 눈에 보이지 않으니 과연 그의 장력이 뱀을 쫓고 있는지 확인을 할 수가 없는 것이다. 확실한 것은 독갈자가 키웠으니 당연히 독사라는 사실뿐이었다.

장천이 다시 장력을 쳐내기 위해 팔을 앞으로 뻗는 순간이었다. 그의 목덜미에 미끈하고 차가운 느낌이 전해졌다.

'뭐지?'

생각과 동시에 목덜미에 따끔한 통증이 왔다.

"끄악!"

뱀이었다. 천장을 타고 기어온 뱀이 그의 목덜미 위로 떨어진 것이다. 한 마리가 아니었다. 이어서 또 한 마리가 등에 달라붙고, 장천이 손을 멈춘 틈에 발밑으로 다가온 뱀은 그의 다리를 타고 기어오르기 시작했다.

"까악!"

온몸으로 뱀이 기어오르는 소름 끼치는 느낌에 장천이 비명을 지르며 발버둥을 쳤다. 하지만 그가 몸부림을 치면 칠수록 뱀들은 더 악착같이 그의 몸에 이빨을 박았다.

어둠이 그에게 준 용기는 무모한 만용이었을 뿐이다. 뱀은 마치 동굴을 가득 채우고 있는 듯 쉴 새 없이 장천을 공격했다.

"문 좀 열어 주세요! 열어! 문 열어!"

아무리 소리를 지르며 두들겨도 석벽은 꿈쩍도 하지 않았다. 혈영신마는 그에게 맞서 싸우라고 했었다.

문은 열리지 않을 것이다.

한 치 앞도 보이지 않는 어둠 속에서 온몸에 뱀이 스멀거리는 느낌은 장천의 이성을 마비시키기에 충분했다. 죽더라도 이 소름 끼치는 느낌에서 벗어나고 싶었다. 장천은 팔을 휘저으며 앞으로 달려나갔다. 뱀의 독기가 몸으로 퍼지며 온몸이 불같이 달아올랐다. 입만 벌리면 불덩어리가 토해져 나올 것만 같다.

"끄으윽!"

온몸이 불타는 듯한 고통에 장천은 숨조차 쉬기 힘들었다. 장천은 더 이상 걸음을 옮기지 못하고 주저앉았다. 열기는 점점 높아져 살이 타고, 뼈가 녹는 것처럼 장천의 전신을 마비시켰다. 고통에 몸부림치는 장천의 몸이 꿈틀거리며 앞으로 기어나갔다.

장천의 눈에서는 눈물인지 독물인지 알 수 없는 뜨거운 물이 흘러나왔다.

천도문을 나선 이래 쉴 새 없이 찾아오는 이 지독한 고통과 절망. 이 상처받은 몸과 마음을 부여잡고도 왜 이토록 살고 싶은 것일까?

숨조차 쉴 수 없는 고통이 그의 육체를 장악하고, 정신마저 지배하고 있지만 살고 싶은 욕망은 꺾이지 않았다.

장천은 벌레처럼 꿈틀거리며 앞으로 기어나갔다. 그리고 느꼈다. 손바닥에 닿는 차가운 물의 느낌을……

'살았다!'

물이었다. 불덩이처럼 달아오르는 몸을 식혀줄 얼음처럼 차가운 물이 있었다.

장천은 마지막 힘을 다해 첨벙거리며 물속으로 기어들어 갔다.

물은 폭발할 것처럼 달아오르던 몸의 열기를 순식간에 식혀줬다. 열기가 가라앉자 이번엔 혈관 깊숙이 침투해 있던 독의 통증이 그를 괴롭히기 시작했다.

날카로운 칼로 전신의 혈관과 근육을 도려내는 것처럼 온몸이 갈가리 찢기는 고통에 장천은 다시 몸부림쳐야 했다.

'맞서 싸우라고 했어! 참고 버티며 싸우면 살 수 있다고 했어!'

장천은 혈영신마가 한 말을 상기하며 이를 악물었다. 혈관이 팽창하고 혈맥이 터지는 것 같은 고통에도, 뼈가 산산조각이 나며 살갗을 뚫고 나오는 것 같은 고통에도 참고 맞서보려 이를 악물었다.

그의 의지가 드디어 육체의 고통을 제압했음인가? 당장이라도 그를 집어삼킬 것 같던 육체의 고통이 점점 가라앉고 있었다. 숨 쉬는 것도 조금씩 쉬워졌다.

드디어 살았다는 생각으로 가슴을 쓸어 내리던 장천의 손이 기겁을 하며 경련을 일으켰다. 그의 전신에 붙어 있는 끈적거리는 이물질을 느낀 것이다.

"으으으!"

거머리였다. 손가락 하나 정도의 크기가 되는 거머리들이 그의 전신에 달라붙어 있었다.

고통이 줄어든 것은 정신의 싸움 덕분이 아니라 거머리들이 독을 빨아들이고 있었기 때문이다.

끔찍하긴 하지만 덕분에 독 기운이 사라지고 있으니 참고 견디어야 했다. 장천은 참아보리라 마음먹었다. 고통에 몸부림치며 죽는 것에 비하면 징그럽고 소름 끼치는 느낌은 애교였다.

전신에 달라붙은 거머리는 순식간에 독 기운을 빨아들였다. 하지만 그게 끝이 아니었다. 더 이상 독 기운이 남아 있지 않은데도 거머리들의 식탐은 멈추지 않았다. 게다가 전신의 촉수를 살갗에 들이박은 거머리들은 쉽게 떨어지지도 않았다.

독을 빨아들이던 속도로 피를 빨아들이자 순식간에 기력이 떨어지며, 현기증이 느껴졌다. 장천은 비틀거리며 물 밖으로 걸어나왔다.

그러자 거머리들이 신기하게도 저절로 떨어져 나갔다.

'물 밖에서는 힘을 쓰지 못하는 건가?'

아니었다.

스스슷!

물 밖에 기다리고 있던 독사들이 거머리를 떨어져 나가게 만든 원인이었다. 독사들은 드디어 먹잇감을 되찾은 듯 순식간에 장천을 에워싸며 이빨을 쑤셔박았다. 장천의 몸 안으로 또다시 독이 투입되기 시작하는 것이다. 이 독을 씻어내기 위해서는 다시 거머리들이 우글거리는 물속으로 들어가야 했다.

혈영신마가 참고 버티며 싸우라고 한 말의 의미가 이것이었다. 그렇다 해도 이런 고통과 처절한 싸움이 기다리고 있을 줄은 몰랐다.

장천은 상상만 해도 전신에 식은땀이 배어 나오는 지독한 통증에 다시 몸을 맡겨야 했다. 거머리들의 흡혈로 인해 기력까지 떨어진 몸에 느껴지는 고통의 속도는 더욱 빨랐다.

독 기운에 몸이 불덩이처럼 달아오르는 순간, 장천은 재빨리 물속으로 자리를 옮겼다. 한데 이번에는 거머리들이 달라붙지 않았다.

또다시 기혈이 뒤틀리고, 살갗이 찢겨져 나가는 고통에 장천은 의식마저 혼미해졌다. 그제야 거머리들이 하나둘 그의 몸속에 촉수를 들이밀었다. 독이 완전히 퍼져 몸속에 흡수된 후에야 놈들의 입맛을 자극하는 모양이다.

거머리가 독을 빼고 나면 다시 독사들이 있는 뭍으로 나가야 한다.

'도대체 왜 이런 짓을 해야 하는 걸까? 끝이 있을까? 과연 꺼내주기나 할까? 그때까지 살아 있을 수 있을까?'

자신이 없었다.

지친 마음에, 지친 몸에, 나약해진 정신으로 버티기엔 독사들의 공격이 너무 잔인했다.

장천은 간신히 물 밖으로 다시 나왔지만, 독사들이 달려드는 순간 더 이상 버티지 못하고 쓰러졌다.

그는 원래 싸우는 것보다 포기하는 것에 더 익숙해진 사람이었다.

"킬킬킬! 내 이럴 줄 알았어. 하루도 버티지 못하고 자빠질 줄 알았다고!"

"긴말할 필요 없네. 살아날 수 있다면 살리게!"

"오래 살다 보니 별소리를 다 듣네. 혈영신마가 사람을 살리라는 소리를 다 하고. 솔직히 말해 봐. 그런 소리 처음 해보는 거지?"

"이놈이 일 년도 버티지 못하고 죽으면 자네도 그 대가를 치르게 될 걸세."

부탁보다는 협박에 가까운 말투지만 독갈자는 전혀 상관하지 않았다. 평소 같으면 집요하게 말꼬리를 잡고 늘어질 법도 하지만 오늘은 시시하게 말꼬리를 잡지 않아도 재미있는 얘깃거리가 있었다.

"진짜 이 녀석이 해낼 수 있다고 생각하냐? 내가 보기엔 글렀어. 근골도 부실한 데다 심지까지 약하니 이런 놈을 어디다 써먹어?"

"이 녀석 때문에 삼십 년 쌓은 공을 무너뜨릴 수는 없네. 최소한 흑성괴나 사갈한테는 질 수 없어."

"그야 그렇지. 그 따위 놈들한테 진다는 건 말이 안 되지. 근데 이놈이 어째 영… 쯧쯧쯧."

탁자 위에 눕혀져 있는 장천을 바라보는 독갈자가 절로 혀를 차며 한숨을 내쉬었다.

그의 몸은 손끝만 대도 터질 것같이 붉게 부풀어 있었다. 게다가 거머리가 흡혈을 한 자리마다 선명한 푸른 반점이 남아 있어 흉하기 이를 데 없는 몰골이었다.

"그 녀석이 죽으면 무조건 자네에게 책임을 물을 걸세!"

"또 그 소리! 듣기 싫어 죽겠네! 그래서 네놈이 날 죽이기라고 하겠다고? 야 이놈아, 내 몸에는 만사천 가지의 독이 녹아 있어. 내가 죽으면 옆에 있는 네놈도 같이 죽어. 왜, 못 믿겠냐? 한번 시험해 보랴?"

"내가 아니라 주공이 자네를 응징할지도 모르지."

"……!"

독갈자의 일그러진 입이 쏙 들어갔다. 구슬처럼 제멋대로 굴러다니던 눈동자도 또렷이 장천을 응시했다. '주공'이 언급된 것만으로도 천하의 난봉꾼 같던 독갈자가 정색을 하며 긴장을 한 것이다.

독갈자가 모처럼 입을 닫은 채 장천의 몸에 거머리를 붙이기 시작했다. 이놈들은 그가 왼손을 잃을 각오를 하고 절벽 밑의 늪지에서 잡아 온 흡독질(吸毒蛭)들이었다. 이름 그대로 독을 빨아먹고 사는 놈들이기에 그 지독한 시독의 늪에서 생명을 유지해 온 것이다. 하지만 워낙 냉기가 강한 놈들이라 화린사(火鱗蛇)의 열기와는 천적 관계를 이루었다.

화린사에 물린 후에 곧장 흡독질이 그 독을 흡취하지 않은 것도 열기 때문이었다. 놈들은 장천의 체내에서 화린사의 독이 식기를 기다렸던 것이다. 화린사의 독은 체온보다 훨씬 높기 때문에 체내에 완전히 흡수되면 그 열기가 다소 가라앉는다. 흡독질이 독을 흡취할 수 있는 것도 그때부터였다. 지금은 더 없이 먹기 좋은 상태였다.

흡독질이 장천의 독을 빼고 있는 동안, 혈영신마는 선반 위에서 작은 항아리를 꺼냈다. 항아리의 검푸른 약물 속에는 장천의 잘려진 양물이 흉물스럽게 둥둥 떠 있었다.

"이건 언제 붙여줄 건가?"

"이놈 좀 보게! 그게 어디 뗐다 붙였다 하는 장신구냐? 차라리 잘려진 귀나 팔이었다면 내가 진작에 도로 붙여놨지. 그게 뭐 어렵다고. 한데 그건 달라! 장신구도 아닌 걸 그냥 붙여만 놓으면 뭐 해? 필요할 때 써먹을 수 있어야지!"

날카롭게 찢어진 혈영신마의 긴 눈꼬리가 독갈자를 노려봤다.

"그럼… 기능까지 회복시킬 방법이 있다는 건가?"

"제놈 하기에 달렸지."

새침 떠는 여인처럼 독갈자가 입을 다물었다.

혈영신마도 그런 독갈자를 노려보기만 할 뿐, 더 이상 묻지 않았다. 자신이 궁금해하면 할수록 독갈자는 더 굳게 입을 다물고 자신을 애태우려 할 게 분명했다. 차라리 묻지도 않고 궁금해하지도 않으면 제풀에 몸이 달아 입을 열곤 했다.

"믿겠네."

혈영신마는 항아리를 제자리에 올려놓고 선반 밑의 작은 의자에 털썩 주저앉았다.

"쳇! 공은 제놈이 다 차지할 거면서 고생은 딴 놈만 시키고 있네!"

혈영신마는 들은 척도 하지 않고 눈을 꼭 감아버렸다. 더 이상 대화를 하지 않겠다는 단호한 의지 표현이었다.

독갈자는 김샌 표정으로 툴툴거렸다. 자신이 장천에게 어떤 치료를 해줄 것이며, 그의 남성을 회복시키기 위해 어떤 노력을 기울일 것인지 떠벌리고 싶어 죽겠는데 혈영신마가 기회를 주지 않으니 약이 올랐다.

"이런 놈 때문에 내 귀한 청정환(淸精丸)까지 써야 되다니……."

혈영신마가 의도한 바였다. 자신이 무관심한 척할수록 독갈자는 자신의 실력을 과시하기 위해 이것저것 숨겨놓은 재주와 영약을 꺼내놓곤 했다.

청정환은 그가 독지를 다닐 때 독으로부터 몸을 보호하기 위해 복용하는 환단으로, 기력을 강화시켜 독에 대한 저항력을 높여주는 명약이었다.

외골수로 살아온 사람들의 대부분이 그러하듯 독갈자도 나이만 먹었을 뿐 행동하는 것은 어린아이나 마찬가지였다.

"오랜만에 시침까지 하게 생겼군."

독갈자는 정말로 침목을 꺼내 들고 있었다.

혈영신마가 알기로 그의 침술은 무림 최고였다. 하지만 그 침술의 혜택을 받은 사람은 극히 드물었다. 혈영신마는 그 드문 사람 중 한 명으로, 독갈자와의 인연이 시작된 것도 시침 덕분이었다.

혈영신마가 나약하고 여린 장천에게 처음부터 혹독한 시련을 준 것도 독갈자의 침술을 믿기 때문이었다. 완전히 절명을 한 상태만 아니라면 독갈자의 침이 그의 생명을 연장해 줄 것이다.

혈영신마는 독갈자의 사기를 북돋아주기 위해 넌지시 한마디 던졌다.

"시침을 해야 할 정도로 위중한 상태인가?"

혈영신마가 관심을 가져 주자 불만으로 가득 차 있던 독갈자의 얼굴에 금세 화색이 돌았다.

"침으로 혈맥을 열어 청정환의 약효를 인도해 주면 효과가 훨씬 커지거든. 이왕 귀한 약을 꺼냈으니 제대로 써먹어야지. 키키킬!"

"으윽."

장천이 의식을 찾았을 때 그의 몸은 혈영신마의 손에 들려 있었다.

혈영신마가 동굴 속에서 죽어가던 자신을 구해준 것이라 생각하자 장천은 안도의 한숨을 쉬었다.

'휴우, 살아났구나.'

하지만 혈영신마는 동굴에서 자신을 꺼내오는 것이 아니라 다시 동굴을 향해 다가가고 있었다.

장천의 안색이 돌변했다.

"시, 싫습니다! 저곳에 다시 들어가느니… 차라리… 여기서 죽겠습니다!"

장천의 애원에도 혈영신마는 눈 하나 깜짝하지 않고 그를 동굴 안으로 밀어넣었다.

"살려주십시오! 제발… 제발 저리로 다시 들여보내지 마십시오!"

장천은 양손으로 동굴의 입구를 잡은 채 들어가지 않으려고 발버둥쳤다.

"킬킬킬! 그래, 그래! 잘 생각했다. 빨리 포기하고 죽어라! 그래야 내

차지가 되지."

하나뿐인 눈알을 희번덕거리며 입맛을 다시는 독갈자를 보자, 이곳에 남아 있는다 해도 그에게 이로울 일은 없어 보였다.

겁에 질린 장천을 보며 혈영신마가 싸늘한 경멸을 담아 말했다.

"피할 방법은 없다! 버텨서 이겨라!"

꽝!

동굴의 문이 닫히고, 장천은 어둠 속에 다시 버려졌다.

"크흐흑, 싫습니다! 저는 못합니다! 이 안에서는… 하루도 더 살 수 없습니다!"

장천은 바닥에 주저앉아 눈물을 터뜨렸다.

살아 있어도 산 것이 아니고, 죽고 싶어도 마음대로 죽을 수 없는 자신의 처지에 나오는 것은 눈물뿐이었다.

그저 살아남아야 한다는 본능이, 죽기 싫다는 두려움이 그를 여기까지 오게 만들었다. 하지만 이곳에서 만난 삶은 죽음보다 더 끔찍한 시련뿐이었다.

어디서부터 잘못된 걸까? 어쩌다 현각이 되어 그가 받아야 할 모든 고통을 자신을 받고 있는 걸까?

억울하고, 서러웠다. 가슴이 찢어지도록 후회스럽고 원통했다.

하지만 되돌릴 방법은 없었다. 잠시 죽음을 모면해 보겠다고 현각이라도 되자고 마음먹었던 것은 그 자신 아닌가.

감당하기 힘든 고통과 시련에 장천은 주저앉아 하염없이 눈물을 떨궜다. 그가 바보처럼 울고 있는 동안 사람의 냄새를 맡은 화린사들이 다시 바닥을 긁으며 그를 향해 다가왔다.

스스슷!

"저리 가! 저리 가! 저리 가란 말이야!"

장천은 발작적으로 외치며 화린사들을 향해 마구잡이로 장력을 떨쳐 댔다.

처음 이 자리에 섰을 때와 똑같았다. 화린사는 동굴의 천장을 타고 와 그의 팔뚝 위로 떨어졌다.

다른 점이 있다면 놈들이 주는 고통을 똑똑히 경험했다는 것과 달리 피할 방법이 없음을 깨달았다는 정도였다.

죽여야 한다. 한 놈이라도 더 죽여야 그만큼 고통이 줄어든다.

장천은 자신의 팔에 이빨을 들이대는 화린사를 잡아 내력을 주입하며 두 토막으로 잘라 버렸다.

피인지 독인지 모를 뜨끈한 물이 얼굴 위로 튀었다.

예전 같으면 오싹한 느낌에 몸을 움츠렸겠지만, 죽이지 않으면 죽는다는 절박감은 그에게 용기를 불어넣어 줬다. 장천은 닥치는 대로 놈들을 찢어 죽였다. 그러면서도 입으로는 연신 소리쳤다.

"싫어! 저리 가! 다 꺼지란 말이야!"

화린사의 공격은 더욱 교활해졌다. 한 놈이 장천의 손을 무는 동안, 다른 놈들은 장천의 발을 물었다. 찢겨 죽는 순간에도 그의 손에 이빨을 박고 독을 뿜는 것을 잊지 않았다.

슬슬 몸이 불타는 듯한 열기가 느껴졌다. 장천은 흡독질이 있는 습지를 향해 걸어가면서도 계속 화린사를 죽였다.

또다시 숨조차 쉬기 힘든 고통이 밀려왔다.

"헉헉!"

장천은 거친 숨을 내뿜으며 습지로 들어갔다.

흡독질은 경쟁적으로 그의 몸을 향해 스멀스멀 기어올랐다. 이대로 독이 제거되는 순간, 다시 화린사를 향해 나간다면 처음과 마찬가지로 금방 지쳐 쓰러질 게 뻔했다.

'버틸 수 있는 방법을 찾아야 해!'

장천은 고통을 억누르며 내공을 운용하기 시작했다. 흡독질이 그의 독을 빨아들이는 동안, 어떻게든 내공을 운용해 지친 체력을 회복해 보겠다는 계산이었다.

다른 구원의 방법은 없었다. 도움을 청할 사람도, 피할 곳도 없다. 스스로의 힘으로 어떻게든 버티고 살아남아야 한다. 그러기 위해선 자신의 모든 힘을 끌어내야 했다.

장천은 단전을 열어 서서히 진기를 끌어올렸다. 한데 진기가 이동할 길이 없었다. 혈맥이 꽉 막혀 있는 것이다.

"이럴 수가!"

혈맥은 내공이 이동하는 경로다. 혈맥이 막혀 있다는 것은 내공을 운용할 수 없다는 것인데, 그는 조금 전까지 아무 이상 없이 내력을 운용해 화린사와 싸웠다.

'어떻게… 된 거지?'

더욱 놀라운 것이 꽉 막혀 있던 혈맥이 느닷없이 다시 열리고 있다는 사실이었다. 진흙으로 쌓아놓은 둑이 조금씩 무너지듯 혈맥도 조금씩 열리고 있었다. 열려진 혈맥으로 서서히 이동하던 진기가 갑자기 큰 강을 만난 듯 내달리기 시작했다.

'으으윽!'

자신의 통제를 벗어나려는 진기를 억눌러 잡기 위해 장천은 이를 악물었다. 스스로 진기를 다스리지 못하면 주화입마를 당할 수도 있었다.

질풍처럼 내달리던 진기가 갑자기 다시 멈췄다. 또다시 막힌 혈맥을 뚫지 못하고 멈춰 선 것이다. 그곳은 기문혈(期門穴)과 천지혈(天池穴) 사이로, 진기가 머물러 있을 만한 곳이 못 되었다. 혈맥을 뚫어 진기를 이동시키지 못하면 진기는 역류할 수밖에 없게 된다. 그 또한 주화입마의 전조였다.

막힌 혈맥을 뚫기 위해 안간힘을 쓰는 장천의 얼굴에 굵은 식은땀이 맺혔다. 진기를 통제하는 데 온 힘을 쏟느라 독의 고통조차 잊었다.

혈맥이 다시 서서히 길을 열기 시작했다.

장천의 노력이 아니라 혈맥을 막고 있던 이물질이 빠져나간 덕분이었다.

'독! 저놈들의 독이야!'

놀랍게도 그의 혈맥을 막고 있는 것은 화린사의 독이었다. 흡독질이 놈들의 독을 빨아들이며 막혀 있던 혈맥도 서서히 열리고 있는 것이다.

대부분의 독은 혈액을 따라 이동해, 심장을 향해 달려간다. 한데 화린사의 독은 혈액이 아니라 혈맥 속에 고여 있었다. 그리고 독이 빠져나간 자리는 큰 공백으로 남아 있었다. 즉 혈맥이 넓어지고 있는 것이다.

혈맥은 혈관처럼 고정된 모습으로 체내에 존재하고 있는 실체가 아니다. 그것은 기가 이동하는 보이지 않는 통로다.

내공을 수련한다는 것은 기의 이동 통로인 혈맥을 넓혀 기의 이동을 원활하게 하여 단전에 쌓아가는 과정이다. 내공이 깊어질수록 자연히 혈맥이 넓어지며 단전에 쌓이는 기의 양도 많아지게 된다.

한데 화린사의 독은 혈맥을 임의로 넓히고 있었다.

무가에서 태어나 무공 비급으로 글을 익혀온 장천이지만 이런 내공 수련법이 있다는 얘기는 듣도 보도 못했다.

간혹 사도무림에서 속성으로 무공 수련을 한다고는 하지만 대부분이 외공에 치중한 무공의 얘기였다.

한데 혈영신마는 자신에게 내공 수련을 시키기 위해 임의로 혈맥을 넓히고 있는 것이다. 이토록 혹독하고 기괴한 방법으로…….

'그래! 그들은 아직… 아직 내게 내공이 있는 걸 몰라!'

비록 무공의 성취는 미약했지만 십 년이 넘도록 수련하며 쌓아놓은 내공만큼은 그의 체내에 고스란히 보관되어 있었다.

희미하지만 살길이 보였다.

그들의 예상보다, 그들의 기대보다 한 걸음 앞서 강해진다면 이곳을 벗어날 길이 있을지도 모른다.

그러기 위해선 끝까지 내공을 숨겨야 했다.

장천은 서서히 열려가는 혈맥을 따라 조심스럽게 진기를 일 주천시켰다. 넓어진 혈맥을 따라 확연하게 강해진 진기가 파도처럼 휩쓸고 지나갔다.

'기연을 얻었구나!'

참을 수 없는 격정과 감동으로 가슴이 울렁거렸다.

그는 언제나 못나고 부족한 놈이었다. 남들보다, 아니, 남들만큼이라도 강해질 수 있을 거란 기대는 스스로도 포기한 지 오래였다.

죽음 직전의 절망 속에서 이런 기연을 만날 줄이야!

하지만 진짜 기연은 그의 양물이 제거된 것에서 비롯된 것이었다.

양물의 제거로 양기를 잃은 몸이기에 지독한 열기를 동반한 화린사의 독을 견뎌내며 내공을 운용할 수 있었던 것이다.

만약 정상의 몸이었다면 열기와 양기의 충돌로 혈맥이 폭발했을지도 모른다. 그런 이유로 장천에게 내공이 있는지 알았다면 혈영신마는 결코 이 방법을 쓰지 못했을 것이다.

혈영신마는 그에게 내공이 있는지 몰랐고, 장천의 잃어버린 남성은 그에게서 양기를 빼앗아갔다.

두 가지 우연이 겹치며 장천은 혈영신마조차 전혀 예상하지 못한 기연을 얻게 된 것이다.

천고의 기연이라는 것은 바로 이런 것을 두고 하는 말이리라.

내공의 도움으로 고통은 많이 줄었지만 허기진 몸은 어쩌지 못했다. 닷새 후에 장천이 다시 쓰러진 이유는 화린사의 독이 아니라 탈진 때문이었다.

화린사와의 처절한 사투에도 불구하고 닷새씩이나 버틸 수 있었던 것은 오로지 청정환의 힘이었다.

지쳐 쓰러지고, 치료를 받은 후에 다시 동굴에 던져지기를 반복하는 동안 한 달이라는 시간이 흘러갔다.

장천에게는 지옥처럼 긴 시간이었다.

여인처럼 곱고 하얗던 피부는 독과 습기에 절어 칙칙하게 변했고, 늘 겁먹은 듯 주눅 들어 있던 눈동자는 빛을 내기 시작했다.

싸울 수밖에 없는 극한의 상황과 누구에게도 도움을 구할 수 없는 고독한 시간!

그 암울하고 혹독한 여정은 유약하기만 하던 장천을 서서히 사내로 만들어가고 있었다. 그의 눈에서 빛나는 것은 투지였다.

하지만 눈빛보다 더욱 빠르게 변하는 것은 내공이었다. 혈영신마도 모르는 내력이 그의 체내에 폭발적으로 쌓여가고 있었다.

2

현각은 무공을 수련하는 재미에 푹 빠져 있었다.

늦여름의 부드러운 미풍이 살랑살랑 불어오는 오수각은 낮잠 자는 것만큼이나 무공 수련을 하기에도 좋은 장소였다.

현각은 지그시 눈을 감은 채 오수각에 앉아 있었다. 그의 등 뒤로 시녀 한 명이 살금살금 다가왔다.

현각이 눈을 감은 채 잠시 얼굴을 찌푸리더니, 이내 생긋 웃는 얼굴로 말했다.

"너는 월란이로구나!"

"어머나! 어찌 아셨어요?"

현각이 눈을 떠 월란의 풍만한 육체를 확인하더니 거드름을 피우며 말했다.

"무공의 수련이 깊어지니 눈을 감고 있어도 사람의 움직임이 절로 느껴지는구나. 걸어오는 보폭이 넓으며, 무게 중심이 뒤에 있으니 이는 다리가 길고 엉덩이가 큰 여자의 걸음이지. 승천전에서 아마 네 엉덩이가 가장 크지?"

"아닙니다! 허리가 가늘어서 상대적으로 엉덩이가 커 보이는 거지 사실은……."

"허허허! 그리 정색을 하며 부인할 필요 없다. 엉덩이 큰 게 뭐 흉이라고. 난 좋기만 하더구만."

"몰라요, 몰라. 부끄럽게……."

월란이 짐짓 앙탈을 부리며 긴장한 얼굴로 현각의 눈치를 힐끔 봤다.

"내가 뭘 시킬까 걱정되냐?"

"…예."

모든 내기라는 것에는 벌칙이 수반되기 마련 아닌가?

현각은 눈을 감고 시녀들의 이름을 맞추기로 했고, 그가 맞추면 상대는 무조건 그의 부탁 한 가지를 들어줘야 했다. 물론 그가 틀렸을 때는 그 역시 상대의 부탁을 들어준다는 조건이었다.

"히히히."

음흉한 웃음으로 포문을 연 현각은 월란에게 얼토당토않은 부탁을 했다.

"날 위해 저리도 고생하고 계시는 우리 동 당주께 입맞춤 한 번을 해주는 거다!"

"동 당주님께요?"

월란이 놀란 얼굴로 입을 쩍 벌렸다. 성적인 부탁일 거란 예상은 했지만 그 대상은 당연히 문주님일 거라고 생각했다. 한데 느닷없이 동방척에게 입을 맞추라니 놀란 입이 다물어지지가 않았다.

하지만 그녀보다 더 놀라고 당황한 사람은 동방척이었다.

백주 대낮에, 그것도 주공의 시녀와 입을 맞추는 호위무사가 세상천지 어디에 있겠는가?

"전 싫습니다!"

동방척이 처음으로 현각의 행동에 반기를 들며 불쾌감을 표시했다.

"난 자네가 여자도 없이 내 옆에 그림자처럼 붙어 있는 게 미안해서 그러는 걸세. 부끄러워하지 말고 좋으면 그냥 가만있게."

현각의 상식으론 여자를 싫어하는 남자는 있을 수 없었다. 그는 동방척이 거절하는 것도 부끄러움에 괜히 한번 사양하는 것이라 여겼다.

"자네 마음이야 내가 왜 모르겠나? 그냥 못 이기는 척 받아들이면 되네."

"싫습니다!"

동방척의 목소리가 더욱 커졌다.

현각은 멍청히 동방척의 붉어진 얼굴을 쳐다봤다.

"자네 혹시… 아직 동정인가?"

"허험!"

동방척이 요란하게 헛기침을 하며 승천전 밖으로 나가 버렸다.

"이런 변괴가 있나? 오십은 족히 넘어 보이는 나이에 아직 동정이라니?"

백화린을 옆에 두고도 품지 않은 신랑이 있어 좀 모자라는 놈인가 했더니 그런 놈이 저기 또 하나 있지 않은가. 그러고 보니 사마대도, 번살도 모두 독신이었다.

"어찌 된 게 천도문에는 저렇게 늙은 총각들이 많은 거냐?"

문주의 체통도 잊은 채 시녀를 앉혀놓고 별소리를 다하는 현각이다.

"주작전주님께서는 서책과 혼인을 하셨고, 현무전주님은 술과 혼인을 하셨다 하지 않습니까?"

"참, 별 재미없는 것들이랑 다 혼인을 하는구나. 책이야 들여다보면 눈만 아프고, 술도 마시다 보면 속만 아픈데 어찌 여자를 대신할 수 있단 말이냐? 그분들이 여자 맛을 못 봐서 그러는 게야. 그렇지 않냐?"

"호호홋! 그러는 문주님께서는 여자 맛을 아십니까?"

"나야 당연히……."

수도 없지 봤지만 장천이란 놈은 아니었다. 현각은 어쩔 수 없이 말꼬리를 내려야 했다.

"못 봤지만 곧 보게 될 거다!"

"누구랑요?"

"어허! 네가 지금 나랑 말장난을 하자는 것이냐?"

"죄송합니다."

"죄를 지었으면 벌을 받아야지?"

"벌이라시면……."

"동 당주님께 여자 냄새라도 맡게 해주는 거다. 어떠냐? 하겠느냐?"

"냄새… 라두요?"

"생각해 보거라. 동 당주가 나이가 좀 많긴 하지만 그래도 남자다운 매력은 있는 사내 아니냐? 평생 여자를 모르고 살았으니, 일단 여자 냄새를 맡고 나면 목숨이라도 내놓을 거다. 그만하면 한번 찔러볼 가치는 있지. 안 그러냐?"

여자보다 더 여자의 마음을 잘 아는 것처럼 하는 말에 월란의 마음도 흔들렸다.

"괜찮은… 사내이긴 하죠."

"괜찮은 게 아니라 훌륭한 사내지. 너도 팔자를 고치는 거고!"

현각이 시녀들과 생활하며 느낀 것은 시녀들이 기녀들보다 신분 상
승에 대한 욕구가 더 강하다는 것이었다. 그의 무공 수련에 동참하며
그녀들은 자신의 눈에 들기 위해 온갖 교태를 다 부렸다. 가진 밑천이
아름다운 외모뿐인 여인들이다 보니 그 욕구는 더욱 컸다.

"그렇기도… 하고……."

"그럼 약속한 거다?"

"……."

문주가 아니라 좀 실망스럽긴 하지만 문주의 둘째 부인보다 당주의
첫째 부인이 여자로 살기에는 더 행복할지도 모른다.

월란의 흔들리는 마음을 읽은 현각은 벌써 일이 다 성사된 것처럼
기뻐하며 손뼉을 쳤다.

"됐다, 됐어! 이제 늙은 총각 하나는 해결했어!"

모두들 못난 문주라고 흉보지만, 짝 없는 부하도 챙겨줄 줄 아는 얼
마나 자상하고 훌륭한 문주란 말인가!

이제 기회를 보아 번살과 사마대에게도 어울리는 짝을 하나씩 만들
어줘야겠다. 그럼 천도문도 훨씬 생기가 넘치고 활기 차질 것이다. 백
화린도 분위기에 편승하기 쉬워지고.

백화린을 떠올리자 지난 며칠 동안 그녀의 얼굴을 보지 못했다는 사
실이 생각났다.

"오늘은 수련을 그만두고 부인에게 좀 가봐야겠구나."

"벌써 그만두시려고요?"

"이만하면 내공 수련은 끝난 것 같으니 오늘은 좀 쉬고 내일부터 외

공 수련을 해야겠다."

고작 한 달여의 수련으로 내공 수련이 끝났다고 하니 수십 년을 쉬지 않고 내공 수련에 정진해 온 무림인들이 들으면 거품을 물며 웃을 일이었다.

"강하게 휘몰아치던 힘을 어떻게 순간적으로 쾌로 전환시키냐고? 물론 내공을 떨치고 거둠이 숨 쉬는 것처럼 자연스러워야 하고, 순간적으로 힘을 분산시켜 쾌를 시전하기 위한 강한 근육의 단련이 있어야 하며, 이를 시전하기 위한 초식의 이해와 습득에도 빈틈이 없어야지. 하나 위의 세 가지를 갖추었다고 해도 심장이 움직여 주지 않으면 절정의 쾌는 결코 이루어지지 않는다. 심장의 호흡 소리를 들어라. 폭풍처럼 몰아치는 심장의 거친 격동을 느끼며 호흡해라. 절정의 쾌는 손이 아니라 흥분한 너의 심장에서 시작될 것이다."

백화린은 장승풍이 했던 말을 상기하며 풍뢰도법의 마지막 두 초식인 경뢰분전(輕雷分展), 뇌천무위(雷天無位)의 완성에 몰두했다.

풍뢰도법을 완성하기 위해선 마지막 두 초식에 담긴 절정의 쾌를 깨달아야 했다. 백화린의 쾌는 아직 부족했다. 하나의 도가 수십 수백 개로 나뉘어진 듯 상대의 시야를 덮어야 한다. 하지만 그녀의 도는 이제 겨우 다섯 개 정도의 그림자밖에 떨치지 못했다. 이 정도로는 쾌검을 익힌 자에게는 전혀 위협이 되지 못한다.

장승운의 낙성검법 역시 쾌를 기조로 한 검법임을 상기하면 그녀는 반드시 쾌도를 완성해야 했다.

청색 무복을 입은 백화린은 연무장을 적시는 폭우처럼 거칠게 도를 휘몰아쳤다.

허공을 향해 치솟는 그녀의 묵도에는 하늘도 가를 듯한 웅혼한 힘이 느껴지고, 땅을 향해 내려칠 때는 거센 바람을 일으키며 자욱한 흙먼지를 피워 올렸다.

거친 도법만큼이나 심장의 박동도 격렬해졌다.

'심장의 격동을 도에 실어라!'

백화린의 묵도가 연무장 구석의 나무 위를 훑고 지나갔다. 나뭇가지에는 작은 미동도 없는데 나뭇잎들이 우수수 흩날리며 바닥을 향해 떨어졌다. 백화린의 묵도는 다시 나뭇잎 사이를 휘저었다.

그녀의 묵도는 검은 바람이 되어 나뭇잎 사이를 휘저으며 나뭇잎을 두 토막으로, 다시 네 토막으로 잘랐다.

숨 쉬는 것도 잊고, 심장의 박동도 잊었다. 오로지 도와 하나가 되고자 하는 마음으로 휘두르는 쾌도에 나뭇잎들이 눈처럼 휘날리며 그녀의 발밑으로 떨어졌다.

떨어지는 나뭇잎의 조각을 보며 백화린이 아미를 살짝 찌푸렸다.

"아직 멀었어!"

장승풍이었다면 흔적도 없이 토막 내어 날려 버렸을 것이다.

"심장의 격동을 도에 실으라 했는데, 나는 오히려 심장의 박동을 잊었어. 그 정지된 시간을 극복해야 해. 그래야 진정한 풍뢰도법을 시전할 수 있어."

백화린은 자신의 분신과도 같은 묵도를 가슴 앞에 들어 올리며 호흡을 조절했다. 이마에 맺혀 있는 땀도 닦지 않은 채 그녀는 풍뢰도법을 처음부터 다시 시전하기 시작했다.

"저 가녀린 몸 어디에 저런 힘이 담겨 있는 거지?"

멀리서 그녀의 수련 장면을 지켜보던 현각이 혀를 내둘렀다.

여자의 몸으로, 저렇게 강한 도법을 연마하기 위해 얼마나 피나는 노력을 했을지는 생각하지 않았다. 오로지 가냘픈 여인의 몸에서 뿜어져 나오는 거침없는 힘과 기상에 그저 놀라고 감탄할 뿐이었다. 그리고 한편으로는 언짢기도 했다.

"무공 수련으로 힘도, 땀도 다 빼고 나니 남자 생각이 날 리가 있나? 여자는 그저 방에 틀어박혀 책이나 읽고 바느질이나 해야지. 그래야 심심하고 허전한 마음에 성욕도 생기고 그러는 건데……."

아무리 생각해 봐도 욕정을 억누르고 사는 건 좋은 삶의 방식이 아니었다. 현각도 마음 같아선 당장이라도 꽃 같은 시녀와 함께 억눌린 욕정을 불태우고 싶지만, 괜한 오기가 번번이 발목을 잡았다.

백화린을 따라 여기까지 왔으니 그녀를 안지 않고는 결코 되돌아 나가지 않을 것이다. 그런 결심과 오기가 꽃 같은 시녀들을 옆에 두고도 팔자에 없는 홀아비 행세를 하는 이유였다.

물론 나가고 싶어도 나갈 수 없는 처지이긴 하지만, 굳이 갇혀 있다고 생각할 필요는 없지 않은가? 어차피 현각은 매사를 자기 편한 대로 생각하고 해석하는 사람이었다. 그의 해석에 따르면 자신은 억눌려 있는 것이 아니라 백화린 때문에 스스로 머물고 있는 것이었다.

남자가 한 번 뜻을 품고 칼을 뽑았으니 뜻을 이루기 전에는 물러서지 말아야 할 것 아닌가. 그러니 자신도 백화린을 얻기 전에는 절대 천도문을 떠나지 않을 것이다.

이렇게 정리해 놓으니 자신이 얼마나 멋있고 근사한 남자로 변해 있는가?

현각은 자기 자신에 대한 뿌듯한 자부심까지 느끼며 백화린을 바라보았다.

입맛까지 다시며 역동적으로 움직이는 그녀의 몸매를 감상하던 현각의 시선은 어느덧 그녀의 몸이 아닌 몸놀림에 옮겨가 있었다.

"진짜 공격을 할 땐 두 발을 땅에 붙여 하체의 힘을 이용하는구나. 그러니까 저건… 그렇지, 아니었어. 도를 내지르니 공격을 하는 것 같지만 몸의 균형이 흩어져 있으니 힘은 실리지 않았어. 저건 눈속임이야. 어라? 저건 꼭 꽉 막힌 골목길에서 휘몰아치는 바람 같네? 나아갈 데가 없으니 물러서겠지? 아싸! 맞았다!"

현각은 풍뢰도법에 실린 힘의 요체를 어렴풋이 파악하고 있었다. 폭풍처럼 몰아치는 그녀의 도법에 어느 것이 진초이고 어느 것이 허초인지, 그리고 발경(發勁)을 할 때 취하는 자세는 어떤 것이며, 축경(蓄勁)을 할 때는 그 움직임이 어떻게 변하는지 느끼고 있었다.

현각이 그동안 해온 무형공의 수련이란 것이 자연을 관찰하며 그 힘의 이동을 체험해 보는 것이었다. 자연스럽게 몸에 익혀온 자연의 흐름이 풍뢰도법을 바라보는 그의 눈을 통해 고스란히 재연되고 있는 것이다.

원래 무공이란 것이 대부분 자연의 원리에 그 기초를 둔다. 풍뢰도법 역시 거센 폭풍을 뚫고 쏟아지는 번개에 착안해 만들어진 무공이었다.

그 기묘한 초식의 원리까지야 알 수 없지만 현각은 느낌만으로도 풍뢰도법에 실린 기본적인 힘의 운용을 깨우칠 수 있었다.

백화린은 이제 제칠초인 경뢰분전을 펼치기 시작했다. 마지막 팔 초인 뇌천무위로 이어지는 그녀의 도법을 보던 현각이 자신도 모르게 큰 소리로 외쳤다.

"아니지, 아니야! 너무 힘이 들어갔어! 독수리가 먹이를 낚아챌 때도 날아오는 순간만 매섭고 강하지, 막상 먹이를 무는 순간에는 힘을 뺀다구요! 먹이는 낚아채는 것이지, 부리로 쑤셔박는 게 아니잖아요!”

느닷없는 현각의 외침에 백화린이 멍하니 그를 쳐다봤다.

“지금 뭐라고… 한 거냐?”

현각이 연무장을 달려가며 답답하다는 듯이 말했다.

“팔에 힘을 빼고 손목만 움직였어야죠! 먹이는 날개로 잡는 게 아니라 부리로 잡는 거라구요!”

“……!”

마치 뇌전이 그녀의 머리 속을 뚫고 지나가는 느낌이었다.

먹이를 잡는 건 날개가 아니라 부리다!

독수리도 먹이를 향해 달려드는 마지막 순간엔 날개를 멈춘다. 심장의 박동이 멈추는 것은 바로 그 순간이다. 하지만 그게 끝이 아니었다. 부리를 움직여 먹이를 잡는 최후의 순간이 남아 있는 것이다. 그것은 바로 시간의 정지를 넘어 목표물을 포획하는 흥분과 쾌락의 순간이었다.

‘흥분한 심장의 박동을 손에 담으라는 말이 바로 이것이었구나! 힘으로 쾌를 이루려 했던 내가 아둔했어! 절정의 쾌는 힘이 아니라 마음에 있었던 거야! 끓는 피, 터질 듯한 심장! 절정의 쾌가 시작되는 건 바로 그 순간이야!’

그녀를 가로막고 있던 큰 산이 무너진 듯 시야가 열리고 가슴이 시원하게 터졌다.

그녀는 지금 풍뢰도법의 구 성 경지를 보았다. 어쩌면 십 성까지 치달릴 수도 있는 한마디였다.

몇 년 동안 풀지 못했던 숙제를 현각의 한마디로 풀어냈다.

‘어떻게 이런 일이……’

절정무공에 담긴 힘의 요체를 한 번의 견식으로 파악한다는 것은 불가능한 일이었다. 더욱이 그는 무공이 뭔지도 모르던 사람 아닌가!

백화린은 떨리는 목소리로 물었다.

“누구에게… 배운 거냐?”

현각이 가슴을 쭉 내밀며 당당하게 말했다.

“어허! 부인, 내가 무형공을 수련하고 있는 걸 몰라서 하는 소리오? 삼치거인은 무형공 하나로 천하제일고수가 되지 않았소? 나도 그 길을 걷고 있는 것뿐이오. 앞으로도 모르는 게 있으면 내게 물어보시오.”

한껏 거드름을 피우며 말했지만 사실은 백화린이 왜 이렇게 놀란 얼굴로 자신을 쳐다보고 있는지도 모르겠다. 그저 대단한 일을 해낸 것 같은 분위기에 영문도 모르면서 일단 잘난 체부터 하고 있는 것이다.

‘정말로 풍뢰도법의 요체를 깨달은 걸까?’

단지 보는 것만으로 무공의 요체를 깨닫는 것은 절정의 고수들이나 할 수 있는 일이다. 한데 채 한 달도 되지 않는 무형공의 수련으로 그런 깨달음을 얻다니!

영원히 불가능하다고 여겨졌던 일이 정말로 현각에게서 일어나고 있었다.

‘이것이… 무형공의 숨겨진 힘이었단 말인가?’

도를 쥐고 있는 백화린의 손목이 움찔거렸다. 마음 같아선 당장이라도 현각을 시험해 보고 싶었다.

‘또 뭘 알고 있을까? 얼마만큼 깨달은 걸까?’

무공이란 수련을 통해 깨달음을 얻어가는 과정이었다.

하지만 현각의 입에서 나온 무형공은 깨달음을 얻은 후에 무공을 익히는 것이었다.

그것은 글을 배우며 책을 읽는 것과 내용까지 모두 안 후에 다시 한 번 책을 훑어보는 것의 차이였다.

'과연 어디까지 가능할까?'

백화린의 피가 끓었다.

현각에 대한 기대나 장천의 자리에 대한 위협 때문이 아니었다. 천도문주의 아내이기 이전에 무인의 한 사람으로서 무형공을 보고 있다는 흥분이 그녀의 피를 끓게 만들었다.

'흥분했잖아!'

현각의 몸도 후끈 달아올랐다.

'내가 이럴 줄 알았지. 잘난 모습 한번 보여줬더니 완전히 뻑이 갔구만.'

작업은 끝났다. 동물처럼 단순한 그의 본능에 흥분한 백화린의 모습은 발정난 암캐와 비슷한 모습으로 비춰졌다.

드디어 오늘 밤 백화린을 안을 생각을 하니 현각은 마음이 급해졌다.

"어떻소, 오늘 밤 내 침소에서 무공에 대해 더 논의하는 게?"

제 9 장

강해진다는 것은……

딱! 딱! 딱!

나무를 치는 둔탁한 소리가 승천전 후원 송림의 새벽을 깨우고 있었다. 새벽 안개도 걷히지 않은 이른 시간이지만 현각의 이마에는 벌써 땀이 송골송골 맺혔다.

"쳇! 감히 날 밤새 기다리게 만들어?"

깨끗이 목욕까지 하고 백화린을 기다리던 현각의 홍분은 시간이 흐르며 점차 실망과 분노로 변했다. 약이 올라 잠도 잘 수 없었다.

"그럴 거면 흥분한 얼굴로 단내를 풍기지도 말았어야지!"

현각은 백화린에 대한 분풀이라도 하듯 힘껏 소나무를 후려쳤다.

"내가 천하제일고수가 된 다음에 후회해 봤자 소용없다고! 그땐 내가 거들떠도 보지 않을 테니까!"

나무를 후려치던 현각의 안색이 돌연 싸늘하게 변했다. 주먹의 살갗이 벗겨지며 피가 송골송골 배어 나오는 모습을 본 것이다.

"젠장!"

가진 재산이라곤 몸뚱어리밖에 없는 그에게 몸에 상처가 난 것은 중대 사건이자 엄청난 재산의 손실이었다.

"당신은… 이제 죽었어!"

현각은 씩씩거리며 승천전 밖으로 나갔다. 드디어 화풀이할 상대를 찾은 것이다.

현각은 혜문당의 문을 열고 들어서자마자 안을 향해 대뜸 소리를 질러댔다.

"나와, 이 영감탱이야!"

어둠도 채 가시지 않은 혜문당의 서고는 을씨년스러울 정도로 무겁고 조용한 침묵으로 대답을 대신했다.

"어쭈? 이 영감탱이가 못 들은 척하겠다, 이거지?"

현각이 씩씩거리며 서고의 안쪽으로 걸어 들어갔다. 퀴퀴한 종이 냄새가 땀에 젖은 몸을 끈적하게 휘감았다.

오래된 종이 냄새만큼이나 주름진 혜문당주의 얼굴이 서고 사이로 빼꼼히 드러났다. 아직 잠이 덜 깬 듯 축 처진 눈꺼풀 밑으로 희미한 눈동자가 그를 응시했다.

"미친놈이 드디어 발작을 하나? 어디 와서 새벽부터 횡포야?"

현각은 혜문당주의 얼굴을 향해 주먹을 쭉 뻗었다.

"물어내!"

"아침부터 싸움질하다 온 거냐?"

혜문당주는 퍼석한 백발을 긁적이며 귀찮다는 듯 말했다.

"당신이 가르쳐 준 엉터리 무공 때문에 이렇게 된 거 아니야? 그러니까 당신이 물어내!"

"이놈이 어디다 대고 꼬박꼬박 반말이야! 내가 네놈 친구냐?"

혜문당주가 눈을 부라리며 버럭 소리를 지르자, 현각도 뜨끔했다. 이 사람은 백화린 외에 자신이 가짜임을 아는 유일한 사람 아닌가? 게다가 죽기 직전의 노인에게 반말을 한다는 것도 조금 미안하긴 했다. 현각은 넌지시 존댓말로 바꾸며 대꾸했다.

"얼렁뚱땅 말 돌릴 생각 말고 이거나 보쇼. 어쩔 거요?"

소나무 껍질에 긁힌 그의 주먹을 보던 혜문당주가 씨익 웃었다.

"드디어 주먹 단련에 들어간 거냐? 그래? 좀 깨달은 게 있냐?"

"깨달음은 무슨 깨달음? 그냥 아무 생각 말고 따라하라고 그래 놓고선……"

"아무 생각 없는 놈이니 익히기 쉬울 거라 그랬지 언제 아무 생각도 하지 말라고 했냐?"

"그게 그 소리잖아요!"

"……."

그의 단순무식함에는 혜문당주도 할 말을 잃고 말았다. 그래도 무공을 익히고 있으니 뭔가 진전이 있다든지 신체에 변화가 있다든지 하는 느낌이 있을 게 아닌가? 현각은 그냥 막무가내로 다친 주먹만 내민 채 씩씩거리고 있었다.

"네놈 주먹을 나보고 어쩌라고? 왜? 필요없으면 그냥 잘라주랴?"

"이 영감 좀 보게! 당신이 뭔가 잘못 가르쳐 줬으니까 다친 거 아니에요?"

"이런 무식한 놈을 봤나? 맨주먹으로 나무를 후려치면 주먹이 까지지, 그럼 나무껍질이 벗겨질 줄 알았냐?"

"그럼 지금까지 내공 수련을 한 건 뭔데요? 그 정도 수련을 했으면 이 정도는 거뜬히 버텨줘야 할 거 아니에요? 동 당주는 주먹으로 바위도 내려치던데……."

"동 당주? 잠월도 동방척?"

"아세요?"

"쯧쯧, 그놈이 바로 피똥을 싸며 미련하게 수련을 하는 놈의 표본이다! 주먹이 까지는 게 아니라 수십 번 깨져 가며 단련했을 거다, 이놈아!"

"주먹이 깨지도록요?"

"그뿐인 줄 아냐? 미련하게 돌 주머니를 달고 근력 훈련을 하다가 혈관이 터져서 다리 병신이 될 뻔한 적도 있다! 너도 그 따위 수련이 하고 싶은 거냐?"

"미쳤어요?"

"그러게 부러워할 걸 부러워해야지! 그 나이에도 아직 바위를 내려치고 있는 걸 보면 모르겠냐?"

"그럼 날보고 어쩌라구요? 영감님이 가르쳐 준 구결에는 분명히 단단한 나무를 부러뜨리는 것부터 시작하라고 돼 있단 말이에요. 그러니까 잘못 가르쳐 준 거 아니에요? 상식적으로 생각을 해도 가늘고 작은 나무부터 시작을 해야지 굵고 단단한 나무부터 시작을 하라는 건 말이 안 되잖아요."

"네놈에게도 상식이라는 게 있고, 생각이란 것도 하냐?"

"이 무슨 서운한 말씀입니까? 이래 뵈도 어렸을 땐 신동 소리도 들었는데!"

물론 뛰어난 머리나 학식 때문에 들은 소리는 아니었다. 귀신같은 눈썰미와 잔머리를 두고 한 기녀들이 혀를 차며 한 소리였었다.

어쨌거나 미련하거나 둔하다는 소리를 듣고 산 적은 없으니 큰소리를 못 칠 이유도 없었다.

"그렇게 잘났으면 네놈이 생각을 해보면 될 게 아니냐?"

'주먹으로 나무를 쳐서 넘어뜨리며 주먹이 상하지 않을 방법이라……'

오랫동안 잠들어 있던 현각의 잔머리가 돌아가기 시작했다.

"아하! 장갑을 만들어 끼면 되겠구나!"

"멍청한 놈."

"왜요? 그럼 안 되는 거예요?"

"주먹이 까진 다음에야 그걸 생각해 내니 멍청하다는 거 아니냐?"

"장갑을 낀다고 수련의 효과가 반감된다거나 그런 건 아니겠죠?"

"주먹이 단단해지면 그때 장갑을 벗으면 되지."

"아이 참, 이렇게 쉽고 간단한 것을… 이제 그만 들어가서 일 보세요."

뻔뻔하게 돌아서는 현각의 등 뒤로 마치 파도가 밀려오는 듯한 거센 기운이 느껴졌다. 현각이 놀라 재빨리 몸을 굽히자, 이번에는 번개같은 빛살이 그의 눈을 향해 쏘아왔다.

"뭐 하는 짓이에요!"

그를 공격하는 것은 혜문당주였다. 분명히 그의 등 뒤에 있던 혜문당주가 어느샌가 그의 앞에서 눈을 겨냥해 뭔가를 던진 것이다.

눈을 향해 뭔가가 날아오면 본능적으로 눈을 감거나 몸을 피하게 된다. 그러나 현각은 그 물체를 똑바로 응시하며 손으로 잡아냈다.

놀랍게도 그것은 종이였다. 분명히 얇은 종이인데 빛살처럼 맹렬하게 그를 향해 날아든 것이다. 구겨봐도, 찢어봐도 틀림없는 종이였다.

"어라?"

현각이 놀란 얼굴로 쳐다보자 이번에는 수십 장의 종이가 빛살처럼 날아왔다.

"이 영감이 미쳤나! 왜 이래요!"

신경질을 내면서도 현각은 정확히 종이들을 잡아냈다.

뜨거운 태양을 노려보며 기른 안력과 쥐 잡기 소동을 일으키며 키운 감각, 거기다 파리 잡기를 통해 단련된 빠른 손놀림까지 더해져 그는 어려움없이 자신을 공격하는 종이를 잡아낼 수 있었다.

"이럴 수가! 내가 벌써 고수가 된 건가요?"

화살처럼 날아온 종이를 모두 손으로 잡아냈으니 현각 스스로도 깜짝 놀랐다.

"네가 데리고 있는 시녀들도 그 정도는 다 한다, 이놈아."

"괜히 샘 나니까 헛소리하기는! 흐흐흐! 이거야말로 확실한 수련의 증거가 아니고 뭐겠어요? 무림에 날고 긴다는 놈들도 다 못 해낸 일을 이 몸이 해내고 있으니 샘이야 나겠지. 히히히!"

"까불지 마라. 눈이 열리는 것이 삼 할이요, 그 눈을 따라갈 빠른 몸놀림을 익히는 것이 또 삼 할이다. 그리고 나머지는 느끼는 것이다. 네 몸의 작은 솜털까지 동물의 촉수처럼 살아 움직이게 만들어라. 이것이 무형공의 시작이다."

"알았어요. 그건 내가 알아서 할 테니까 됐고, 이 종이 얘기나 해봅시다. 암기로 개발된 특수 종이죠? 솔직히 말하면 감히 문주를 공격한 죄도 내 용서해 줄 테니 말해 보세요."

"쯧쯧쯧, 네놈이랑 더 이상 무슨 얘기를 하겠냐? 정 궁금하면 혼자 연구해 보든지!"

이번에는 혜문당주가 등을 돌리며 서고의 안으로 걸어갔다.

"종이의 비밀은 말해 주고 가야지요!"

현각의 외침이 끝나기도 전에 혜문당주의 모습은 사라지고 보이지 않았다.

"어라? 어디로 사라진 거야?"

모습만 보이지 않을 뿐 아니라 살아 있는 생명의 기운 자체가 사라져 버렸다.

백화린의 말에 의하면 고수들일수록 움직임이 은밀하며, 때로는 완전히 죽은 사람처럼 일체의 기운조차 숨길 수 있다고 했었다.

"죽지 못해 사는 것 같은 저 주름바가지 영감이 그런 고수? 에이, 설마. 어딘가 비밀 통로가 있을 거야."

혜문당주가 사라진 곳 주변을 이리저리 둘러봤지만 비밀 통로의 흔적 같은 건 없었다.

"하긴 이렇게 쉽게 발각될 것 같으면 비밀 통로가 아니지."

현각은 서고의 안을 향해 그냥 소리를 질렀다.

"이 종이는 내가 가지고 가도 되죠? 나중에 딴소리하기 없기예요!"

그냥 쭉쭉 찢어놓은 종이 같지만 뭔가 내력이 있을 거다. 혜문당주가 던졌던 종이들을 품에 챙겨 넣은 현각은 대단한 보물이라도 얻은 듯 의기양양하게 혜문당을 나섰다.

두툼하게 솜을 넣은 장갑의 위력도 반나절뿐이었다.

시간이 지날수록 장갑은 힘을 잃고, 주먹과 나무가 부딪치는 고통은 점점 커졌다.

　주먹이 부서지는 것 같은 고통에 그만둘까도 마음먹었었다. 하지만 커다란 소나무에 그의 손자국이 찍히고, 도끼로 찍어낸 듯 나무가 조금씩 파이는 모습을 보는 것은 고통을 능가하는 쾌감을 주었다.

　"불가능한 건 아니었어!"

　현각은 이를 악물며 각오했다.

　"오늘 안으로 이 나무를 넘어뜨린다!"

　시녀들의 속살을 보기 위한 것도 아니고, 백화린에게 잘 보이기 위한 것도 아닌데 현각은 땀을 뻘뻘 흘리며 나무와 씨름을 했다. 영문도 모르고 바보처럼 수련을 할 때에야 다른 목적과 재미라도 있어야 했지만 이제는 달랐다. 확실한 결과물을 보고 나니 스스로 의욕이 넘쳤다.

　현각은 시간의 흐름도 잊은 채 오로지 눈앞의 나무를 넘어뜨리겠다는 마음으로 주먹질을 해댔다. 처음에는 마구잡이로 주먹을 휘둘렀지만 점차 요령도 생겼다. 힘을 주는 것은 주먹을 뻗을 때가 아니라 나무를 격타하는 시점이고, 격타를 할 때는 최대한 빠르게 해야 한다. 그래야 가해지는 힘은 커지고, 주먹에 느껴지는 통증은 작아진다.

　'조금만 더… 조금만 더 하면…….'

　"이제 그만 하시지요."

　언제부턴가 뒤를 지키고 서 있던 동방척이 그를 말렸다.

　"동 당주가 웬일이오, 시키지도 않았는데 먼저 입을 다 열고?"

　"더 하시면 주먹이 다칩니다. 그럼 며칠간은 수련하기 힘들 겁니다."

　그의 오랜 경험에서 나오는 소리였다. 조급한 마음으로 미련하게 수련을 해봤자 몸이 상해 며칠 쉬고 나면 오히려 시간을 낭비한 셈이 되고 만다. 동방척이 지금까지 걸어온 길이 그랬다.

무공에 대한 자질도, 체격적인 조건도 누구보다 뛰어났지만 그는 남들을 앞서는 고수는 되지 못했다. 일찍 좋은 사부를 만나지 못한 불운도 있지만, 그의 미련한 수련 방법도 한몫한 것은 부인할 수 없었다.

물론 몸을 강하게 만들기 위해서는 혹사시킬 필요도 있었다. 하지만 몸이 감당할 수 있는 수준에서의 혹사여야 한다. 강한 몸은 결코 하루아침에 만들어지는 게 아니다. 주먹 또한 마찬가지였다.

"주먹이 단단해질 때까지는 무리하지 않는 좋습니다. 강하게 단련하는 건 일단 주먹이 단단해진 후에 하십시오."

현각은 깜짝 놀랐다.

뼈가 부서지도록 수련한 사람이 말릴 정도면 자신이 얼마나 미련하게 수련을 하고 있었단 말인가?

"그럽시다."

현각은 두말 않고 수련을 멈추고 내전으로 들어갔다. 저녁을 먹은 후에 남들 몰래 해야 할 수련이 하나 더 있기 때문이었다.

혜문당에서 가지고 온 '특수 종이 던지기'가 그것이었다. 현각은 일단 생각나는 대로 요지투(妖紙投)라 부르기로 했다.

'종이를 암기로 쓴다는 건 상상도 못하겠지? 비장의 한 수로 숨겨두는 거야.'

그는 혜문당에서 가지고 온 '요지'를 바라보는 것만으로도 살아날 길이 생긴 듯 흐뭇해졌다.

문제는 이것이 좀처럼 던져지지 않는다는 것이었다. 던져지기는커녕 나비의 날개처럼 펄럭이다 그냥 바닥에 떨어지기만 했다.

"뭔가 종이를 사용하는 비밀이 있을 텐데."

아무리 들여다봐도 특이한 점은 찾을 수가 없었다.

혜문당주에게 찾아가 가르쳐 달라고 늘어져 볼 생각도 했지만 자칫 종이라도 빼앗기면 낭패였다. 이런 특수한 무기는 사용 유무와 상관없이 품 안에 들어 있는 것만으로 든든하게 느껴지지 않겠는가?

"주먹을 단련하는 것과 마찬가지로 이것도 차차 시간을 두고 연구해 봐야겠구나."

현각은 일단 종이는 곱게 싸서 품 안에 소중히 갈무리했다.

"일단 던지는 연습부터 하자. 그럼 뭔가 비밀이 보이겠지."

무형공의 구결 중에도 던지는 수련을 하는 대목이 있었다. 현각은 일단 그때까지는 참고 기다리기로 했다.

"그나저나 주먹이 너무 부었잖아?"

퍼렇게 멍이 든 채 부풀어 있는 주먹을 보니 동방척이 한 말을 실감할 수 있었다. 하지만 그에게는 동방척이 가지지 못했던 훌륭한 조력자들이 있었다.

"얘들아! 거기 아무도 없느냐?"

현각의 외침에 시녀들이 내전으로 몰려들었다.

"무슨 일이십니까?"

현각은 느긋하게 명했다.

"주먹이 많이 부었구나, 어깨도 뻐근하고. 너희들이 안마 좀 해주겠느냐?"

"물론이지요!"

"호호호호!"

시녀들이 앞다퉈 그에게 달려들었다.

"문주님! 제게 타박상에 좋은 금창약이 있는데 발라 드릴까요?"

"그거 좋지."

"그럼 저는 지친 체력을 보양할 수 있는 음식을 좀 장만해 오겠습니다."

"뼈를 튼튼하게 하는 데는 녹각교와 홍화씨, 그리고 두충차와 참나무가 크게 효험이 있습니다. 당장 구해서 내일 아침부터 드실 수 있도록 해드리겠습니다."

현각의 환심을 사기 위한 시녀들의 경쟁에 현각은 피곤도 잊은 채 행복한 휴식을 취할 수 있었다.

"온갖 약을 가져다 바르고, 먹이고 난리를 치더니 효과가 있긴 있었네."

멀쩡하다고는 할 수 없지만 다음날엔 다시 수련을 할 수 있을 정도로 주먹이 회복되어 있었다. 거기다 시녀들은 전날보다 더 두껍고 단단한 장갑도 만들어주었다.

마음만으론 당장이라도 나무를 넘어뜨릴 수 있을 것 같았다. 상쾌한 마음으로 송림으로 가던 현각이 송림 앞에 서 있는 거한을 보며 화색을 지었다.

"숙부님!"

사마대가 이미 그곳에서 현각을 기다리고 있었던 것이다.

어제 현각이 주먹질을 하던 나무를 살피고 있던 사마대는 현각을 보며 활짝 웃는 얼굴로 말했다.

"무형공을 익한다지? 진짜로 성취가 있는 거냐?"

"있는 정도가 아니라 신기할 정도예요!"

사마대의 눈이 반짝인다.

“어느 정도로?”

“내가 벌써 고수가 됐다니까요!”

반짝이던 사마대의 눈이 씁쓸하게 가라앉았다. 현각이 정말로 무형공에 성취를 보인다면 무림의 역사를 다시 쓰게 되는 것이었다. 얼마나 기대하고 찾아온 걸음인가? 한데 냉큼 고수가 됐다며 헛소리부터 하는 걸 보니 여전히 정신 상태가 온전치 못해 보였다.

실망을 하면서도 미련을 버리지 못한 마음이 그에게서 가장 소중한 보물을 꺼내게 만들었다.

“너에게 줄 선물이 있다.”

“선물요? 뭔데요?”

사마대는 얇은 가죽으로 만들어진 장갑 한 벌을 내밀었다.

“이것은 귀수(鬼手)라고 한다. 내가 처음 권법을 익힐 때 사용하던 것이지.”

귀수은 투명할 정도로 얇고 가벼워 착용감도 느껴지지 않고 착용한 흔적도 나지 않았다. 이런 거야 생선을 만질 때나 쓰지, 주먹을 보호하는 데는 전혀 효과가 없어 보였다. 현각은 시큰둥하게 사마대를 쳐다봤다.

“이걸로 뭐 하라구요?”

“그건 내가 귀수장공의 멱살을 잡고 석 달 열흘을 족쳐서 간신히 만들어낸 보물이야. 만드는 데는 아마 칠 년쯤 걸렸지? 직접 만든 귀수장공도 욕심이 나서 안 내놓으려고 하는 걸, 이 장갑에 귀수라는 그의 이름을 붙여주기로 하고 겨우 얻어온 거다. 그리고 얼마 후에 귀수장공이 죽었으니 이건 그의 유작이자 무림 전체에 유일한 물건이지.”

“귀수… 장공이오?”

“그래. 이게 바로 그 유명한 귀수장공이 평생 만든 단 아홉 가지의 무기 중 하나다 이 말이야!”

평생 아홉 가지밖에 만들지 않았다니 지독하게 게으른 놈이거나 아니면 지독한 완벽주의자일 것이다. 자랑스럽게 말하는 사마대를 보니 놈은 후자였나 보다.

‘엄청 잘 만든 보물이라 이거지?’

현각은 귀수를 착용한 채 어제 수련하던 나무를 후려쳐 봤다.

빡!

철판이 후려친 것 같은 소리가 나며 나무에 깊은 손자국이 파였다. 하지만 그의 주먹에 느껴지는 통증은 아주 작았다.

“우와! 이 얇은 장갑이 어떻게…….”

“그럼 귀수장공의 명성이 헛것인 줄 알았더냐? 하지만 너무 그 물건에 의존하다 보면 네 주먹의 힘이 늘지 않는다. 적당한 때가 되면 벗거라.”

“예!”

씩씩하게 대답은 했지만 벗을 마음은 전혀 없었다.

‘이런 보물을 놔두고 뭐 하러 주먹을 혹사시켜?’

현각은 귀수로 인해 두 배나 늘어난 주먹의 힘을 만끽하며 수련에 더욱 박차를 가했다.

2

“오늘부터 네가 익혀야 할 것
은 수라천마화공(修羅天魔火功)이라는 무공이다. 화린사의 독이 네 혈
맥을 넓혀 내공의 축적과 운용이 수월할 테니 빠른 진전이 있을 게다.”

왜 무공을 가르치는 것인지, 무슨 이유로 무공을 익히라는 것인지
한마디 설명도 없었다. 화린사의 동굴에 던져질 때처럼 혈영신마는 일
방적으로 말했고, 자신은 맹목적으로 따를 수밖에 없는 처지였다.

“수라천마화공은 극강의 양공이다. 그동안 화린사의 독으로 어느 정
도 단련이 됐겠지만 단기간에 온전히 그 양기를 감당하기는 어려울 것
이다. 빙정수가 도움이 되어줄 게다.”

“……”

장천은 담담히 듣기만 했다. 겁에 질린 눈으로 두리번거리지도 않
고, 축 처진 어깨로 파르르 떨지도 않았다.

화린사의 동굴에 있는 동안 처절하게 깨달았다, 두려운 마음으로 눈을 감아버린다고 현실은 바뀌지 않는다는 것을……. 오히려 더 깊고 어두운 절망이 엄습해 올 뿐이었다.

처음부터 그 두려움에 맞서지 못한 나약함이 자신을 여기까지 오게 만들었다. 더 이상은 피할 곳도 없고, 도움을 청할 사람도 없었다. 자신이 맞서 싸우지 못하면 여기서 이대로 죽는 수밖에 없었다.

자신의 이름조차 지운 채 낯선 사람의 그림자가 되어 죽고 싶지는 않았다. 화린사의 동굴에서 그 지독한 시간을 견뎌내며 생각한 것은 오직 하나뿐이었다.

'반드시 이 지옥에서 벗어난다!'

그러기 위해선 강해져야 했다. 자신을 숨긴 채 혈영신마의 가르침을 착실히 받아들여야 했다.

"천지간에 존재하는 힘을 크게 둘로 나누면 양기와 음기로 구분된다. 그중 생명의 잉태, 성장, 소멸을 모두 관장하는 것이 양기다. 불꽃처럼 생명을 태우는 양기를 억제하며 쉬게 하는 것이 음기의 역할이다. 낮과 밤이 교차하여 시간을 구성하는 것도 음양의 조화를 위함이요, 암수가 짝을 지어 종족을 보존하는 것 역시 음양의 조화를 맞추기 위함이다."

"……."

"수라천마화공은 일제의 음기를 배제한 채 양기만을 축적해 사용하니 그 힘은 가히 폭발적이라 할 수 있다. 하나 음양의 조화로 탄생한 육신에 음기를 완전히 배제한다는 것은 위험한 일이다. 양기를 억제할 힘이 없으니 스스로 그 힘에 생명을 소진시킬 수도 있는 것이다."

장천은 긴장을 높이며 그의 말에 집중했다.

처음부터 예상한 일이지만 수라천마화공은 사도의 무공이었다. 하지만 그는 지금까지 정도의 무공을 익혀왔다. 사도의 무공과 정도의 무공은 힘의 근본이나 운용에 있어 판이하게 다르기 때문에 쉽게 섞이기 어려웠다.

그렇다고 화린사와 싸우며 끌어올린 자신의 내공을 포기할 수는 없었다. 수라천마화공을 익히지 않는다는 것은 더 더욱 불가능했다.

어떻게든 두 가지 무공을 조화시킬 방법을 찾아야 했다.

다행히 그가 익힌 천봉경 역시 양기에 기초한 심법이었다. 수라천마화공이 극강의 양공을 추구한다면 그 안에 천봉경을 녹여넣을 수 있을지도 모른다. 장천은 혈영신마의 말을 한마디도 빼먹지 않고 마음속에 새겨 넣었다.

혈영신마는 장천이 무공에 대해 문외한으로 알고 있기에 한 구결 한 구결을 세세하게 설명해 주었다. 장천은 먹물을 빨아들이는 종이처럼 수라천마화공의 구결을 흡수했다.

'과연 두 가지를 제대로 융화시킬 수 있을까?'

장천은 섣불리 수라천마화공의 수련에 돌입하지 않았다.

이제부터는 한 걸음 한 걸음이 살얼음판 위를 걷듯 신중하고 조심스러워야 했다. 깨진 얼음을 디딘 후에 후회하는 것이 얼마나 어리석은 일인지 그동안 충분히 경험하고 깨닫지 않았는가?

'길을 찾은 후에 움직여도 늦지 않아.'

장천은 조급해지는 마음을 억누르며 수라천마화공의 구결을 천천히 음미했다. 하지만 쉽게 길이 보이지 않았다. 그리고 혈영신마도 그가 편안히 길을 찾도록 내버려 두지 않았다.

얼마의 시간이 흘렀을까?

“그만한 시간이면 수라천마화공의 구결은 완전히 머리 속에 익혔을 것이다. 따라오너라.”

혈영신마가 그를 데리고 동굴 밖으로 나갔다.

바같은 이른 새벽이었다. 어스름히 터오는 여명 속에서도 늪은 쉼 없이 독 기운을 뿜어냈다. 잠깐 서 있는 것뿐인데도 현기증과 함께 구토가 치밀었다.

“모든 무공을 수련하는 데 가장 기초가 되는 것이 체력이다. 체력을 기르는 데는 절벽을 타는 것이 제일이다. 손발의 근력이 길러지고, 저절로 호흡과 체중을 느끼게 될 테니 이는 신법을 익히기 위한 기본이기도 하다.”

화린사의 동굴에서 어느 정도 마음의 단련이 되었다고 생각한 장천이지만, 시독의 늪지 앞에서 절벽을 탄다는 것은 엄두가 나지 않았다.

한 발자국이라도 잘못 디디면 그대로 늪에 빠져 흔적도 없이 녹아버릴 게 아닌가? 운이 좋아 살아남는다 해도 독갈자의 노리개로 더 끔찍한 생을 연명하게 될지도 모를 일이었다.

“하, 하지만 저 독은…….”

“이 독 기운을 한 시진 이상 흡입하면 살갗이 썩고, 호흡기가 막혀버릴 것이다. 그 안에 빙정수로 독 기운을 씻어내야 한다.”

이 독 기운 앞에서는 혈영신마도 내공을 운용하지 못할 정도니 장천은 말할 필요도 없었다. 그렇다고 신법을 운용할 수도 없었다. 지금 와서 혈영신마에게 무공을 익힌 흔적을 보여줄 수는 없는 노릇이니 말이다.

오로지 손발의 힘만으로도 삼십 장은 족히 되어 보이는 절벽을 내려가야 했다. 그것도 지독한 시독을 감당하면서…….

장천은 막막한 심정으로 혈영신마를 바라보았다. 혈영신마는 단호한 표정으로 턱짓을 했다.

"여기서 머뭇거리고 있는 시간에도 시독은 네 살갗에 스며들고 있다."

아무런 감정도 담겨 있지 않은 건조한 말투에는 장천에 대한 어떠한 배려나 기대도 느껴지지 않았다.

그가 처음부터 장천을 대하는 태도는 하나뿐이었다.

'싸워서 이기지 못하면 죽는다!'

장천은 다시 한 번 그 끔찍한 명제를 상기해야 했다.

'피할 방법이 없구나……'

식은땀으로 축축이 젖은 손은 아슬하게 암벽을 붙잡고 있었다. 밀려드는 독 기운에 발밑을 내려다본다는 건 엄두조차 낼 수 없었다. 오로지 발의 감각만으로 내려갈 길을 찾아야 했다.

아직 반밖에 내려오지 못했는데도 장천의 전신은 땀으로 흥건하게 젖어버렸다. 열려진 모공을 통해 스며드는 독 기운은 이미 그의 전신에 붉은 반점을 만들어냈다. 숨을 쉴 때마다 콧속으로 밀려드는 독 기운에 코피가 쏟아지기 시작한 것도 이미 오래였다.

그나마 입은 꽉 다물고 있지만 하얗게 말라 버린 목젖을 따라서도 따끔한 독의 기운이 느껴졌다. 지독한 독기가 송곳처럼 전신을 찌를 때 즈음에야 혈영신마의 목소리가 들렸다.

"거기까지다. 그만 올라오거라."

내려오던 길에 비하면 올라가는 길은 훨씬 수월했다. 하지만 이미 시독에 지친 몸이 그의 의지를 따라주지 않았다.

"끄으윽!"

마지막 남은 한 올의 힘까지 끌어올리려는 장천의 입에서 절로 신음 소리가 흘러나왔다. 간신히 동굴 앞에 도착했을 때 그의 몸은 땀과 독에 젖어 시체나 다름없는 몰골을 하고 있었다. 장천은 그대로 지쳐 쓰러졌다.

혈영신마는 그런 장천을 남겨두고 혼자 좁은 동굴을 기어가기 시작했다. 거친 숨소리에 묻어 남아 있던 장천의 마지막 의식 한줄기가 멀어지는 혈영신마를 발견했다.

'가야 해! 이대로 쓰러지면… 죽는 거야!'

장천이 벌레처럼 꿈틀거리며 동굴을 따라 기어가기 시작했다. 지독한 암흑 속이다. 동굴의 어둠 때문인지, 독 기운이 눈조차 막은 것인지는 모르겠다.

혈관이 터진 코에서는 여전히 피가 흐르고, 부은 목으로는 실낱같은 호흡만이 어렵게 이어지고 있을 뿐이었다. 그래도 화린사의 독과 싸울 때만큼의 고통은 아니었다. 앞도, 끝도 없는 그 동굴 속에 갇혀 있을 때보다는 나았다.

이 길만 끝나면 빛과 삶이 기다리고 있으니까.

'빙정수까지만… 거기까지만 가면 살 수 있어.'

'오늘도 간신히 버텨냈구나.'

빙정수 속에서 장천은 안도의 한숨을 쉬었다. 절벽의 수련이 오늘 하루로 끝나지 않을 것임은 그도 잘 알았다. 하지만 모든 일이 그렇듯 처음이 어렵지, 두 번째부터는 좀 더 쉬워지게 마련이다.

장천은 얼음 같은 빙정수의 깊숙이 몸을 묻으며 모처럼의 휴식을 만끽했다.

"멍청한 놈. 금쪽 같은 시간을 물놀이로 보내고 있구나. 그만 일어나거라."

"아직… 한 시진이 안 되었는데요?"

시독이 빠지려면 한 시진은 빙정수에 몸을 담그고 있어야 한다고 말한 건 혈영신마였다. 그리고 여전히 피부에 남아 있는 희미한 반점은 아직 독이 빠지지 않았음을 확인시키고 있었다.

한데도 혈영신마는 단호하게 장천을 일으켜 세웠다.

"너에게 주어진 시간은 점점 짧아진다. 그리고 네 몸에 쌓이는 독기운은 점점 커진다."

"……!"

장천은 크게 숨만 들이쉴 뿐 입도 열지 못했다.

하루에 한 번일 거란 생각은 그의 착각이었다. 지칠 때까지다. 혹은 쓰러질 때까지. 아니면 죽을 때까지일지도 모르겠다.

혈영신마는 그에게 잠깐의 여유도, 휴식도 허용하지 않았다.

장천은 이를 악물고 다시 절벽을 타야 했다.

어둠이 내려앉을 때까지는 아직도 네 시진이나 남았다. 앞으로도 절벽을 탈 기회는 두 번이나 더 있는 것이다. 한 번으로도 녹초가 됐는데 두 번이나 더 해야 하다니. 장천은 암담했다.

'화린사의 동굴에서도 그랬지만 이렇게 혹독하게 훈련을 시키는 데는 이유가 있을 텐데.'

독 기운이 더 많이 쌓이고, 체력이 지치기 전에 그 이유를 알아내고 방법을 찾아내야 했다. 같은 행위를 반복해도 목적이 있는 것과 없는 것에는 확연한 차이가 있게 마련이다. 목적이 있다는 것은 예측되는 결과가 있다는 것이고, 그것은 곧 동기가 되어주니까.

　어둠과 함께 죽음 직전의 상태로 빙정수에 돌아온 후에야 장천은 그 이유를 찾아냈다.

　'시독은 음기의 독이야. 빙정수는 그 음독을 씻어주는 거고. 수라천 마화공을 익히려면 우선 음기를 몰아내야 한다고 했어. 그후에 폭주하는 양기를 제어하기 위해 빙정수의 도움을 받으라 했고…….'

　단지 체력 단련을 위한 훈련이 아니었다. 절벽 훈련은 수라천마화공을 빠르게 익히기 위한 수단이었던 것이다.

　멍청하게 빙정수 안에서 쉬고 있을 게 아니었다. 자신의 내공과 충돌할까 봐 두려워하며 피하고 있을 시간도 없었다. 지쳐 쓰러지기 전에 수라천마화공을 익혀야 했다.

　두려움과 고단함에 머뭇거리고 있을 여유가 없었다.

　사람을 변화시키는 것은 시간이 아니라 환경이었다. 십팔 년 동안 장승풍이 하지 못한 일을 혈영신마는 단 두 달 만에 해냈다.

　장천이 스스로의 적극적인 의지를 가지고 두려움없이 무공 수련에 임하고 있는 것이다.

　수라천마화공의 수련을 통해 느껴지는 기운은 독특했다. 혈맥을 따라 움직이는 진기는 느껴지는데 단전에 쌓이지는 않았다. 그것은 눈앞에 하얗게 피어나던 연기가 허공에 흩어지며 형체를 잃어버리는 것과 비슷한 느낌이었다.

　그의 내공과 충돌하지 않는다는 점에서는 다행이지만 수련을 하면서도 성과가 보이지 않으니 답답했다.

　절벽을 타는 시간도, 몸을 씻는 시간도 점점 짧아지다 보니 처음 세

번으로 시작했던 절벽 타기는 한 달이 지나는 동안 하루 네 번으로 늘어났다.

피곤과 독에 절은 그의 몸은 해골이나 다름없는 몰골로 변해갔다. 눈은 푹 파이고, 볼은 쏙 들어가 예전의 고왔던 얼굴은 기억조차 희미해졌다. 살아나는 것은 오로지 눈빛뿐이었다.

이대로 죽을 수 없다는 오기, 끝까지 싸워서 이겨내겠다는 투지로 번들거리는 눈빛이 그를 지탱해 주는 유일한 힘이었다.

그러나 살아남기 위해서는 단지 버티는 것만으로는 부족했다.

'어쩔 수 없어……'

장천은 혈영신마의 눈을 피해 내공을 운용했다. 내력으로 지친 몸을 조금이라도 추슬러 보겠다는 심산이었다.

한데 단전을 나온 내력이 폭풍처럼 혈맥을 휩쓸더니 연기처럼 사라지기 시작했다.

'헉!'

너무나 순식간의 일이라 장천이 손을 써볼 틈도 없었다. 주화입마의 징후 같은 것도 없이 그냥 사라져 버린 것이다.

'어떻게 이런 일이……!'

물 한 모금을 마셔도 몸 안으로 들어간 것이 그냥 사라지는 법은 없었다. 땀으로 나갈 수도 있고, 용변으로 되돌아 나올 수도 있지만 정해진 경로를 따라 주어진 과정을 거치며 나오게 마련이었다.

더욱이 기(氣)와 정(精)으로 이루어진 내공은 눈에 보이지 않는 힘이라 축적하기가 어려운 만큼 사라지는 것도 어려운 일이었다. 단전이 파괴되었다 해도 기의 축적이 어려워지는 것이지 혈맥 속에 존재하는 정은 여전히 남아 그 명맥을 유지하게 마련인 것이다.

한데 애초에 내력이라는 것을 쌓은 적도 없는 사람처럼 그의 단전은 텅 비어버렸다. 텅 빈 몸에 느껴지는 것은 그저 폭발할 듯 뜨거워지는 열기뿐이었다. 이 열기를 억누르기 위해 필요한 것이 빙정수였다.

'태워 버린 거야! 수라천마화공의 열기가 천봉경의 내력을 태워 버린 거야!'

충돌이 아니라 잠식이다. 흡수가 아니라 소멸이다.

차라리 주화입마를 당해 쓰러지는 게 나았을 텐데. 그랬다면 최소한 혈영신마의 뜻대로는 되지 않을 게 아니었는가. 독갈자의 장난감 신세도 되지 않았을 것인데.

한데 지금 그의 상태는 혈영신마가 알고 있는 그대로였다. 무기력하고 나약한 사내! 간신히 벗어날 방도를 찾았다 생각했는데 그 길도 불에 타 사라져 버린 것이다.

"크흐… 흐흐흐흐."

그의 유일한 희망이자 비장의 무기였던 숨겨놓은 내공이 사라지고 나자 장천은 허탈함에 화조차 나지 않았다. 오히려 바보처럼 웃음이 나왔다.

혈영신마가 그런 장천을 이상한 눈으로 쳐다보지만, 장천은 계속 웃었다. 장천의 허탈한 웃음 뒤에 숨겨진 지독한 절망과 암담함을 혈영신마가 어찌 알랴.

혈영신마는 단지 그의 바보 같은 웃음이 싫었고, 삶을 포기한 듯한 그의 맥 빠진 표정에 실망했다.

'내가 버리지 않는 이상 너도 포기해서는 안 돼! 좋아! 싸우게 만들어주지! 죽도록 싸우고 싶게 만들어주지!'

희망이 절망으로 변한 장천은 삶에 대한 의지도, 투지도 점차 잃어 갔다. 절벽을 기어올라 오는 그의 몸놀림은 그저 습관에 의한 동물적인 몸짓과 다를 바 없었다.

'이대로 손을 놓으면 이 고통에서 해방될 수 있을까?'

상대가 혈영신마 혼자였으면 그랬을 것이다. 하지만 독갈자의 존재가 장천으로 하여금 선뜻 죽음도 택하지 못하게 만들었다.

시독에 빠져도 독갈자라면 건져서 살려낼 것 같았다. 그리고 죽지도, 살지도 못하는 상태로 만들어놓고 온갖 독물들의 시험 상대로 사용할 게 뻔했다. 지금보다 더한 고통에 시달리게 될지도 모른다. 이렇게 사는 것도 싫지만, 그렇게 죽고 싶지도 않았다.

절망에 빠진 채 힘없이 절벽을 올라오던 장천의 몸이 갑자기 흠칫하며 굳어들었다. 꿈에서도 잊지 못한 소름 끼치는 소리가 그의 머리 위에서 들려온 것이다.

시시식!

지독한 어둠의 동굴에서 수도 없이 들었던 그 소리였다. 장천은 눈을 부릅뜨며 위를 쳐다봤다.

'화린사?!'

불길을 뿜어내는 것 같은 핏빛 적사들이 절벽을 따라 기어오고 있었다. 그에게 죽음 같은 고통을 주었던 놈들이다.

"낄낄낄! 아이야, 어떠냐? 다시 보니 반갑지? 이제 그놈들처럼 너도 내 거란다!"

절벽 위에선 독갈자의 신이 난 목소리가 들렸다.

'나보다 먼저… 날 포기했다는 건가? 이렇게 쉽게 버릴 거면서 그런 고통을 줬단 말인가? 그에게 나는… 정말로 하찮은 존재였군.'

　독갈자 역시 마찬가지였다. 그에게 자신은 화린사와 다를 바 없는 미물이며 노리개였다. 어쩌면 화린사보다 더 못한 존재일지도 모른다. 자신에겐 화린사 같은 맹독조차 없으니까.

　꺼져 가던 장천의 투지가 다시 불끈 치솟았다. 살아야겠다는 의지에도 다시 불이 붙었다.

　'최소한 당신들 손으로 내 운명을 결정짓게 만들지는 않겠어!'

　두려움이 아닌 분노에 장천의 안면이 파르르 경련을 일으켰다.

　'여기서 동굴까지는 십 장 거리. 절반으로만 좁히면 화린사의 독에 물린다 해도 정상에 올라갈 때까지 버틸 수 있어!'

　나른하게 늘어졌던 장천의 몸이 날렵하게 절벽을 올라가기 시작했다. 마치 평지를 달리는 것처럼 막힘도, 주저함도 없었다.

　"어라? 야! 이놈아! 도망가야지! 맞부딪쳐서 어쩌려고?"

　장천의 행동이 전혀 의외였던 듯 독갈자는 불만스럽게 외쳤다.

　정상을 오 장쯤 남겨둔 곳에서 장천은 화린사의 미끈한 비늘 감촉을 느꼈다. 그리고 이어서 손과 등에 목덜미로 쉴 새 없이 화린사의 이빨이 박히는 통증을 느꼈다.

　하지만 장천은 멈추지도 않고 피하지도 않으면 절벽의 정상을 향해 계속 기어올라 갔다. 정상에 올라선 그의 등과 목덜미에는 여전히 이빨을 박고 있는 화린사가 붙어 있었다.

　장천은 정상에 올라서자마자 놈들을 두 토막으로 찢어 독갈자에게 휙 던져 버렸다.

　"아이고, 내 새끼들!"

　독갈자는 화린사에 물린 장천보다 그의 손에 찢어진 화린사를 보며 화들짝 놀랐다.

"어떻게 기른 놈들인데… 이렇게 허무하게 죽이다니. 이걸 아까워서 어쩌나……."

독갈자가 안타까움에 발을 동동 굴렀다.

장천은 끓어오르기 시작하는 화린사의 독기와 늪의 시독 때문에 경련을 일으키며 주저앉았다. 쓰러지지 않으려 악다문 입에서 핏줄기가 흘렀다. 혈관이 터진 듯 붉게 충혈된 눈으로 그는 동굴 안을 노려보았다.

'죽지 않을 테야! 벌레처럼 짓밟혀도… 절대로 죽지 않을 테야! 반드시 살아남아… 당신보다 더 강해지겠어!'

장천은 비틀거리는 다리로, 부들부들 떨리는 손으로 동굴을 향해 기어가기 시작했다. 전신의 모공에서 땀방울 대신 핏방울이 배어 나왔다. 두 가지 맹독이 체내에서 충돌하며 혈관을 녹이고 근육을 찢어대고 있는 것이다.

그러나 장천은 멈추지 않았다. 땀처럼 배어 나온 피가 전신을 적시고 있지만 그는 멈추지 않고 기어갔다.

싸워야겠다는 투지도, 살아남겠다는 오기도, 그들을 죽이고 싶다는 살기 앞에서는 지나간 감정이 되었다.

죽이고 싶다. 자신에게 이런 고통을 주고 자신의 운명을 유린한 대가를 치르게 만들고 싶다. 장천은 생애 처음으로 살심을 품었다.

'반드시 살아남아 당신에게 되돌려 줄 테다!'

그것은 어떤 감정보다 격렬하고 뜨겁게 장천의 몸을 달궜다.

〈제1권 끝〉

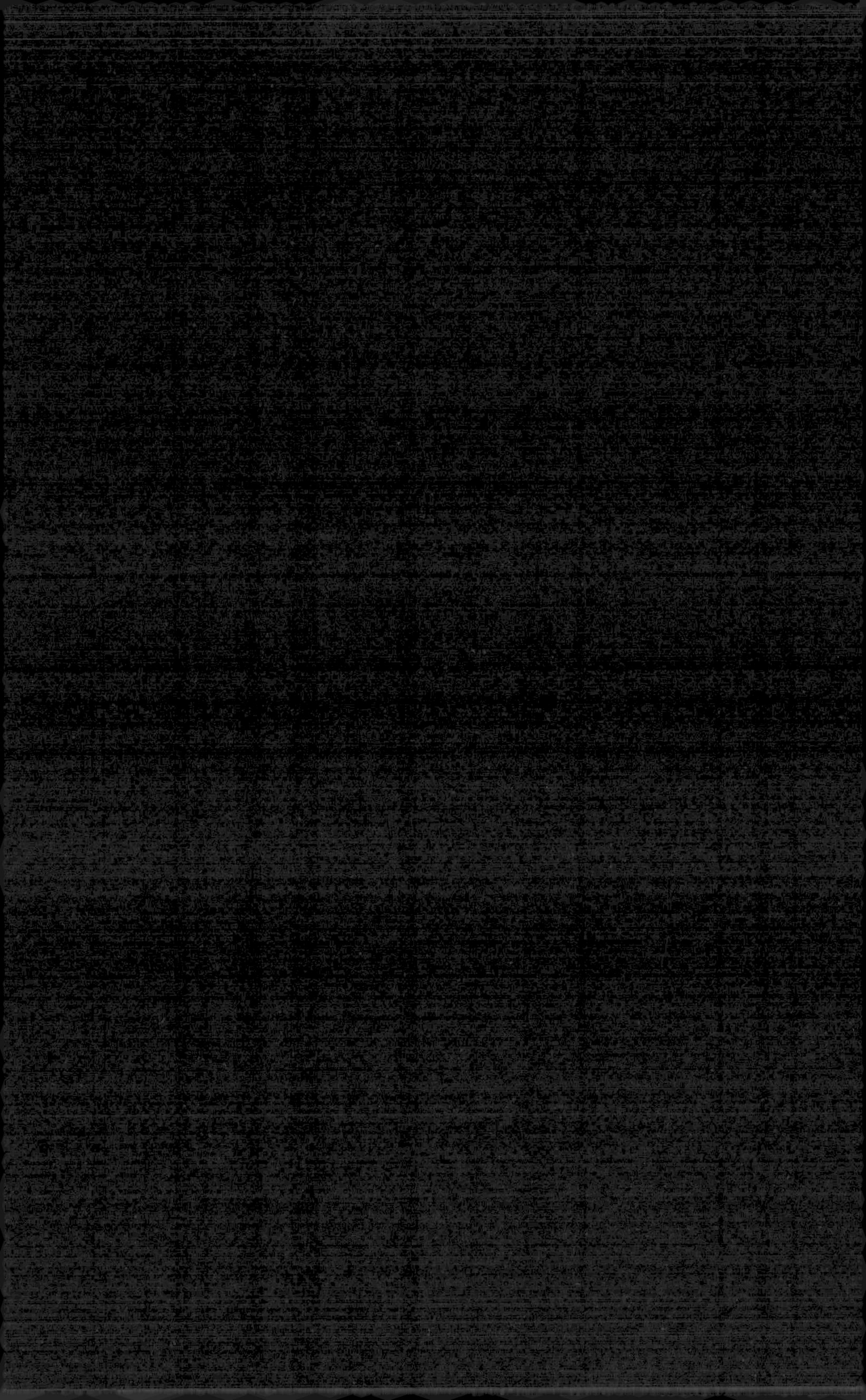